UNIVERSUM

Karsten Birnbaum

mimus vitae

Das Possenspiel des Lebens

europabuch

europabuch

www.europabuch.com | info@europabuch.com
ISBN 9791220138031
Erstausgabe: Juni 2023

Gedruckt für Italien von Rotomail Italia
Finito di stampare presso Rotomail Italia S.p.A. - Vignate (MI)

mimus vitae

Das Possenspiel des Lebens

Ein großes Dankeschön geht an meine
Schreibfreundin Karin Schweiger
für ihre Unterstützung während
der Entstehung des Buches.
Vor allem ihre Tipps und Hinweise halfen mir,
die Geschichte interessant
und ansprechend zu gestalten.

Juli 2023

»Das ist gut, das ist sogar sehr gut! Bis auf das Ende! Carsten, erzähl mir einfach, wie es ausgeht! Die Story ist super und wird einschlagen! Das ist genau die Art von Geschichte, die sehnsuchtsheischende Menschen heutzutage lesen möchten. Herz, Gefühl, Scheitern und Auferstehung, eine große Liebe! Aber du brauchst dafür das richtige Ende. Mensch Keule: Ein Happy End, verstehst du?« Aufgeregt rutscht Verleger Peter Langenbach auf seinem Stuhl hin und her und klopft mit seiner Hand auf das Bündel mit dem ausgedruckten Manuskript. Allerdings bekommt Peter sein Berliner Mundwerk nicht immer in den Griff, was mich etwas nervt.

»Vielleicht spielt dir das Schicksal ein paar Ideen zu und du findest den passenden Abschluss. Von mir aus kein Happy End, sondern ein offenes Ende. Das trifft wohl eher deinen Geschmack. Alles ist besser als nichts. Aber du musst raus aus deiner Komfortzone, rein ins richtige Leben.« Bei diesem Aphorismus muss ich als Autor des unfertigen Werkes lächeln. Peter hat es auf den Punkt gebracht.

»Ich dachte immer, ich stehe mitten im Leben. Und das zu unser beider Vorteil.« Unwillig höre ich auf, in dem Buch zu schmökern, das ich aus dem Regal genommen habe. Ich schiebe es an seinen angestammten Platz zurück und setze mich ihm am Schreibtisch gegenüber. »Peter, ich weiß es nicht. Gib mir bitte Zeit, darüber nachzudenken.«

»Nachgedacht hast du lange genug. Dein erster Roman ist mehr als zwei Jahre alt und deine Leserschaft möchte deinen nächsten Lebensabschnitt erzählt bekommen.«

»Wieso meinen?«

»Du kannst mir nicht erzählen, dass das keine autobiografische Erzählung ist. Zumindest in weiten Teilen.«

»Kleine Episoden stammen aus meinem Leben, das stimmt. Die wurden allerdings extrem ausgeschmückt und mit viel Wunsch und Vorstellung ausgebaut. Da kann man nicht mehr von autobiografisch sprechen.« Um meine Aussage zu untermauern, setze ich mich aufrechter hin. »Außerdem handelt das neue Werk ja nicht einen weiteren Zeitabschnitt als Kurzgeschichte ab. Vielmehr ist es ein kompletter Lebensabschnitt. Das hattest du mitbekommen, Herr Starlektor, oder?«

»So viel Fachverstand habe ich. Danke für das Kompliment.«

»Gerne!«

»Ach Kerl, möchtest du deinen Namen nicht unter einem weiteren Bestseller lesen? ›Der neue Roman von Spiegel-Bestsellerautor Carsten Döring‹. Ich sehe das Buch bereits vor mir. Und glaube mir, das Ding hat enormes Potenzial.« Wieder tätschelt er den Stapel, als wollte er sagen: Gut gemacht! Wie ein Herrchen seinen braven Hund, weil der nicht von der Seite weicht.

Ich stehe auf und gehe im Raum umher. Meinen Gedanken nachhängend schaue ich aus dem Fenster in das triste Münchner Grau. Weiterer Regen wird erwartet, und das im Hochsommer. Die sonst so farbenprächtige Umgebung hat sich in ein schäbiges Gemisch aus verwaschenen Farben und dunklen Pastelltönen verwandelt. Ähnlich wie meine Erinnerungen.

»Ich sollte in den Urlaub fahren. Mich sammeln und den Kopf frei machen.«

»Tolle Idee! Du hast in den letzten Jahren viel gearbeitet, eine großartige Entwicklung genommen. Da kann eine kleine Konsolidierung im Leben nicht schaden.

Vergiss nicht, deinen Schreibblock mitzunehmen.« Typisch Langenbach! Er verbindet den Kopf freibekommen mit Arbeit.

Als ich vor ein paar Jahren beschloss mich zurückzuziehen, um mir eine Auszeit von der Erwartungshaltung anderer zu gönnen, ahnte ich nicht, in welche Abhängigkeit der Melancholie ich mich begab. Je weniger Kontakt zu anderen bestand, desto mehr genoss ich die Einsamkeit, die sich um mich herum ausbreitete und mir den Weg zurück in das richtige Leben verschließt. Ich befinde mich in einem Abwärtsstrudel, aus dem ich nicht entkommen kann oder will. Ein Häufchen Selbstmitleid wartet darauf, dass eine gute Fee erscheint und es erlöst. Wäre sie in der Vergangenheit aufgetaucht, hätte ich sie vermutlich mit einem Tritt in ihren Hintern empfangen. Den Gedanken an ein Happy End habe ich für mich ohnehin vor langer Zeit aufgegeben.

Bei all den negativen Gedanken gestehe ich mir ein, dass das nur ein Teil der Wahrheit ist. Immerhin schreibe ich wieder. Sogar bei meinem dritten Roman läuft es gut, obwohl der zweite noch unvollständig auf dem Schreibtisch des Verlegers liegt. Es fehlen Fanfaren und Lametta in meinem Leben, aber grundsätzlich habe ich die Kurve hinbekommen. Raffte mich auf und schrieb. Anders als bei meinem ersten Buch – dem Bildband – oder dem anschließenden Episodenband. Mit mehr Gefühl im belletristischen Bereich. Die mehrheitlich autobiografischen Aspekte verleugne ich bei jeder diesbezüglichen Frage. Für Insider wie Peter sind sie indessen offensichtlich.

Ich stehe am Fenster. Unter mir hasten Menschen von Termin zu Termin. Die Szene, die ich auf der gegenüberliegenden Straßenseite verfolge, wirkt wie eine Melange aus einer über der Großstadt schwebenden Dunstwolke und dem regen Treiben einer Bienenwabe. ›Alle Dinge sind rastlos tätig‹, erinnere ich mich an den ersten Teil eines Verses aus dem Alten Testament. Welcher war das gleich?

Wie sehr habe ich mich aus der alten, realen Welt zurückgezogen, in eine Fantasiewelt verkrochen und die früheren Kontakte vernachlässigt? Ob sich der eine oder andere überhaupt an mich erinnert? Wie soll ich jetzt einen Roman, der Teile meines Lebens widerspiegelt, mit einem glücklichen Ende ausstatten? Das wird nicht klappen. So gut bin ich als Autor nicht!

Peter wedelt mit seiner Hand und ruft mich in die Wirklichkeit zurück. »Carsten, hör auf Trübsal zu blasen. Du musst nicht gleich hier und jetzt ein Ende finden.« Während er mit mir redet, sortiert er ein paar Stapel Manuskripte auf seinem übervollen Schreibtisch, um neuen Platz für einen weiteren Berg Unterlagen zu schaffen.

Der aus Berlin emigrierte Sprössling einer preußischen Familie heiratete eine waschechte Münchnerin und seit er den Spleen abgelegt hat, der bayerischen Mundart nachzueifern, ist er mir ziemlich sympathisch geworden. Nach und nach hat sich zwischen uns eine professionelle Freundschaft entwickelt. Jetzt stehe ich im Büro des Machers meines Erfolges in einer renommierten Straße Münchens und überlege mir, wie lange ich dieses unorthodoxe Leben fortführen kann und möchte.

»Mir ist klar, du als Verleger möchtest hohe Verkaufszahlen, da passt ein Happy End sicher besser ins Bild.« Dass mir das scheißegal ist, behalte ich für mich.

»Rede keinen Stuss. Dein Buch ist jetzt schon großartig. An manchen Stellen etwas herumfeilen, der übliche Marketing-Kram und dann geht es ab in den Druck. Aber wir brauchen das letzte Kapitel!« Beim Wort ›Kapitel‹ lehnt er seinen Körper über den Schreibtisch, um die Dringlichkeit zu verdeutlichen. Als sein leicht rötlicher Kopf zwischen den Manuskripten suchend hin und her pendelt, grinse ich.

Natürlich kann ich ihn verstehen. Ein Roman, bei dem die letzten fünfzig Seiten fehlen, kann nur bedingt auf positives Echo der Kritiker hoffen.

Ich spiele mit der kitschigen Statue auf seinem Schreibtisch. Diese hässliche Plastik stellt offensichtlich den kümmerlichen Versuch dar, den Münchner Friedensengel Viktoria ins Moderne zu transferieren. Mit Federkiel und Schiefertafel in den Händen, anstatt dem Ölzweig und dem Palladion. Eine schrecklich misslungene Metamorphose. Passt in das altbackene Büro mit den abgewetzten Möbeln im Stil der Sechzigerjahre. Nur eben mit Viktoria, anstatt mit Viktor, dem hässlichen Gartenzwerg.

Ich stelle das Ding zurück an seinen Platz und denke an diese bezaubernde Frau in meiner Geschichte. Wie immer, wenn es mir nicht gelingt, mich mit intensiver Arbeit abzulenken. Diese Frau, die einen so herzerfrischenden, schrägen Humor hat. Dazu ihre hinreißende Art, über die eigenen Witze zu lachen. Überhaupt ihr Lächeln, das Leuchten der Augen, der schöne Mund, den ich so gerne geküsst habe.

Wie bei den Filmen, die im Vorspann einen schwarzen Bildschirm zeigen und man zuerst undeutlich und dann immer klarer Stimmen vernimmt, die den Zuseher mehr und mehr Aufmerksamkeit abverlangen, kommt mir eine Begebenheit vor ein paar Jahren in den Sinn. Auch andere Schlüsselszenen in meinem zum Teil verkorksten Leben, die mich aufgerüttelt und unermüdlich weitergetrieben haben. Die Auslöser meiner Wandlung, sowie Antrieb für mein Leben sind. Die mich vor sich hergeschoben haben, bis zum heutigen Tag, bis auf diesen Stuhl. Bis zu dem Zeitpunkt, an dem mir nichts anderes bleibt, als von der wahren Liebe nur zu träumen.

Oktober 2014

»Gute Arbeit, Herr Döring! Die Zahlen können sich ja sehen lassen. Weiter so!« So schnell wie der Geschäftsführer Dr. Steinmann Carstens Bürotür aufgerissen hatte, verschwand er wieder und schlug die Tür hinter sich zu. »Danke«, sprach er in Gedanken aus. Carsten Döring hatte kaum Zeit, seine Augen zu heben. Durch die Glasfront sah er nur noch, wie der fast kahle Hinterkopf von Dr. Dr. Konrad Steinmann hinter der nächsten Ecke verschwand. Wie so häufig in den letzten Wochen, mit all der Hektik, welche das Unternehmen an die Belastungsgrenze gebracht hatte. Der Abschluss des Fiskaljahres, das anstehende Joint Venture mit den Asiaten und die Deadline für den Megaauftrag aus Übersee, der wie das Damoklesschwert über den Köpfen des Vorstandes hing. Der positive Jahresabschluss war nicht zuletzt diesem einen Auftrag zu verdanken. Hätten sie ihn nicht bekommen – nicht auszudenken!

Carsten ließ sich tief in den hypermodernen Bürostuhl sinken, drehte ihn Richtung Fenster und dachte an frühere, glücklichere Zeiten. Er war damals beruflich und vor allem finanziell weniger erfolgreich, doch mit einer großen Portion Visionen ausgestattet und dem unbändigen Willen, seine idealistischen Pläne in die Tat umzusetzen. Was war nun von alldem übrig?

Seine Vorzimmerdame Frau Müller trat zu ihm. »Tut mir leid, Chef. Ich konnte Dr. Steinmann in seinem Elan nicht bremsen. Er sagte nur, Sie hätten Ihr Smartphone ausgeschaltet, und rannte an mir vorbei.«

»Wahrscheinlich hatte ich es aus, weil ich nicht gestört werden wollte. Ist nur so ein Gedanke!« Mit Schwung drehte er sich zurück zu den Monitoren. Einer von ihnen war kurz davor den Geist aufzugeben. Ein kurzer, kräftiger Schlag an das Gehäuse und er funktionierte für den Moment. Carsten musste lachen. Ob das bei ihm ebenfalls helfen würde? Die Sekretärin verließ schweigend den Raum.

Als er vor ein paar Jahren nach Wien gezogen war, um den heimatlichen Gefilden zu entfliehen, hatte ihn diese Stadt von Beginn an fasziniert. Die zwischen Epochen wie Romantik und Moderne hängen geblieben schien und deren Bewohner nicht nur selten unverhohlen der K. u. K.-Monarchie nachtrauerten! Dazu die historischen Gebäude, die den Zweiten Weltkrieg unbeschadet überstanden hatten oder in der Nachkriegszeit restauriert werden konnten. Sie lieferten sich mit der zum Teil hochmodernen Architektur einen Wettstreit um den attraktivsten Blickfang für Touristen. Genauso kontrovers wie die Menschen selbst, die er als Piefke kennengelernt hatte.

Das klingelnde Telefon holte ihn aus seinem Tagtraum zurück in die Wirklichkeit. Leicht verärgert rief er durch die offene Tür Richtung Sekretärin. »Frau Müller, gehen Sie bitte ran, ich möchte jetzt nicht gestört werden. Sagen Sie, ich rufe zurück.«

Kurze Zeit später trat Frau Müller durch die Tür. »Es war Ihre Verlobte, Fräulein Wellenreiter. Sie wollte wissen, wann Sie heute nach Hause kommen, sie möchte gerne mit ihnen ausgehen.« Sein Blick sprach Bände, zumindest verzog Frau Müller entschuldigend ihr sonst so freundliches Gesicht. Die letzten Wochen vor dem Jahresabschluss waren anstrengend und mit zahllosen Überstunden verbunden. Er brauchte dringend eine Auszeit auf dem Sofa, ein gutes Buch und eine Flasche Wein. Mehr nicht. Carsten erschrak, als er sich dabei ertappte, dass er bei diesem Gedankenspiel für Claudia keine Nebenrolle einplante.

Vor sieben Jahren, bei einer seiner abendlichen Joggingrunden am Donau-Ufer entlang, war er in Claudia gestolpert. Sie hatte sich gebückt, um ihre Schuhe zu binden. Er war sofort fasziniert von dieser bildschönen Frau, die schweißnass und ungeschminkt vor ihm auftauchte. Er half ihr auf und wie er es als Alpha-Männchen gewohnt war, fragte er, ob er sie als Wiedergutmachung zu einem Kaffee einladen dürfe. Mit einem lauten Lachen verneinte sie, was seine Jagdinstinkte weiter anstachelte. Erst wenn er den Unterschied zwischen Einspänner, Wiener Melange, Kaffee verkehrt, Fiaker, Weißer mit Haut und einigen anderen Zubereitungsarten verstanden habe und seine Einladung dementsprechend formulieren könne, würde sie sich entscheiden. Woher solle sie denn sonst wissen, ob sie »Ja« sagen könne.

Sie trafen sich fortan öfter und genossen die vorsichtige Annäherung an eine Partnerschaft. Irgendwann waren sie zusammen, ohne dass einer von ihnen das überhaupt angesprochen hatte. Moderne Menschen, moderne Zeiten, moderne Beziehungen.

»Ich rufe sie gleich zurück. Danke! Gibt es sonst noch etwas?« Er schaute vom vor ihm liegenden Papierstapel auf.

»Ein paar Rückrufe, mehr nicht. Nichts Dringliches.« Sie legte einige Notizzettel auf den Tisch. »Kann ich sonst etwas für Sie tun? Eine Melange vielleicht?« Als hätte er eine Aufmunterung nötig, schaut sie ihn mit einem mitleidigen Lächeln an. Ihr Wiener Schmäh schien aus alten Moser-Filmen kopiert. Auch ihr »Fräulein« als Anrede jüngerer Frauen schien aus dem vorletzten Jahrhundert. Einer der Gründe, warum er sich in dieser Stadt so wohl fühlte. Die Gemütlichkeit der Österreicher war so anders als das frühere nüchterne Leben in Deutschland.

»Nein, vielen Dank! Möglicherweise später!«, antwortete er bereits viel entspannter!

Als Frau Müller das Zimmer nicht direkt verließ, war klar, dass da etwas nachkommen würde. »Ich wollte heute etwas früher gehen. Ist das in Ordnung? Ich hatte Sie deswegen letzte Woche angesprochen!« Unsicherheit lag in ihrem Ausdruck.

»Natürlich, tut mir leid, hatte ich vergessen. Sie haben morgen frei und fahren in den Urlaub, richtig?« Von seiner Vergesslichkeit genervt, schüttelte er den Kopf. »Gehen Sie ruhig gleich ins Wochenende, heute liegt nichts mehr für uns beide an. Und einen Kaffee aus der Maschine lassen, werde ich hoffentlich alleine hinbekommen.« Frau Müller war die treueste Seele der Firma. Seit über fünfunddreißig Jahren arbeitete sie bereits als Sekretärin in diesem Unternehmen und machte einen tollen Job. Bevor sie den Raum verließ, rief er ihr hinterher. »Frau Müller, habe ich mich schon mal für den großartigen Einsatz in den letzten Wochen bei Ihnen bedankt?«

»Nicht mit Worten, Chef! Sie zeigen mir auf andere Art und Weise, dass Sie meine Arbeit schätzen. Deshalb arbeite ich so gerne für Sie.« Es bedurfte nur eines kleinen Kompliments und sie hatte ihre natürliche Freundlichkeit zurückgewonnen.

»Ich wünsche Ihnen ein schönes langes Wochenende. Genießen Sie es. Sie haben es sich verdient.« Für einen der nächsten Tage nahm er sich vor, für alle Bürokräfte einen großen Blumenstrauß und ein paar persönliche Kleinigkeiten zu besorgen. Zum Dank für ihre Unterstützung in der schwierigen Zeit des fiskalischen Jahresabschlusses.

Er rief Claudia zurück und versprach, bald nach Hause zu kommen. Und dass er sich freute, mit ihr am Abend auszugehen.

Was Carsten unter bald verstand, wurde Claudia deutlich, als er um halb sieben die Wohnung betrat. Bis zu diesem Zeitpunkt hatte er sein Versprechen verdrängt, mit ihr auswärts essen zu gehen.

»Sorry, Steinmann hat mich in ein Gespräch verwickelt und wollte nicht aufhören über seine neueste Idee zu referieren. Carsten betrat das Bad, wo Claudia sich schminkte, und küsste sie flüchtig auf die Schulter.

»Kein Problem, Schatz. Du bist ja rechtzeitig gekommen.« Sie sagte es mit einem Lächeln auf den Lippen, das Carsten den Ärger vergessen ließ. »Jetzt, wo ihr das Fiskaljahr abgeschlossen habt, können neue Ideen sprudeln. Ohne die gibt es keine Zukunft, oder? Sie beugte sich zum Spiegel und trug Wimperntusche auf. Anstatt ihr eine Antwort zu geben, streifte er mit seiner Hand über ihren Slip, was sie mit einem Zucken quittierte.

»Hey, lass das! Zumindest bis ich mich fertig geschminkt habe.«

»Müssen wir heute ausgehen? Ich brauche einen Abend auf der Couch.« Die Aussicht auf ein Schäferstündchen mit seiner Verlobten ließ ihn frohlocken. Was sich schnell legte.

»Was du machst, ist mir egal. Ich möchte raus und das Leben genießen.« Sie unterbrach ihre Schminkaktion und sah ihn direkt an. »Nicht nur du hast Arbeit und Stress. Trotzdem lasse ich mich nicht so hängen. Hör auf zu jammern und zieh dich anständig an! Wir gehen heute Abend aus. Du hast es mir versprochen.«

Carsten saß auf dem Badewannenrand und suchte nach einer passenden Replik. Irgendeine Ausrede, die sie umstimmen könnte. Weil ihm nichts einfiel, erhob er sich und schlurfte ins Schlafzimmer, um sich anzuziehen. Als er Claudias Blick in seinem Rücken spürte, zwang er sich zu einem aufrechten Gang.

Er suchte sich aus dem Schrank ein frisches Hemd und den passenden Pullunder heraus, als Claudia hinter seinem Rücken im Türrahmen auftauchte. »Was ist in letzter Zeit nur los mit dir? Ich erkenne dich gar nicht mehr. Dein ganzer Elan, deine Energie, mit der du mich immer mitreißt – alles weg. Das liegt doch nicht nur an den letzten anstrengenden Wochen im Büro. Gibt es andere Probleme oder Sorgen, von denen du mir nichts erzählt hast?«

Die Frage beschäftigte ihn, bevor er sich zu ihr drehte. Er kannte die Antwort darauf nicht und das beängstigte ihn. Es gab keine offensichtlichen Sorgen oder Probleme. Nichts, was er benennen konnte. Er war getrimmt darauf, keine Schwäche zu zeigen. Weder geschäftlich noch privat. Er ging auf seine Verlobte zu, nahm sie zärtlich in den Arm und zog sie zu sich.

Claudia legte ihren Kopf in seine Halsbeuge. »Du weißt, du kannst mit mir über alles reden. Wann immer du möchtest.«

Hatte er Probleme, die er ihr mitteilen wollte? Wenn nicht seiner Verlobten, wem konnte er sie sonst anvertrauen? Claudia hatte immer ein offenes Ohr für ihn. Zumindest, wenn es um finanzielle oder Bürofragen ging. Um sie zu beruhigen, strich er ihr sanft über den Rücken und zwang sich ein Lächeln ab. Er wollte nicht verneinen und wich einer Antwort aus. »Nur ein kleines Stimmungstief. Das wird wieder.«

Mit ihrer energiegeladenen Art stieß sie sich spielerisch von ihm ab, gab ihm einen Kuss und forderte mehr Tempo beim Ankleiden. Tänzelnd verschwand sie zurück ins Bad und ließ ihren Verlobten mit sehnsüchtigem Grinsen zurück.

Claudia war eine hinreißende Blondine und alle Männer, die er kannte, beneideten ihn. Ihr Auftreten, ihr Charisma zog Männer in ihren Bann.

In der sündhaft teuren Business-Kleidung und mit dem souveränen, selbstsicheren Auftreten passte sie mit ihrem Eliteuni-Abschluss in jede Vorstandsetage eines DAX-Unternehmens. Er konnte sich glücklich schätzen, dass sie für ihn auf eine große Karriere in Deutschland verzichtete. Angebote gab es genug. Wöchentlich flatterten Offerten aus namhaften Unternehmen ins Haus. Die Headhunter übertrafen sich rekordverdächtig bei den Versuchen, ihr eine Position bei den Klienten schmackhaft zu machen.

Der Sex war umwerfend, wenn auch nicht mehr allzu häufig, und bei den Anlässen mit gemeinsamen Freunden oder offiziellen Auftritten machten beide den Eindruck eines Paares, das füreinander bestimmt war. Fehlte nur noch die Botschaft, sie sei schwanger oder es gäbe einen Hochzeitstermin. Bei den weiblichen Bekannten wären Tränen und Frohjauchzen vorprogrammiert.

Nachdem er sich aufgefrischt und mit Claudia im Bad einige Nettigkeiten ausgetauscht hatte, waren die Spuren der Erschöpfung kaschiert. Was eine Rasur und ein paar Tropfen Eau de Toilette Wunder bei ihm bewirkten.

Es wurde einer dieser Abende, die ohne große Erwartungen beginnen und sich durch die eine oder andere Nebensächlichkeit erfreulich gestalten. Carsten nahm sich vor, öfter aus seiner Bequemlichkeit auszubrechen. Ansonsten befürchtete er für sich eine Zukunft als langweiliger alter Mann, der lieber mit seinen Fischen im Aquarium redet und die einzigen Worte, die er an seine Frau richtet, irgendetwas mit Essen beinhalten.

Beim Lieblingsitaliener standen Kerzen auf dem Tisch und landestypische Musik säuselte aus den Lautsprechern. Eine willkommene Gemütlichkeit, die den

Alltag für ein paar Stunden vergessen ließ. Bei einem guten Wein, gedimmtem Licht und einer vorzüglichen Pasta war der Abend auf dem Sofa in den Hintergrund geraten.

Da sie beide nach einem anstrengenden Berufsalltag nicht kochen wollten, kamen sie oft hierher. Mittlerweile wurden sie vom Maître persönlich mit Namen begrüßt, was ohne Frage als untrügliches Zeichen gedeutet werden konnte, zu wenig daheim und zu oft auf Achse zu sein.

Claudia liebte das Restaurant. Nicht nur sie, jede Frau genoss die aufgesetzte Verehrung eines südländischen Gigolos. Lieber ein weniger ernst gemeintes Kompliment als keins. Ihre Augen glänzten, wenn sie von einem schlüpfrigen Italiener mit Handkuss und Namen begrüßt und ihr aus der Jacke geholfen, oder der Stuhl zurechtgerückt und mit einer leichten Verbeugung die Menükarte ausgehändigt wurde. Dazu der italienische Akzent beim Aufzählen der Tagesspezialitäten. Fehlte nur, dass er zu ihr ›Bella‹ sagte und an seinem Goldkettchen spielte. Innerlich lachte Carsten ihn für dieses Gebaren aus. Er war Manns genug und ließ sich davon in seiner Alpharolle nicht verunsichern. Ihr tat die geschenkte Aufmerksamkeit gut und das war das Wichtigste für ihn.

Der kleine Italiener, der es bis zum Oberkellner im väterlichen Betrieb geschafft hatte, könnte keine zwei Woche neben einer Frau wie ihr bestehen. Claudia würde so einen Wicht mit Haut und Haaren verschlingen. Wie eine Gottesanbeterin ihren Artgenossen, noch während sie im Geschlechtsakt verwickelt waren.

Carsten schlang seine Torchiette Salsiccia mit Spinat, getrockneten Tomaten und Walnüssen etwas zu hastig herunter. Im Gegensatz zu Claudia. Sie war immer auf die Etikette bedacht und aß ihre vegetarischen Pane Frattau, einen sardischen Hirtenimbiss, der an eine vegetarische

Lasagne erinnerte, mit Bedacht. Mit Tischmanieren wie eine Hofdame beim Bankett Luis XIV. Verstohlen sah er zu, wie ihre geschlossenen Lippen die feinportionierten Häppchen vorsichtig von der Gabel zog. Er liebte es, ihr beim Essen zuzusehen. Sie strahlte dabei Wertschätzung für das Gericht und Respekt vor der Arbeit aus und ließ es wie stillen Beifall für den Küchenchef aussehen. Wenn er sich daheim die Zeit nahm und für sie beide kochte, war es nicht anders. Diese Frau hatte eine natürliche Eleganz, die zu keiner Zeit wie konditioniert oder antrainiert wirkte.

Anschließend gingen sie in eines der hochmodernen Multiplex-Kinos und Carsten freute sich auf die bequemen Sitze als Alternative für das Herumlümmeln auf seiner Couch. Er überließ die Filmauswahl seiner Herzdame, obwohl seine Wünsche nach Action und Abenteuer vermutlich unberücksichtigt blieben.

Seine Annahme bestätigte sich. Sie wählte einen herzzerreißenden Liebesfilm mit Schauspielern, denen es gelang, eine heile Welt für ihr Publikum herbeizuzaubern. Der Plot – scheinbar immer auf dem gleichen Reißbrett entworfen. Zuerst ein Rückschlag im Leben und anschließend eine mehr oder minder unerwartete Wendung, die bei den mitfiebernden Filmenthusiasten die Hoffnung weckten, im eigenen Dasein auf eine ähnlich glückliche Fügung hoffen zu dürfen.

Beide sahen solche Schnulzen gerne. Männer sehnen sich gleichfalls nach Geborgenheit und Liebe, egal welches Gehabe sie im Alltag an den Tag legen. Claudia nahm dabei gerne ein Kissen an die Brust und schmiegte sich auf dem Sofa an ihn. Ein Umstand, der wiederum seinen Neid auf den Hauptdarsteller geringer ausfallen ließ. Was ihr Sofa von den hypermodernen Sesseln unterschied, war die Möglichkeit für Claudia, ab und an in die Küche zu gehen, um heimlich ihre Tränen zu trocknen.

Was ihn enttäuschte, war die Erkenntnis, sich selber keine so tiefen Empfindungen mehr zu erlauben. Aus dem Augenwinkel beobachtete er neidisch, wie Claudia mit aufgerissenen Augen die Trennung der beiden Protagonisten verfolgte. Bei seiner nüchternen, analytischen Art zu denken, erwartete er eine baldige Versöhnung noch vor dem Abspann.

Tatsächlich nahm Claudia bei der Abschiedsszene seine Hand, drückte sie gegen ihre Brust und küsste seine Finger. So anschmiegsam hatte er seine Verlobte lange nicht mehr erlebt. Mit einem Finger streichelte er ihre Wange und wischte mehr unabsichtlich als gewollt eine Träne weg. Diese toughe Frau, die im Berufsalltag hochrangige Vorstände dazu brachte, nach ihrer Pfeife zu tanzen, zeigte sich in der Öffentlichkeit verletzlich, wie ein Teenager. Und das gefiel Carsten. Ihr Facettenreichtum hatte eine Bandbreite, die keine Schauspielerin aus Hollywood nur ansatzweise widerspiegeln konnte.

Als das Licht im Saal anging, wischte Claudia kurz mit dem Handrücken über ihre Augen, was ihr jetzt im Licht der Deckenlampe etwas peinlich war.

Sie liefen an den Schaufenstern entlang, ohne die Auslage zu beachten. Claudia schien noch aufgewühlt und in Gedanken den Film Revue passieren zu lassen. Ab und an zeigte sie auf Dinge, die kein Mensch brauchte, sich aber vereinzelt gönnte, damit man das eingehende Geld nicht nur für nichtige Dinge wie Miete und Lebensunterhalt ausgab. Hand in Hand schlenderten sie durch die Straßen und Claudia legte ihren Kopf an seiner Schulter an.

»Schatz, ich habe gemerkt, wie angespannt du in letzter Zeit bist. Ist im Büro wirklich alles gut?« In ihren Worten klang aufrichtige Sorge um ihn mit.

Carsten musste kurz überlegen, bevor er ihr antworten konnte. »Ja, natürlich. Der Jahresabschluss hat sich lange hingezogen und ich bin erschöpft – mehr nicht. Ich bin geschlaucht. Jetzt wird es geordneter zugehen. Wie sieht es bei euch aus? Alles okay?« Sie erzählte beiläufig die Vorkommnisse in ihrer Firma. Die Zahlen passten, der Chef war zufrieden. Was will man mehr?

Auf ihrem Weg nach Hause liefen sie durch den hell erleuchteten kleinen Park und Claudia schmiegte sich an ihn. Obwohl er ihre Zuneigung genoss, wünschte er sich, endlich seine Beine hochlegen und ausstrecken zu können.

»Weißt du, wir sollten uns einen Urlaub gönnen. Was hältst du von der Idee? Wir könnten zwei, drei Wochen irgendwohin in die Sonne fliegen.« Carsten brauchte Ablenkung. Seine Gedanken zerstreuen, um diese anschließend wie Puzzleteile an den richtigen Platz zu bringen. Ihm kam dieser spontane Einfall ohne äußere Anregung. Kein Plakat, keine Werbesendung, die ihn gezielt manipuliert hatte. In seinem Kopf sah er sich auf einer bequemen Liege einen Mojito trinken. Bei einem Faulenzerurlaub am hauseigenen Strand eines Luxushotels. Wenige Meter entfernt von der gebuchten Fünf-Sterne-Suite auf den Malediven. Oder Seychellen, egal.

Leider wischte Claudia seine Wünsche mit einem reflexartigen Handstreich weg. »Vergiss es! Ich stehe kurz vor einem Karrieresprung. Ich habe nicht die Möglichkeit, mehr als ein langes Wochenende zu fehlen. Und nicht einmal das ist in der jetzigen Phase drin. Die Kollegen sind wie Haie, die nur auf eine Schwäche von mir warten. Sie würden in einen Blutrausch verfallen.« Sie musste seine Enttäuschung wahrgenommen haben, denn sie fügte besänftigend hinzu: »Es kommen andere Zeiten, in denen wir das Leben genießen können.« Sie liefen nebeneinanderher und schwiegen das Thema aus.

Wann würden bessere Zeiten kommen? Seit ein paar Jahren gab es nur Arbeit und Karriere für beide. Eine Suche nach Erfolg, Sättigung des Machthungers oder die Befriedigung des Wohlstandsstrebens hatten Claudia und ihn in eine Aufwärtsspirale gedrängt, die nur ein Ziel kannte: Die Spitze.

»Wenn wir an bessere Zeiten denken, können wir ja auch über Familie reden.« Carsten machte bewusst eine kleine Pause und gab ihr die Möglichkeit, darüber nachzudenken. »Wir wollten eine Familie gründen. Den Hochzeitstermin haben wir bereits zwei Mal verschoben. Sind das noch unsere Ziele?«

Claudias Blick verlor sich im Dunkel der Nacht, das abseits des Weges nur Konturen freigab. Sie zögerte und ihre Stimme wurde leiser. »Ich bin mir nicht mehr sicher, ob ich tatsächlich Kinder will. Ich genieße es eine Geschäftsfrau zu sein. Und ich bin gut darin. Die Anerkennung meiner Leistungen und das schöne Leben, das wir führen, wären für mich ausreichend. Glaube ich. Wie denkst du darüber?« Sie blieb stehen und sah Carsten tief in die Augen. Claudia nahm sein Gesicht in beide Hände und bevor sie ihn küsste, sagte sie: »Kannst du dir vorstellen, wie ich Windeln wechsle oder am Herd stehe und im Brei rühre?«

Gegen seinen Willen schüttelte er den Kopf. Diese Frau war auf Perfektion und Schönheit getrimmt. Von morgens nach dem Aufstehen bis zum Abschminken, vor dem Zubettgehen. Nein, so sah er Claudia nicht. Und er selbst war ebenfalls auf Karriere und auf Wohlstand aus. Wollte er ab und an früher nach Hause gehen, um an einem Kindergeburtstag teilzunehmen? Oder akzeptierte sein Chef Fehlzeiten, weil das Kleine ihm eine Erkältung oder andere Krankheiten aus dem Kindergarten mitgebracht hatte? Ihr Leben und ihr Erfolg waren vorbestimmt und da spielten Kinder keine Rolle. Eine inszenierte, pompöse Hochzeit mit dutzenden Geschäftspartnern sicherlich. Wer braucht Familie und Freunde, wenn er Kollegen hatte?

Claudia küsste ihn zärtlich. »Mir ist bewusst, dass wir andere Pläne hatten. Aber Pläne ändern sich und nur wer sich den neuen Situationen anpasst, wird im Leben Erfolg haben.« Trotz ihrer bestimmten Aussage konnte sie eine gewisse Unsicherheit nicht verbergen. »Vielleicht ändere ich meine Meinung irgendwann. Ein klein wenig Zeit habe ich ja noch. Momentan kann ich mir das normale Leben einfach nicht vorstellen.«

Etwas enttäuscht zog Carsten sie an sich und gab ihr einen Kuss auf die Stirn. Er hatte auf eine andere Antwort gehofft, sie aber nicht erwartet. Eine solche wäre eher überraschend gekommen. Claudia wusste, dass er sich Kinder wünschte. Eine Familie, die es wert war, tagtäglich für ihr Glück zu kämpfen. Sie beide wollten das früher.

Insgeheim hoffte er, dass bei ihr irgendwann ein Umdenken stattfinden würde. Und er wollte warten. In der jetzigen Phase ihrer Beziehung war das einfach nicht vorgesehen.

Eng umschlungen gingen sie weiter.

»Wenn ich die Zahlen nicht bis um dreizehn Uhr auf meinem Tisch liegen habe, hole ich sie persönlich ab. Und das hätte für Sie Konsequenzen. Haben Sie mich verstanden?« Nachdem das klägliche ›Ja‹ am anderen Ende zu vernehmen war, flog das Mobilteil auf dem

Tisch. Carsten kochte, weil er seit Tagen vertröstet wurde. Was bildete sich diese Quotentussi ein? Österreichische Gemütlichkeit hin oder her. Es gab eben Dinge, die erledigt gehörten.

Und keine Frau Müller weit und breit, die ihn besänftigen konnte. Wie wichtig sie für ihn wahr, erkannte er immer, wenn sie fehlte. Genervt stand er auf und nahm seine Kaffeetasse mit, um den Puls herunterzufahren. Vermutlich nicht die beste Idee, aber er nahm den Gang in die Sozialküche als willkommene Abwechslung.

Zwei Mitarbeiter aus einer anderen Abteilung flohen vor der Bugwelle des Zorns, die er vor sich herschob. Selbst sein besänftigendes »Alles klar bei Ihnen« zur Begrüßung drang bei den Flüchtigen nicht richtig durch. Als er die Situation richtig einordnete, konnte er sogar darüber lachen. Er erinnerte sich an ein kleines Zitat von Erich Kästners Moralisten Fabian: Sie war so mürrisch, dass man sich am liebsten gegen Hagel versichert hätte. Traf auf ihn wohl gleichfalls zu.

Auf dem Flur lief Dr. Dietmar Pichler vorbei. »Bitte nicht«, dachte Carsten nur. Zwei Sekunden später kam der Vorstand zurück und gesellte sich zu ihm. »Na, Herr Döring, wie läuft es? Endlich etwas mehr Ruhe im Haus.« Pichler schenkte sich einen Kaffee ein.

Irgendwie war diese angepriesene Ruhe nicht bis in sein Büro vorgedrungen. »Es läuft zumindest. Allerdings warte ich noch immer auf die Prognose von Frau Wiesmann für das nächste Quartal.«

»Ja, das habe ich mitbekommen. Sie hat sich bei mir beschwert, Sie hätten ihr gedroht. Stimmt das? Die Arme gibt doch ihr Bestes. Seien Sie nicht immer so schroff.«

»Die Arme ist ein faules, intrigantes Luder«, dachte er, behielt das aber für sich. »In der Abteilung von Frau Wiesmann läuft es offenkundig nicht rund. Und anstatt sich die Zeit für eine Beschwerde zu nehmen, sollte die Dame in die Puschen kommen und ihre Arbeit machen, die seit drei Wochen überfällig ist. Was hat sie denn noch so von sich gegeben, die Frau Wiesmann?« Carsten lehnte sich auffallend lässig an die Küchenzeile.

Pichler antwortete nicht gleich. Er betrachtete den Becherinhalt so interessiert, als könnte er im Kaffeesatz die Antwort finden. Irgendwann durchbrach er das Schweigen und sah ihm in die Augen. »Es geht nicht um Frau Wiesmann, Herr Döring. Mir fällt seit Längerem auf, dass von Ihrer lockeren Art aus den Anfängen bei uns nicht viel übrig ist. Wir haben doch einiges von Ihnen abverlangt, das ist mir klar. Sie sollten ein paar Tage freinehmen und sich von den Strapazen der letzten Wochen erholen.«

Carsten sah dem Mitglied des Vorstands in die Augen, verkniff sich aber eine Antwort. Wenn er sich von den in den letzten Jahren angehäuften Überstunden und Resturlaubstagen Urlaub gönnen würde, hätte er ab sofort bis Mitte des übernächsten Jahres frei. »Vielleicht sollte ich das wirklich machen. Sie haben recht, Herr Dr. Pichler. Das ist ein guter Vorschlag.«

Mit dem Stolz eines Vaters, der seinen aufmüpfigen Sohn mit Ruhe und Sachlichkeit aufmuntern konnte, klopfte Pichler auf Carstens Schulter. »Und wenn Sie zurück sind, reden wir darüber, wie wir Ihre Abteilung personell etwas aufstocken können. Was halten Sie davon? Die Firma ist, seit Sie bei uns angefangen haben, um die Hälfte gewachsen und Ihre Abteilung arbeitet noch immer mit dem gleichen Mitarbeiterstamm.«

»Genaugenommen ist er um zwei Mitarbeiter geschrumpft. Unsere Vorstandschaft wollte die beiden Frauen in Mutterschutz, respektive Elternzeit, wegen

Einstellungsstopp nicht ersetzen.« Diese Spitze war unnötig, aber der Frust musste raus.

Dr. Dietmar Pichler antwortete nicht darauf. Carsten war sich im Klaren, dass er diese Bemerkung abspeichern würde, um sie irgendwann gegen ihn zu verwenden.

»Sei es drum«, Carsten stellte seine Tasse in die Spülmaschine, »wenn Frau Müller am Montag zurück ist, spreche ich das mit ihr durch. Zwei, drei Wochen Urlaub sind längst überfällig. Und mit frischer Energie werden wir das neue Fiskaljahr wieder erfolgreich absolvieren. Danke für Ihren Rat. Ich weiß das zu schätzen.«

Als Pichler »zwei, drei Wochen Urlaub« hörte, verschluckte er sich, setzte aber schnell ein professionelles Lächeln auf. »Ganz so lange sollten Sie uns nicht alleine lassen.« Sicherlich mit einer wohldurchdachten Bemerkung fügte er hinzu: »Sonst gewöhnen wir uns daran, dass wir ohne Sie auskommen können. War natürlich nicht ernst gemeint, Herr Döring. Sie wissen, wie sehr wir Sie schätzen.« Pichler wollte es wie einen Scherz klingen lassen und lachte laut los. Erneut klopfte er Carsten kumpelhaft auf die Schulter.

Gerade als Pichler gehen wollte, setzte Carsten einen weiteren Triggerpunkt. Er zeigte ihm, dass er nicht eingeschüchtert war. Ob gut oder schlecht, spielte keine Rolle. In solchen Momenten wurden Territorien abgesteckt. »Herr Dr. Pichler, wären Sie bitte so freundlich und sprechen Frau Wiesmann auf die überfälligen Prognosen an? Ganz offensichtlich ist die Dame bei mir nicht gewillt, einer übergeordneten Abteilung zuzuarbeiten, ohne dass sie von Ihnen den ausdrücklichen Auftrag erhält. Dann kann ich noch vor meinem Urlaubsantritt die Zahlen zusammenstellen und weiterreichen.«

Pichler verstand den Wink. Mit einem ruhigen Kopfnicken verschwand er.

Du dummer kleiner Arsch, dachte Carsten. Kommt hier her und droht mir, dabei ist seine Stellung im Vorstand keineswegs so sicher, wie er immer vermutet. Das hatte ihm ein Kollege gesteckt, der im engeren Umfeld der Geschäftsleitung seine kleinen Spione aufgestellt hatte. Und wenn er fliegt, kann die Wiesmann auch ihre Koffer packen. Er nahm sich vor, nächste Woche mit dem Vorstandsvorsitzenden Dr. Steinmann zu reden, wohin die Reise des Unternehmens gehen würde. Zu ihm hatte er einen guten Draht. Vielleicht würde er zwischen den Äußerungen etwas heraushören können, was gut für ihn wäre.

Zufrieden mit sich und der Welt, ging er zurück an seinen Schreibtisch.

Am Montag im Büro hatte sich sein Gemütszustand noch immer nicht verbessert. Aufgewühlt und unfokussiert saß er vor seinen Monitoren. Der defekte heischte mit Flackern nach Aufmerksamkeit. Motivationslos klopfte er gegen das Gehäuse, bis der kaputte Chip sich funktionsfähig zurückmeldete.

Die Zeit nach der Bilanzierung war wie erwartet etwas ruhiger und Meetings standen nicht an. Allerdings gelang es ihm überhaupt nicht, mit dieser Leere umzugehen. Er mochte den Stress, genoss ihn und sehnte sich nach dem Glücksgefühl, das sich einstellte, sobald Deadlines eingehalten werden konnten und vermeintlich Unmögliches vollbracht wurde. Das jetzige Arbeitspensum erledigte sich nur widerwillig. Er konnte sich einfach nicht konzentrieren.

Das Wochenende war, gelinde gesagt, unharmonisch verlaufen. Und in den Lücken zwischen schlechtem Gewissen, sich verflüchtigenden Wünschen und verletzten

Gefühlen versuchten Claudia und er eher erfolglos die Zweisamkeit auszuleben.

Warum sollte er weiter blödsinnig herumsitzen? Er schaltete die Bildschirme aus, stand auf und verließ das Büro, um die geplanten Einkäufe zu machen. »Frau Müller, ich melde mich kurz ab und mache ein paar Besorgungen.« Carsten stand lässig an den Türrahmen zum Sekretariat gelehnt und sah, wie seine beste Angestellte emsig ihre Unterlagen sortierte.

Sie lächelte über seine flapsige Art und wie er sich bei ihr ›abmeldete‹. Sofort fiel ihr etwas ein, was er zuvor erledigen musste. Erst dann dürfe er gehen. In solchen Fällen war sie streng zu ihm. Sonst lief sie Gefahr, dass sie tagelang den Informationen hinterherlaufen musste. »Herr Döring, bitte nur einen kurzen Moment.« Sie kramte zwischen ihren Unterlagen ein Blatt Papier hervor. »Ich mache gerade Ihren Urlaubsantrag fertig. Ich brauche noch die Information, wie lange Sie nehmen möchten.« Mit dem Kugelschreiber in der Hand wartete sie auf eine Antwort.

Er konnte ihr leider keine entsprechende Auskunft geben. Als er am Wochenende die Diskussion mit Claudia erneut angeregt hatte, führte dies zu keinem Ergebnis. Vielmehr zu einem verbalen Scharmützel. Keine gravierende Sache, nur eine kleine Unstimmigkeit. Seine Herzdame sah nicht ein oder wollte nicht einsehen, dass ein Urlaub vonnöten war. Sie war nicht bereit, das Schlachtfeld in ihrer Firma kampflos den Intriganten zu überlassen. Wenn er in den Urlaub wollte, müsste er alleine gehen. In seiner Erinnerung drehte sie sich erneut um und verschwand angesäuert im Bad.

»Leider nicht, ich habe ja noch den Rest der Woche, mir das zu überlegen. Reicht Ihnen das?«

»Natürlich, Herr Döring. Der wird bestimmt durchgehen. Der erste Urlaub seit drei Jahren. Ich freue mich für Sie. Endlich können Sie sich etwas erholen. Wohin fahren Sie denn mit Ihrer Verlobten?«

Frau Müller genoss sein Vertrauen in vielerlei Hinsicht. Sie beide diskutierten öfter Dinge, die im Geschäftsleben als grenzwertig angesehen werden konnten. Bei der einen oder anderen spitzen Bemerkung über Kollegen, Vorgesetzte oder richtungsweisende Vorstandsentscheidungen riskierte er sicherlich eine Ausgrenzung aus dem Mitarbeiterstamm. So formulierte er gerne Entlassungen mit einer taktvollen Metapher. Frau Müller stand ihm immer loyal zur Seite. Sie beruhigte ihn, wenn er aufgebracht war, musste ihn aber stark besänftigen, wenn er überkochte. Doch diese persönliche Angelegenheit wollte er für sich behalten.

»Es hängt nicht nur von mir ab, sondern wie viel Zeit Frau Wellenreiter sich von ihrer Firma stehlen kann. Wahrscheinlich werden wir erst am Freitagnachmittag Genaueres wissen.« Damit wand er sich aus der Affäre und blieb eine finale Antwort schuldig.

Es war Regen angesagt. Carsten schnappte sich seinen Notfall-Trenchcoat und zwinkerte Frau Müller zum Abschied zu. Für sie wollte er etwas Besonderes finden.

Als der angekündigte Regen einsetzte, beobachtete Carsten durch die Scheiben eines kleinen Cafés, wie die Menschen draußen im Rennen versuchten, mal dem Spritzwasser der Autos und mal dem Regenguss auszuweichen. Zumindest beim Spritzwasser klappte dies jedes zweite, dritte Mal. Dieses Schauspiel amüsierte ihn dermaßen, dass er für eine Weile seine schlechte Laune vergaß. Möglicherweise war es auch die Aussicht auf Urlaub.

Er hatte ein paar Kleinigkeiten für seine engsten Teammitglieder gekauft, die seine schlimmsten Ausraster mit stoischer Ruhe ertragen hatten. Als Nächstes wollte er einen schönen Blumenstrauß für Claudia besorgen. Als kleine Bestechung – sozusagen. Wenn er sie in eine gute Stimmung versetzte, wäre der nächste Schritt viel einfacher und sie könnten gemeinsam eine kleine Reise über die einschlägigen Portale buchen. Aber was würde er machen, wenn sie ›nein‹ sagte?

»Darf ich Ihnen noch etwas bringen?« Im Spiegelbild der Scheibe erkannte er schemenhaft die Serviererin und drehte sich zu ihr um. Die junge, attraktive Frau nahm gerade die leere Tasse vom Tisch und lächelte ihn an. Carsten vermutete in ihr eine Studentin aus Deutschland. Bei ihr fehlte ein österreichischer Akzent. Jetzt legte sie ihren Kopf leicht schief und schenkte ihm ein wunderschönes Lächeln. In ihren leuchtenden Augen las er die ersten drei Ziffern ihrer Handynummer. »Was hat Sie denn auf der Straße so belustigt? Sie haben so ein spitzbübisches Lächeln aufgesetzt.« Sie sah abwechselnd auf die Straße und zu ihm.

Carsten genoss dieses kleine Spiel. Es tut Männern gut, wenn sie die Aufmerksamkeit schöner Frauen gewinnen können. Obwohl er Claudia immer treu war und ihr nie einen Grund zur Eifersucht gab, flirtete er gerne. Jetzt musste er sich zusammenreißen. Wegen der vielen Überstunden, dem kleinen Streit am Wochenende und dem angedachten Austricksen, um sie zum Urlaub zu überreden, war sein schlechtes Gewissen bereits groß genug. »Vielen Dank, aber ich muss leider weiter.« Er atmete tief durch und setzte sich etwas aufrechter hin. »Wären Sie so freundlich und bringen mir die Rechnung?« Verspielt drehte er den Zuckerstreuer in seiner Hand.

»Schade, manche Gäste gehen einfach viel zu früh.« Welch ein schönes Kompliment für einen Mann! Carsten genoss die Signale, die er empfing.

»Das ist reizend von Ihnen. Aber, wenn ich nicht schleunigst von hier verschwinde, muss ich meiner Verlobten möglicherweise unreine Gedanken beichten. Und das wollen wir nicht, oder?«

»Was Sie wollen, weiß ich nicht. Was ich will, schon. Was machen wir jetzt mit dieser Pattsituation?«

Er musste dieser unbekümmerten Art Respekt zollen. In ihrem Alter war er bei Weitem nicht so selbstsicher. Sie war erheblich jünger als er. Vielleicht Anfang, Mitte zwanzig, kurz vor ihrem Bachelor. Unbekümmert sagte sie, was sie dachte und was sie wollte. »Ein freundschaftliches Unentschieden wäre am besten, meinen Sie nicht?« Wo waren diese Angebote, als er jung, weniger selbstsicher und sexuell erheblich hungriger war? Sie lächelte ihn an und ging zum Tresen.

Zurück an seinem Tisch legte sie die Rechnung verdeckt auf einem silbernen Tablett vor ihm ab. Dann verschwand sie erneut und ließ ihn mit seinen unkeuschen Gedanken zurück. Als er die Quittung umdrehte, las er: Ich heiße Pamela, falls wir uns einmal wiedersehen. Er rundete außerordentlich großzügig auf und stand auf, um seine Einkaufstour fortzuführen. An der Tür trafen sich ihre Blicke ein letztes Mal. Sie hob die Hand und ließ ihre Finger wie auf der Klaviertastatur tanzen, um sich zu verabschieden. Er deutete nur ein Kopfnicken an und grinste wie ein Pennäler in den Wirren der Nachkriegszeit, der entdeckt hatte, dass die anderen Jungs, die Kleider trugen, eben keine Buben waren.

Er wusste, was er an Claudia hatte und würde niemals Blödsinn machen. Aber es waren diese kleinen Anekdoten, die einen Mann für den Rest seines Lebens begleiten.

Woran er sich immer mit einem erröteten Gesicht erinnern wird. Ihr Gesicht verschwamm mit der Zeit, das Gefühl niemals. Nahestehende würden ihn irgendwann fragen, warum er denn so dämlich grinste. Doch dieses kleine Geheimnis wäre für keinen Außenstehenden von Bedeutung und nur sein Herz würde wissen, dass es an diese kleine Szene damals im Café in Wien lag.

Am späten Nachmittag betrat er mit zahlreichen Einkaufstaschen die Wohnung und wunderte sich zuerst über die Ruhe. Schlagartig wurde ihm bewusst, dass er vor langer Zeit das letzte Mal so früh nach Hause gekommen war. Claudia war im Büro und arbeitete an ihrer Karriere. Ihn umfasste noch die im Café gewonnene Hochstimmung wie ein Hermelinmantel, der die Schultern eines Monarchen zierte. Widerwillig zog er seine Jacke aus, weil er diesen Glücksmoment konservieren wollte.

Mit einem Glas Wasser in der Hand setzte er sich auf das Sofa und begutachtete seine gekauften Schätze. Egal, wie oft er seine Notizen kontrollierte, Carsten hatte das Gefühl jemanden vergessen zu haben. Irgendwann sah er ein, dass seine Befürchtung unbegründet war, und er konnte den frühen Feierabend genießen.

Aber wie? Was machen Normalbürger, wenn sie ein kleines bisschen Zeit freischaufeln konnten? Einen Garten hatten sie nicht und der Balkon war unbegrünt. Hobbys? Fehlanzeige! Der letzte Joggingausflug lag Jahre zurück. Außerdem weigerte er sich, zu dieser Stunde den Fernseher einzuschalten, um Idioten dabei zuzusehen, wie sie von zweitklassigen Moderatoren vor laufender Kamera zur Ergötzung der Zuschauer bloßgestellt wurden.

So schnell wollte er sich nicht geschlagen geben. Das Eingeständnis, sich lieber mit Arbeit zu umgeben, als

Freizeit zu genießen, musste sich gedulden. Bevor er es vergaß, suchte er eine Vase, um die Blumen stilvoll zu drapieren. Claudias Freude würde mit in Braunpapier eingewickeltem Strauß vermutlich geringer ausfallen. Aber egal wo er suchte, in der Wohnung gab es keine Vase. In welchem Haushalt in Westeuropa gab es keine Vasen? Kopfschüttelnd nahm er das größte Glas, das er finden konnte, und hoffte, dass es nicht umkippte. Beim Betrachten des Konstrukts war er sich dessen nicht sicher.

Der Strauß war schön. Lediglich die Präsentation war erbärmlich. In seinen Erinnerungen kramte er nach der letzten Situation, in der bei ihnen Blumen auf dem Tisch gestanden waren. Hatte er tatsächlich nie zuvor für seine Verlobte Blumen gekauft?

Natürlich hatte er! An ihren Geburtstagen und als sie einmal bei ihm im Büro anrief, um von ihrer Beförderung zu erzählen. Die kam eher früher als erwartet. Umso größer war ihre Begeisterung. Er hatte Blumen und Champagner mit nach Hause gebracht und anschließend waren sie zum Essen gegangen. Wobei er augenzwinkernd darauf bestanden hatte, dass sie zahlte. Schließlich hatte sie eine saftige Gehaltserhöhung bekommen. Emanzipation geht in beide Richtungen.

Endlich fiel ihm ein, dass Claudia, um Platz im Sideboard zu schaffen, die Blumenvasen im Schlafzimmerschrank verstaut hatte. Offenkundig rechnete sie nicht mit häufigem Gebrauch. Ein paar gehässige Gedanken kamen für seine strebsame Freundin auf, weil sie sich noch im Büro aufhalten musste. Was erneut ein schlechtes Gewissen aufkommen ließ.

War das der Grund, warum er so viel Zeit in der Firma verbrachte? Dieser Moment fühlte sich wie damals an, als er einmal in der Schule Bauchschmerzen vorgetäuscht hatte und so früher nach Hause gehen durfte. Ein Junge, der sich als Sieger über das System fühlte und vor Langeweile nicht wusste, was er mit sich anstellen sollte. Der sogar die gewonnene Zeit damit verplempere, sich eine passende Ausrede für die Eltern zurechtzulegen.

Ein Blick in den Kühlschrank offenbarte, dass sie am Abend etwas bestellen mussten. Vor lauter Flirterei hatte er nur die kleinen Anerkennungen gekauft und die Lebensmittelfrage unbeantwortet gelassen. Jetzt wollte er nicht mehr einkaufen gehen oder Claudia damit behelligen.

Die Blumen drapierte er auf dem Bistrotisch. Wenn Claudia nach Hause käme, würde sie direkt von ihnen begrüßt werden. Ihm gefiel der Gedanke und er sah seine Verlobte bereits vor sich stehen und strahlen.

Carsten stellte sich ans Fenster in der Küche und ließ die Sonnenstrahlen, die es durch die Regenwolken schafften, sein Gemüt erwärmen. Was konnte man mit der freien Zeit anstellen? Hobbys hatte er keine und den spärlichen Freiraum zwischen den Bürostunden verbrachten er und Claudia immer gemeinsam. Die Phase des Joggens war vorbei. Das sollten Menschen unter fünfundzwanzig oder über fünfzig machen. Die einen in dem Wahn, ihren Körper auf ewig jung und fit zu trimmen. Die anderen, weil sie nach Jahren von Fast Food, Nikotin und Alkohol ihren Astralleib erneut als hochgeschätzten Tempel erkannten und dessen Erhalt die Hauptaufgabe der nächsten Jahre sein würde.

Männer um Mitte vierzig gehörten weder der einen noch der anderen Gruppe von Spinnern an. Sie dachten nicht an ihre Vergänglichkeit und betrieben Raubbau mit ihrer Gesundheit. Mit auffälliger, hochwertiger Kleidung und Duftwässerchen kaschierten sie Symptome des vorzeitigen Alterns. Dass der körperliche

Zerfall fortgeschrittener war, als man es sich im Allgemeinen zugestehen wollte, sahen sie nicht ein. Diejenigen, die alle anderen als Verrückte bezeichneten, anstatt sich selbst ans Hirn zu fassen.

Unter ihm liefen vier Asylanten durch die Straße und lachten. Sie erzählten womöglich Anekdoten aus der alten Heimat oder einfach nur Witze. Zumindest hatten sie viel Spaß. Einer von ihnen sah jemandem ähnlich, der es seit Längerem nicht in seine Gedanken geschafft hatte. Der immer lustig, der immer optimistisch und immer zu Späßen aufgelegt war. Wie es Papis wohl ging? In ihm erwachte die Erinnerung an ihre gemeinsame Zeit als Entwicklungshelfer im Senegal, als das Telefon klingelte.

»Hi Schatz, Frau Müller hat mir erzählt, wo ich dich finden kann. Warum bist du denn zu Hause?«

»Ich habe ein paar Besorgungen gemacht. Wollte mich bei den Kollegen bedanken, dass sie so viele Überstunden machen mussten.«

»Hoffe, du hast für mich auch etwas besorgt. Ich mache schließlich ebenfalls viele Überstunden.« Carsten konnte ihr Lächeln am anderen Ende vernehmen.

»Mal sehen, was übrigbleibt. Wann kommst du heute?« Mit der freien Hand richtete er die eine oder andere Blüte in der Vase.

»Das war mir klar, dass du es vergessen hast. Deshalb rufe ich an. Ich bin heute mit meinen Freundinnen unterwegs und wir sondieren unsere Chancen auf dem Markt, falls wir euer überdrüssig werden.«

»Ich brauche mir also keine Sorgen zu machen. Wolltest du mir das mitteilen? Ein wenig halte ich es mit dir noch aus und anschließend bist du zu alt für den Markt. Ich sehe dich schon, wie du verzweifelt und ohne Aussicht auf einen Neustart bei mir bleiben musst.« Jetzt war es Carsten, der lachte. Er war gespannt, wie sie reagieren würde.

Sie ging nicht darauf ein. »Egal wie lange ich dich ertragen muss, heute nehme ich mir frei von dir.« Sie erzählte noch von einem kleinen Schwank am Vormittag, riet ihm, sich eine Pizza zu bestellen, und wünschte einen ruhigen Abend.

Carsten bekam endlich die langersehnte Gelegenheit den Abend abgeschieden und ohne gesellschaftliche Verpflichtungen zu genießen. Leider ohne seine Verlobte. Er redete sich ein, dass es nicht mehr brauchte, als Beine hochlegen, ein gutes Buch in der Hand und ein Glas Wein.

Gut gelaunt briet er sich aus den spärlichen Resten im Kühlschrank ein Omelett und öffnete eine Flasche Wein. Nachdem er sich den Chardonnay eingeschenkt hatte, genoss er das frische, klare Fruchtbouquet mit seinem feinen Blütenduft. Im Hintergrund liefen die leisen, sanften Jazzklänge von Ella Fitzgerald.

Das Smartphone war stummgeschaltet und das Licht gedimmt. Mit angewinkelten Beinen saß er im gemütlichen Lesesessel, hielt mit beiden Händen das Weinglas und ließ seine Gedanken schweifen.

Was war aus ihm nur geworden? Ein leitender Angestellter mit üppigem Gehalt und einer wunderschönen Verlobten, die ebenso erfolgreich mit beiden Beinen im Berufsleben stand. Dass sie kaum Zeit füreinander hatten, war wohl der Preis für dieses Leben. Seine Eltern würden sich über diesen Werdegang sicher freuen. Prophezeiten sie ihm bereits auf dem Gymnasium eine beachtliche Karriere in der Wirtschaft. Sie hatten nur vergessen zu erwähnen, was das aus ihm machte.

Schmunzelnd erinnerte er sich an den Moment, als er seinen Eltern mitgeteilt hatte, er wolle nach seinem BWL-Studium ein ›Soziales Jahr‹ einlegen und in Afrika bei Entwicklungshilfeprojekten mitarbeiten. Der offenstehende Mund seiner Mutter hatte sich für alle Zeit in sein Gedächtnis gebrannt.

Ihm drängte sich ein weiterer Gedanke auf. Im alten Bauernschrank im Keller mussten die gesammelten Unterlagen des damals geplanten Buchprojekts eingelagert sein. Zumindest wurden sie beim Umzug dort verstaut und seitdem nicht mehr angerührt. Er hatte nach seiner Rückkehr die Afrikaerlebnisse als Bildband veröffentlichen wollen. Eine Hommage an die vielen fleißigen Hände, die im Senegal versuchten, mit Spucke einen Steppenbrand zu löschen. Das Buchprojekt wich dem Aufbaustudium, dann der Einarbeitungszeit im Unternehmen und musste sich hinter den Karriereplänen anstellen, bevor es gänzlich vergessen wurde. Wie einfach man den Fokus verlieren konnte!

Neugierig schnappte er sich den Schlüssel und zog hinter sich die Haustür ins Schloss. Im Keller musste er zuerst die Leichen des Überflusses zur Seite räumen. Nachdem seine letzte Tetanus-Impfung viele Jahre zurücklag, kam in ihm unwillkürlich die Frage auf, ob man generell schneller an einer Blutvergiftung stirbt oder eher an dem äußerst seltenen Fall eines Spinnenbisses. Für den Moment verschob er eine Internetsuche zu diesem Thema auf einen günstigeren Zeitpunkt. Jetzt war er nur auf eine Beute aus. Vorsichtig schob er einen der herumstehenden Kartons zur Seite. Tatsächlich fand er den eingestaubten Bücherkarton mit all den Informationen und Rechercheunterlagen am vermuteten Platz. Vergraben unter den anderen vergessenen Schätzen seines ehemaligen Singlelebens. Er hatte geduldig ohne Murren all die

Jahre auf ihn gewartet. Darauf gewartet, dass er ihn mit einem Kuss wachrüttelte, wie einst der Prinz es mit Dornröschen getan hatte.

In der Ecke stand eine Eisenstange, deren Einsatzgebiet er nicht kannte. Die sich aber vortrefflich zum Aufreißen des Klebebands eignete. Carsten klappte die Deckel zur Seite und gönnte sich einen ehrfurchtsvollen Blick in das Innere. Gerade als er eines der Lehrbücher entnahm, ging das Licht aus. Fluchend klappte er den Karton zu, hob ihn hoch und tastete mit dem rechten Fuß nach einer freien Stelle, um der Dunkelheit zu entkommen. Ein spitzer Gegenstand schrammte an seiner Wade entlang und beim nächsten Schritt stieß er mit dem Kopf an das als Provisorium angedachte, zu tief aufgehängte Kellerlicht. Bei nächster Gelegenheit wollte er diesen Missstand ändern. Jetzt hatte er keine Zeit dafür.

Keine imaginären Monster, sondern ein Feuer, das er längst erloschen geglaubt hatte, flammte auf, nein, trieb ihn vor sich her. Forderte ihn auf, sich schneller zu bewegen, ohne auf die körperliche Unversehrtheit Rücksicht zu nehmen.

Carsten rannte die Treppe hinauf. So viel Tatendrang hatte ihn seit Jahren nicht mehr durchströmt. Als hätte er eine Adrenalinspritze mitten in das immer langsamer schlagende Herz erhalten.

Im dritten Stock angekommen lief er fast in seine Nachbarn hinein. Sein Karton fiel zu Boden und der Inhalt ergoss sich über die alten Fliesen im Hausflur.

»Entschuldigt bitte!« Hastig griff er nach den ganzen Fotos und Dokumenten.

»Hallo Herr Nachbar, du hast es aber eilig.« Sofort bückte sich die hübsche Brünette und lächelte ihn an. Während sie ihm half, das Missgeschick zu beseitigen, rührte er keinen Finger.

Stefanie und Frederik waren jeweils etwas jünger als Claudia und Carsten. Was bei Bekannten mittlerweile öfter vorkam, wie Claudia erst kürzlich erschrocken feststellte. Und bei ihm mit Mitte vierzig war es sogar die Regel. Aber die anderen waren noch in Reichweite.

Carsten mochte Stefanie seit sie vor ein, zwei Jahren nebenan eingezogen waren. Wann immer die beiden sich allein begegneten, flirtete sie ein wenig mit ihm, was einem Mann im besten Alter gefiel. Ihren Freund, Frederik Raabe, mochte er viel weniger. Typ groß, gut aussehend und mit so viel Gel im Haar, dass man sich wunderte, warum es nicht tropfte. Dazu Businesskleidung bis zum Zu-Bett-Gehen. Aalglatt mit falschem Lächeln. Einfach von Kopf bis Fuß auf Erfolg getrimmt. Irgendwie wie er. Vielleicht mochte Carsten ihn deshalb nicht. Konkurrenten werden gefressen oder sie fraßen einen. Abgesehen davon, sollte man die Eltern für den Vornamen Frederik verklagen dürfen. Was hatten die sich dabei gedacht? Oder war es eine ungewollte Schwangerschaft und sie wollten ihm eins auswischen?

Stefanie händigte ihm die letzten Unterlagen aus und strich sich eine imaginäre Strähne aus dem Gesicht. Was gar nicht so leicht war. Vor Kurzem traf er sie, als er zum Einkaufen ging, auch auf der Treppe. Sie grüßte nur flüchtig und wollte ohne große Worte an ihm vorbei, was ungewöhnlich war. Er hielt sie sacht am Arm und fragte, warum sie es so eilig hätte. Stefanie machte einen Gesichtsausdruck, als hätte sie an eine mit Zahnpasta verschmierte Türklinke gegriffen. Ihm fiel auf, dass irgendetwas anders an ihr war. Sie sei beim Friseur gewesen, gab sie schließlich zu, und jetzt war sie verunsichert. Der Blödmann hätte ihr eine Frisur verabreicht, die aussah wie ein Helm. Wie bei Prinz Eisenherz. Und das stimmte. Carsten versuchte, ein Lächeln zu unterdrücken, was leider misslang. Als er ihre Verzweiflung und Unsicherheit im Gesicht ablesen konnte, griff er beherzt mit beiden Händen in ihre Haare und wuschelte sie durcheinander. Nachdem sich ihre erste Schockstarre löste, mussten sie beide lachen und die Welt war wieder in Ordnung.

Stefanie erblickte in einer Ecke ein letztes Foto und nahm es behutsam auf. Bevor sie es überreichte, sah sie das Bild eines jungen, von afrikanischen Waisenkindern umringten Carsten, der in die Kamera lächelte. »Süß! Gott, wie goldig. Du sahst ja früher richtig gut aus! Ein bisschen abgemagert, aber das bist du, oder?« Ihr verschmitztes Lächeln, als sie ihm mit ausgestreckter Hand das Bild übergab, konnte nicht unbeantwortet bleiben.

»Tja, Lord Helmchen oder sollte ich besser sagen Prinz Eisenherz. Der Zahn der Zeit wird uns allen immer öfter ein Stück Niedlichkeit abbeißen. Mit einem schlechten Friseur geht es halt schneller.«

Stefanie suchte nach einer Erwiderung, doch Frederik unterbrach das Geplänkel. »Steffi, wir müssen weiter. Carsten, ich wünsche euch beiden einen schönen Abend.« Und ohne auf eine Antwort oder seine Freundin zu warten, ging er die Treppe nach unten. Bevor sie ihm folgte, drohte Stefanie grinsend mit einem erhobenen Zeigefinger. Da würde etwas nachkommen, das stand fest. Auf dem Treppenabsatz des nächsten Stockwerks winkte sie und zwinkerte ihm zu.

»Euch auch einen schönen Abend.« Carsten lehnte sich über das Geländer und folgte mit seinen Blicken ihrem elegant wippenden Gang, bis sie hinter dem nächsten Treppenabsatz verschwand. Ebenfalls süß. Toller Hintern!

Hastig ging er zurück in seine Wohnung und stellte den Karton auf dem Wohnzimmertisch ab.

Kurze Zeit später saß er auf dem Boden an die Couch gelehnt, vor sich die ausgebreiteten Schriftstücke und Fotos. Carsten blickte wehmütig in diese vergessene Epoche seines Lebens zurück. Was wohl aus den ihm anvertrauten Schützlingen geworden war? Hatte der eine oder andere es aus dem Armutssumpf herausgeschafft? Er nahm ein Foto hoch und sah sein junges Ich beim Verteilen von Vorräten, umringt von zahlreichen hungrigen Waisenkindern. Wie hatte Stefanie gesagt? Abgemagert sah er aus. Wahrscheinlich hätte er wohl nicht ständig die eigenen Rationen mit aufteilen sollen. Wie die Zeit rannte! Bis auf den Kurzhaarschnitt hatte er sich kaum verändert. Vielleicht ein paar Lachfältchen mehr. Obwohl er sich auf die Schnelle nicht an eine einzige Situation in letzter Zeit erinnern konnte, in der er das letzte Mal gelacht hatte. Die eingefallenen Wangen waren dem Wohlstandsspeck gewichen. Na ja, Speck war etwas übertrieben. Für sein Alter hatte er noch eine gute Figur. Die Muskeln waren nicht mehr so durchtrainiert, aber er machte eine gute Figur.

Einige dieser Bilder hatte ein indischer Student namens Sundaram Scindia gemacht, der sein Hobby, Fotografie, später nach seiner Rückkehr in die Heimat professioneller angehen wollte. Viele der Fotos stammten von ihm. Aber auch Schnappschüsse anderer Kollegen waren dabei. Anfangs hatten sie noch Kontakt gehalten, aber bald war die Zeit knapp geworden und Mails wurden immer spärlicher beantwortet, bis die Verbindung zum Erliegen kam. Schade eigentlich!

Mit zusammengekniffenen Augen versuchte er Details auf den Bildern hinter dem Offensichtlichen zu erforschen. Die Chemie auf dem Fotopapier fraß die Feinheiten auf. In ein paar Jahren würde man ebenso wenig erkennen, wie auf den alten Abzügen der Großeltern.

Schemenhafte Umrisse und mit etwas Glück, die Menschen, die sich für ein Porträt in Pose gestellt hatten. Er hielt sich ein Bild näher an das Gesicht und richtete die Stehlampe etwas aus. Mit der Erinnerung an diesen Tag huschte ein Lächeln über sein Gesicht. Er drehte die Fotografie hin und her, um den Lichtreflexen zu entkommen.

Er erkannte die alte, verbeulte Badewanne, die die Kinder so gerne als Pool benutzt hatten. Zumindest so lange, bis die Rostlöcher so groß geworden waren, dass man gar nicht schnell genug Wasser nachschütten konnte. Die alte Wellblechhütte, die als Küche gedient und zum großen Bedauern der Helfer nicht täglich geöffnet hatte. Am Ende seiner Tätigkeit musste sie einem vom französischen Staat finanzierten, gemauerten Gebäude weichen. Das hatte ein großes Fest gegeben. Am Rand entdeckte er die Ecke des Schlafgebäudes, in dem viel zu viele Kinder Unterschlupf finden mussten. Die meisten hatten ihre Eltern an den Hunger verloren. Diese Bretterbuden als Waisenhaus zu bezeichnen, zeugte von großem Realitätsverlust. Vieles hatte sich in den Jahren anschließend gebessert. Ob ein Unterschied bestand, dass Kinder durch Hungersnöte oder Gewaltaktionen zu Waisen wurden, wagte er zu bezweifeln.

Carsten nahm das nächste Foto aus dem Karton. Während er in seinem Gedächtnis nach dem Namen des abgebildeten Jungen suchte, nahm er sein Glas zur Hand. Gerade als er den Wein schmecken konnte, setzte er abrupt ab und schrie seinen Namen durch das Wohnzimmer. »Bydou«, oder war es Budyo? Alles, an was er sich erinnerte, war, dass er ein Jahr später an einer Blutvergiftung starb, weil Antibiotikum auf dem Weg zu ihnen verloren gegangen war.

Carsten betrachtete die Reflexe des Weins. Für den Gegenwert dieser Flasche hätte man ein Kind einen Monat ernähren können. Aus Trotz trank er das Glas aus und schenkte sich nach. Er erinnerte sich an seine ehemaligen Kollegen, die in die Kamera lächelten, obwohl er nicht mehr alle Namen parat hatte. An den mürrischen Missionsleiter, der lieber mit zusammengebundenen Händen gegen Löwen gekämpft hätte, als zu lächeln. Und an die kleine, süße Französin, die keinen an sich heranließ. Und alle hatten es versucht – wirklich alle. Sogar Frauen versuchten ihr Glück, falls sie auf gleichgeschlechtlichen Sex gestanden hätte. Alle vergebens.

Das mit dem Sex zu dieser Zeit war so eine Sache. Bis auf die Französin waren die meisten Frauen in der Mission – höflich ausgedrückt – nicht sein Typ. Alle paar Monate kamen Europäerinnen von ›Ärzte ohne Grenzen‹ vorbei, die für ihre Vita noch ein kurzes Praktikum in ärmlichen, afrikanischen Gegenden brauchten. Aufgetakelte, selbstverliebte Emanzen in weißen Kitteln, die sich im Glorienschein ihrer Wohltätigkeit sonnten. Facebook und Instagram kamen später erst auf; darum schrieb man Eltern und Freunden, wie toll man war. Ab und an eine kurze Publikation in Fachzeitschriften, mehr nicht. Tu Gutes und tu es kund. Gott, waren sie jedes Mal froh gewesen, wenn sie wieder verschwunden waren. Und bei Frauen aus der Region konnte man leider nicht sicher sein, sich Aids oder andere Krankheiten einzufangen. Also ließ man es sein. Bis auf den hässlichen Spanier. Der hatte alles gepoppt, was für wenig Geld bereit dazu war. Es wäre ein Wunder, wenn der ohne unliebsame Geschenke nach Hause gekommen war.

Am nächsten Foto blieb sein Blick länger hängen, erinnerte er sich nur zu deutlich an die Geschichte dahinter. Papis Guamba Niasse und er, nach einem heroischen

Fight gegen die vorherrschende Clique in Médina im Süden von Dakar. Sein Freund Pap war ein großgewachsener, gut durchtrainierter Einheimischer, der fließend Französisch und Spanisch konnte und weitere drei Sprachen, darunter Deutsch, zumindest brauchbar. Ein kluges Köpfchen, der Kerl. Auf der Abbildung sahen sie wirklich ziemlich mitgenommen aus. Aber sie hatten ein Waisenkind befreien können, das von einer der Koranschulen zum Betteln auf die Straße geschickt worden war. Üblich in islamischen Ländern. Nachdem der Junge sich, absichtlich oder nicht, als ungeeignet erwiesen hatte, war er gezüchtigt worden. Bei einer dieser Misshandlungen stellten er und Pap sich den drei Angreifern im Halbdunkel einer flackernden Laterne entgegen, was neben zahlreichen Prellungen und Schnittwunden auch den süßen Beigeschmack des Heldentums hinterließ. Gott, hatten sie zusammen damals viel erlebt! Heute wusste er, dass sie Glück hatten, nicht mit Macheten zerstückelt worden zu sein. Aber es hatte sich rentiert. Der befreite Junge lebte bei ihnen und konnte sogar ein Jahr später eine Art Lehre in einer Schreinerei absolvieren. Jetzt gestand er sich seinen Fehler von vorhin ein. Das war Bydou und nicht der Junge auf dem vorherigen Foto. Carsten hoffte sehr, dass sich Bydou weiter so gut entwickelt hatte.

Wie es Papis wohl ging? Mittlerweile lebte er in Berlin. Wäre toll, mit einem Freund über alte Zeiten zu quatschen. Er nahm sich vor, ihn in den nächsten Tagen anzurufen. Der letzte Kontakt war bereits viel zu lange her.

Beim Durchwühlen des Kartons fand er noch einige Notizen aus dieser Zeit, die er in weiser Voraussicht in den letzten Monaten seines Aufenthalts angefertigt hatte. Von dem ehemals ehernen Ziel, mit einer Dokumentation in Form eines Bildbandes Gelder für das Waisenhaus zu sammeln, blieb nur der Wille. Und dieser erlosch mit jedem weiteren Tag nach seiner Ankunft. Wie ein Lagerfeuer, das im warmen Steppenwind viel zu schnell abgebrannt war. Nicht einmal als er bereits gut verdiente, hatte er Geld überwiesen. Gute Vorsätze gehen eben meist schon am zweiten Januar verloren.

Erneut blickte er in den Karton und nahm einen Stapel Bücher heraus. Schreibratgeber! Ob die Lehren heutzutage noch Gültigkeit besaßen? Hastig blätterte Carsten die eine oder andere markierte Stelle auf und las die handschriftlichen Notizen am Rand jeder Seite. Viel Zeit hatte er für das Studium der Schreibkunst aufgewandt und an einige der Lehransätze erinnerte er sich noch. Die Bilder und die Notizen packte er ein, die Bücher legte er auf seinen Nachttisch.

Juli 2023

I

»Und so bist du auf die Idee mit dem Bildband gekommen? Klasse, der Stoff, aus dem die Heldensagen entstehen!« Sichtlich beeindruckt rückt Peter seine Brille zurecht und zieht die Augenbrauen nach oben! »Ich bin trotzdem gekränkt, dass du den nicht gleich mit mir veröffentlicht hast.« Zur Demonstration seiner gespielten Verstimmung deutet sein Zeigefinger wie eine Dartspitze auf mich.

»Nach einem Umweg bin ich reumütig in deine Arme gerannt. Das sind die treuesten Follower.« Wir müssen beide schmunzeln. Der nicht ernst gemeinte Tadel von Peter soll mir in Erinnerung rufen, wie er sich bemühen musste.

Dabei war der Erfolg des Bildbands nur eine Ansammlung von glücklichen Fügungen. Der Zeitpunkt war keinesfalls gewählt, sondern dem Umstand geschuldet, dass ich genau im richtigen Moment mein Leben komplett über den Haufen geschmissen hatte. Die Fertigstellung und das Verlegen trafen zeitgleich mit der weltweiten Flüchtlingswelle zusammen. Und die deutsche Bevölkerung machte sich bewusst, dass außerhalb ihres kleinen Habitats Menschen auf der Suche nach einer neuen Heimat im Mittelmeer ertranken oder einfach auf dem Weg verhungerten. Neben der plötzlich auftauchenden Erkenntnis, dass solches Elend auf der Welt tatsächlich existiert, kam Interesse für Afrika und den Nahen und Mittleren Osten auf. Was fehlte, waren Informationen. Bis mein Buch auf dem Markt erschien und trotz seiner Einfachheit und Semi-Professionalität die Leser berührte. Der Rest ist Geschichte. Es war ein Glückstreffer, genau zum richtigen Zeitpunkt einen solchen Bildband zu veröffentlichen.

Peter ist ein preußisches Unikat, so viel steht fest. Und nach meiner Zeit in Berlin kann ich das beurteilen. Diese weltoffene Stadt hat ihre eigentliche Einfärbung als ehemalige deutsche Enklave inmitten des kommunistischen Feindeslandes mit der Zuwanderung aus allen Teilen der Erde verloren. Oder nennen wir es verwässert. Denn diese einmalige Art des Berliner Charakters ist nirgends sonst in Deutschland zu finden. Was das Unverständnis für Ansichten und Handlungen des jeweiligen Gegenübers forciert.

»Man muss nicht gleich übertreiben. Und seit wann publizierst du denn Bildbände?« Erneut halte ich die abstrakte Plastik in meinen Händen. »Wen stellt diese hässliche Figur eigentlich dar? Victoria?«

»Lenke jetzt nicht vom Thema ab! Keine Ahnung, irgendeinen Schreibhiasl. Ein Geschenk meiner Frau zu einem was-weiß-ich-wievielten Geburtstag. Ich fand sie nett, sonst hätte ich sie längst weggeschmissen. Ohne, dass meine Frau es gemerkt hätte, natürlich! Ein Stolpern vortäuschen und dagegen stoßen.« Er steht auf, nimmt mir das Spielzeug aus der Hand und lehnt sich mir gegenüber an seinen Schreibtisch.

»Immerhin hatte ich mir damals deinen Bildband besorgt und bin so auf dich aufmerksam geworden. Erinnerst du dich? Ich konnte deinen dümmlichen Gesichtsausdruck durch den Telefonhörer sehen. ›Wer ist am Apparat?‹« Peter lacht und geht zur Bürotür. »Soll ich uns einen Kaffee bringen lassen?« Er ruft es seiner Sekretärin durch die offene Tür zu, ohne meine Antwort abzuwarten.

»Du warst nicht der Erste, der mir den Rat gegeben hat, einen Roman aus den Erfahrungen in Afrika zu machen. Nimm dich nicht so wichtig!«

»Ich habe den entscheidenden Triggerpunkt aktiviert. Das kannst du nicht leugnen.« Er setzt sich und ich fange an zu zweifeln, ob ein weiterer Kaffee bei seiner ohnehin schon hektischen Art nicht kontraproduktiv sein könnte.

»Das stimmt. Und das hast du dir fürstlich entlohnen lassen, oder? Wenn ich mir die spärlichen Prozente an Tantiemen mal durch den Kopf gehen lasse.«

»Ein üblicher Kontrakt zwischen einem Neuling und einem Verlagshaus. Hör auf zu jammern! Deinen neuen Roman, wenn du ihn jemals fertigstellst, werde ich besser honorieren.«

Aus seinem Gesicht kann man die Reue für seinen letzten Satz herauslesen, was bei mir ein Lächeln hervorruft. Weniger wegen des Geldes, sondern weil er sich gerade in Gedanken in den Hintern beißt. Das ist unschwer zu erkennen. Außerdem lebe ich von den ersten drei Buchverkäufen gut, ich sollte mich nicht beschweren. Das weiß er.

»Wie hast du anschließend den Widrigkeiten getrotzt? Die Verlobte, die das damalige Leben sicher nicht für ein Dasein als Künstlerfrau aufgeben wollte, der stressige Job, der alles abverlangte, und deine offensichtlichen Burn-out-Attacken?« Vorsichtig stellt er die Plastikschriftstellerin zurück auf den dafür vorgesehenen Platz auf dem Schreibtisch. Weil mir die Nähe seiner Frage zur Wirklichkeit unangenehm wird, stehe jetzt ich auf und laufe erneut zum Fenster.

Als ich mein Spiegelbild in der Scheibe sehe, erschrecke ich. Obwohl ich vor einiger Zeit wieder mit dem Joggen angefangen habe, sehe ich alles andere als gesund aus. Meine Wangen sind eingefallen und das winzige

Wohlstandsbäuchlein, das ich mir beim Schreiben an meinem ersten Roman angefuttert hatte, ist ebenfalls verschwunden. In den konservativen Klamotten sehe ich jedoch mehr und mehr aus wie mein Vater. Was mich erschreckt. Ich sollte mich nicht so gehen lassen und nehme mir vor, künftig stärker an meiner Erscheinung zu arbeiten.

»Woran denkst du?« Peters Stimme holt mich zurück ins Hier und Jetzt.

Ohne auf die Frage ehrlich einzugehen, gebe ich ihm die Antwort, die ihm gefällt. »Ich überlege, wie ich das Buch enden lassen soll.« Das stimmt nicht, wird ihn aber etwas hinhalten. Über die letzten drei Jahre habe ich daran geschrieben und versucht, einen passenden Abschluss zu finden. Unzählige Schlusskapitel sind dem Rotstift zum Opfer gefallen. Bis ich das Skript zur Seite gelegt und lieber mein drittes Buch angefangen habe. Es wäre ein Possenspiel des Schicksals, wenn mir ausgerechnet hier und jetzt ein angemessenes Ende einfiele.

»Großartig! So muss es sein!« Peter lacht mich aus. Er weiß genau, dass ich lüge. Und er weiß, dass ich weiß, dass er mich durchschaut hat. Das ist mir kurz peinlich. Ein Außenstehender kennt mich besser als ich mich selbst. Der einzig verbliebende Mensch aus meinem früheren Dasein. Sonst gibt es tatsächlich niemanden mehr.

Doch: Papis, meinen senegalesischen Freund. Ich hoffe, dass er weiter zu mir steht. Ich werde ihn am Abend anrufen und hören, wie es ihm geht. Es gibt so viel, was ich ihm verdanke!

Ob mich noch jemand vermisst? Was wäre, wenn ich aus dem Büro trete und von einem Lastwagen überrollt werde? Oder mir ein Ziegelstein auf den Kopf fällt? Wie viele Menschen würden es überhaupt erfahren? Ich meine, um rechtzeitig zur Beerdigung zu kommen. Irgendeine Randnotiz, dass ein erfolgreicher Autor einem Unfall zum Opfer gefallen ist, wird man irgendwann lesen. Ob so eine Meldung rechtzeitig erscheint? Selbst Peter hat keinen Ansprechpartner, dem er meine Tantieme postum überweisen kann. Wer erbt im Falle meines Todes?

Meine Eltern! Genau, meine Eltern erben alles. Das ist gut. Dann erkennen sie, dass ich erfolgreich war, obwohl ich einen anderen als den von ihnen gewünschten Weg eingeschlagen habe.

Oktober 2014

»Ich habe uns etwas zum Trinken mitgebracht.« Bevor Carsten reagieren konnte, gab sie ihm ein Küsschen auf die Wange und schlüpfte unter seinem am Türstock abgestützten Arm hindurch. Stolz hielt sie den Prosecco nach oben. Im Laufen feuerte sie ihre Schuhe in die Ecke und machte es sich ungebeten mit angewinkelten Beinen auf der Couch gemütlich. »Hast du Gläser für uns?«

Von ihrer Energie überrumpelt, schloss er die Tür. »Du wolltest mir bei der Auswahl der Bilder helfen. Das ist ein Arbeitsmeeting, keine Feier.« Da er bei der Aussage nicht ernst bleiben konnte, ignorierte sie ihn. Carsten erwartete eine ungezwungene Atmosphäre, jedoch mit einem Hauch an Professionalität. Er hätte Stefanies Hilfe nicht gebraucht, genoss jedoch ihre Anwesenheit und ihr Interesse an seinem Projekt. Im Gegensatz zu Claudia, die vor ihrer Abreise seine Spinnerei, wie sie es nannte, oft mit Ignoranz und Kopfschütteln quittierte.

Er schaffte Platz auf dem Couchtisch und nachdem er die Champagnerflöten abgestellt hatte, ließ er sich im Sessel neben ihr nieder. Argwöhnisch beobachtete er, wie sie die Flasche öffnete. Obwohl sie eher im Schlabberlook auftauchte, sah sie süß aus, richtig sexy. Eine Frau, die versuchte, ihren Sex-Appeal mit legerer Kleidung abzuschwächen und damit genau das Gegenteil erreichte. Carsten musste seine Gedanken ablenken. »Pass auf, dass du nichts auf die Couch verschüttest!«

»Spießer!« Stefanie zeigte ein strahlendes Lächeln, als sie gekonnt die Gläser füllte, ohne dass ein Tropfen des Inhalts verlorenging. Sie reichte ihrem Gastgeber eines davon und prostete ihm zu. »Arbeitsmeeting? Du bist auf alle Fälle schon zu lange im Hamsterrad aktiv. Warum kann man das Angenehme nicht mit der Arbeit verbinden? Du sollst ja nicht wie bei einem Date für mich kochen und Kerzen anzünden. Cheers!«

»Das ist kein Date? Dann verschwinde!« Mit gespielt ernster Miene ließ er die Gläser klingen.

Stefanie ging erneut nicht auf seine Bemerkung ein, sondern nahm einen zweiten Schluck. »Wie wollen wir vorgehen?« Man merkte ihr ihren Eifer an. Ihre Blicke huschten über die Fotos und wie bei einem Puzzle schob und drehte sie die Bilder hin und her.

»Du bist ja hoch motiviert. Wie kommt's?«

»Wir haben ja nicht ewig Zeit. Wann kommt Claudia zurück?«

»Am Sonntag.«

»Ach, dann haben wir ja ein paar Tage!«

»Und Nächte!« Carsten streckte ihr die Zunge heraus. Ihre Unbekümmertheit steckte einfach an.

»Männer! Haben immer nur das Eine im Kopf.« Sie grinste, als sie den Kopf schüttelte. Und Carsten wollte auch Glanz in ihren Augen erkannt haben.

»Was soll das heißen?« Entrüstet lehnte er sich zurück und hob als Schutzhaltung gegen solch eine frevelhafte Anschuldigung seine Hände. »Du bist doch eine glücklich vergebene, emanzipierte Frau? Da lass ich die Finger weg. Ich wollte nur sagen, dass wir bis spät in die Nacht arbeiten können. Das ist alles.« Um beim Lachen nicht erwischt zu werden, stand er auf und suchte ein glaubhafteres Alibi in der Küche.

»Jetzt bleib mal ein bisschen ernster. Lass uns anfangen! Ich bin schon ganz aufgeregt. Was möchtest du in dein Buch alles aufnehmen? Hast du dir darüber Gedanken gemacht?«

Carsten setzte sich und nun kam mehr Professionalität in das Geschehen. Er erklärte Stefanie, was er vorhatte, erzählte von seiner groben Struktur und was er alles in Afrika erlebt hatte.

Stefanie war eine gute Zuhörerin. Ab und an unterbrach sie seine Ausführungen, um nachzuhaken. Doch mit jedem neuen Detail, weckte er das Fernweh in ihr. Das konnte man spüren.

»Ich beneide dich. Du hast einiges erlebt. Wäre das nicht einen Roman wert?« Sie nippte an ihrem Glas, während sie eines der vielen Bilder näher unter die Lupe nahm.

»Vielleicht! Es ist viel passiert. Mir fehlt allerdings das handwerkliche Geschick, einen Roman zu schreiben. Ich fange gerade an, meine alten Lehrbücher durchzuackern. Wenn es gut läuft, werde ich es mir überlegen. Bei einem Bildband braucht es nicht unbedingt ausgefeilte Sätze. Die Aufmerksamkeit gilt – im Gegensatz zu einem Roman – den Bildern.«

»Und die sind teilweise richtig professionell. Perspektive, Motiv, Belichtung – die Stimmungen, die sie einfangen, fesseln richtig. Das hier zum Beispiel!« Stefanie hielt ihm eines der Fotos entgegen und zeichnete mit dem Glas in der Hand Konturen darauf nach. »Hast du sie gemacht? Vielleicht solltest du Fotograf werden.«

»Ein paar sind von mir. Die Guten kommen allerdings von meinem Kumpel Sundaram Scindia. Der wollte damals schon Fotograf werden. Jetzt lebt er in Indien so halbprofessionell davon. Wir hatten den Kontakt zueinander verloren. Als ich ihn vor Kurzem anschrieb und ihm von meiner Idee erzählte, war er begeistert davon und hat sofort sein Archiv durchforstet. Er hat mir alles geschickt, was er finden konnte; ich soll nur seinen Namen im Impressum erwähnen. Ein feiner Kerl.«

Carsten beschrieb ihr das Leben in Afrika. Nicht nur die schönen Seiten und lustigen Anekdoten, sondern auch von der Gewalt und der Armut, die dort vorherrschte. Er erzählte von seinen Freunden, wie oft er nachts bedroht wurde, über seine Kollegen aus den anderen Ländern. Er erwähnte seinen Freund Papis und dass er vorhatte, sich in naher Zukunft mit ihm zu treffen. Der wusste zwar noch nichts von seinem Glück, doch darauf freute Carsten sich. Schließlich kam er zurück auf die vielen Fotos, die er und Sundaram gemacht hatten, und zum ursprünglichen Plan, dass sie mit einem Bildband Geld für das Waisenhaus auftreiben wollten. In der Zwischenzeit war das Waisenhaus eine staatliche Schule und der Senegal auf dem Weg zu einem Schwellenland. Carsten überlegte, ob sein kleiner Anteil zu dieser positiven Veränderung etwas beigetragen hatte.

Er rutschte in seinem Sessel aufgewühlt hin und her. Seine Gedanken schweiften ab und er erinnerte sich an mehr Details. »Sundaram hatte sich eine kleine, primitive Dunkelkammer im Waisenhaus gebaut. Und anstatt einer Leuchte positionierte er eines der Waisenkinder davor. Das wies dann jeden, der vorbeikam, darauf hin, dass der Raum nicht betreten werden durfte.«

Als Carsten in Stefanies verwunderte Augen sah, wusste er sofort, dass sie an Ausbeutung und Kinderarbeit dachte. »Dafür bekamen sie von ihm ein Eis oder eine Cola. Der Job war heiß begehrt bei den Kindern.«

Stefanie lachte über die Rechtfertigung und nickte anerkennend. Es war ein schönes Lachen. Man merkte ihr an, dass sie den Abend ebenso genoss wie Carsten. »Na gut, vorerst glaube ich dir das.« Sie spannte den Bogen, um ein bestimmtes Thema erneut anzusprechen. »Ehrlich, du solltest dich weiterbilden und einen Roman schreiben. Du hast dort so viel erlebt. Die Menschen in Deutschland interessieren sich für solche Geschichten. Woher bekommen sie sonst solche Informationen?«

»Und dich als Protagonistin einsetzen?« Carsten musste schmunzeln.

»Warum nicht? Nicht als Hauptfigur, mehr als Sidekick. Du kannst das Ganze ja etwas ausschmücken und eine weibliche Nebenfigur einbauen. Oder gab es eine, von der du nichts erzählt hast?« Unverhohlene Neugier!

Carsten überging dies und antwortete nur auf den ersten Teil. »Du meinst, anstatt brünett lieber blond und etwas sympathischer? Mit anständiger Frisur und solchen Feinheiten?«

Stefanie kniff ein Auge zu und biss sich auf die Unterlippe. Ganz langsam stellte sie ihr Glas ab, legte die Fotografie vorsichtig daneben und versuchte, unauffällig nach dem Kissen hinter sich zu greifen. Im Takt eines stummen Countdowns hob sie ihre Mundwinkel zuckersüß nach oben. Und dann ging alles sehr, sehr schnell.

Stefanie riss ihre Hand nach vorne. Hob das Kissen bedrohlich in die Höhe. Sprang auf und stürzte sich auf Carsten. Vor lauter Lachen gelang es ihm zuerst nicht, sein eigenes Glas abzustellen. Als das endlich geschafft war, konnte er seine zweite Hand schützend über den Kopf heben. Unter Stefanies lautem Johlen prasselte das Kissen auf ihn nieder. Sie lachte dabei wie eine Siebenjährige, die in einem Springbrunnen tanzt.

»Ich gebe auf, ich gebe auf.«

Stefanie ließ nicht locker. Von leichten Tritten und harten Schlägen unterstützt, schrie sie: »Nimm das sofort zurück und entschuldige dich.«

»Ja, es tut mir leid.« Als sie immer noch nicht von ihm abließ, schnappte er sie und zog sie zu sich. Sie fiel in seinen Schoß. Mit einer Hand hielt er ihre Hände fest und entwaffnete Stefanie mit der anderen. Eine etwas anrüchige Situation entstand. Aber er fühlte sich frei. Konnte sich geben, wie er war.

Beide lachten und sahen sich dann an. Die Blicke waren eindeutig zu intensiv und Stefanie kroch die Röte ins Gesicht. Das ging zu weit. Was machten sie beide hier?

Peinlich berührt, setzte Stefanie sich auf ihren Platz. »Du bist ein böser Mensch, Carsten Döring. Ein sehr böser Mensch.«

Ihre Nähe tat ihm gut. Vielleicht zu sehr. Sie waren beide in festen Partnerschaften und es schickte sich nicht, sich solch eine Nähe zu einem anderen Menschen zu erlauben. Und weil Carsten das nur zu gut wusste, fühlte er Kälte aufsteigen.

Diese Vertrautheit hatte ihm gefallen und doch fröstelte es ihn. Wenn er sich nicht selbst belügen wollte, musste er sich ein Gefühl eingestehen, das er lange nicht mehr empfunden hatte. Carsten überlegte, wann er sich das letzte Mal so jung und ungezwungen gefühlt hatte, bis er erkennen musste: Das letzte derart kindliche Vergnügen war viele Jahre her.

Stefanie bemerkte, dass er abgelenkt war. »Was denkst du? Oder leckst du gerade die Wunden, die ich dir zugefügt habe?«

Sie hatte das süßeste Lächeln der Welt! Wie kam er aus dieser Nummer nur raus? Er wusste es nicht. »Mir ist gerade ein Gedanke gekommen, den ich in einem Schreibratgeber gelesen habe. Hat mit unserer Doku nichts zu tun.«

»Erzähl!«

Carsten überlegte kurz, was er für eine Story erfinden sollte. »Falls ich einen Roman über meine Zeit im Senegal schreiben würde, soll ich mir für die Visualisierung der Figuren einen Schauspieler vorstellen, den ich gut kenne. Dann hat man immer eine Vorstellung, wenn man Szenen beschreibt und wie die Akteure sich darin geben.« Klang das glaubhaft? An irgendeinen solchen Rat konnte er sich erinnern.

»Klingt vernünftig. Wer soll dich spielen? Lass uns überlegen.« Sie legte ihren Kopf in den Nacken und suchte an der Decke nach einer Antwort. »Wie sollen wir dich beschreiben? Wenn du als männlicher Protagonist charmant sein sollst, sehr hohe Ansprüche erfüllen musst, diese aber nie erreichst, nimmt man ...«, kurzes Zögern, »... Cary Grant.«

»Das nehme ich als Kompliment. Der hatte Charisma.« Carsten nickte zustimmend. »Und wenn ich mich als einen knallharten Einzelgänger ohne besondere Ausstrahlung darstellen möchte, könnte ich von Jason Statham gespielt werden. Vielleicht mit einem zarten Ansatz von Humor.«

»Das ist sehr dick aufgetragen. An seine Figur kommst du nicht mal ansatzweise heran.« Erneut dieses schelmische Lachen, das verhärtete Herzen weich werden ließ.

»Für jemanden ohne Mimik – eindeutig Ben Affleck. Egal in welchem Film, der Mann hat keinerlei schauspielerisches Talent. Am besten war er mit Maske, als er Batman verkörperte.«

»Da stimme ich dir zu.« Hier hob Stefanie ihr Glas zur Bestätigung. »Und braucht man einen besonnenen Charakter mit Charisma, wäre Morgan Freeman meine Wahl, wie er es zum Beispiel als ›Detective William Somerset‹ im Film ›Sieben‹ verkörpert.«

»Könnte Irritationen wegen der Hautfarbe ergeben.«

»Du bist doch kein Rassist. Also würde es gehen. Und falls du einer wärst, müssten wir jemanden Dusseligen aussuchen. Bei einem miesen, kleinen Charakter, der verlogen ist und sich nicht um andere schert – einer wie Olaf Scholz in der Tagesschau.« Sie brüllten beide los.

Irgendwann mussten sie sich die Lachtränen abwischen. Es dauerte, bis sie sich beruhigt hatten.

Carsten liebte ihr ungezwungenes Lachen.

»Wen würdest du für mich auswählen?« Man sah Stefanie die Aufregung an. Wie gut würde sie wegkommen?

»Mal sehen.« In der Pose eines alten griechischen Philosophen musterte er sie. Dann nahm er seinen Daumen nach oben, zeichnete in der Luft ihr Gesicht nach. Wie ein Maler, der sein Modell betrachtet.

Stefanie wurde aufgeregter. Sie rutschte hin und her, platzierte ihre Beine unter sich und biss fast vom Glas ab. »Erlöse mich endlich! Das kann doch nicht so schwer sein.« Sie fing an zu fauchen.

»Ich hab's«, war alles, was Carsten preisgab.

»Ja, und?«

»Nichts und. Für weibliche Rollen halte ich meine Auswahl zurück. Möchte mich und meine Vorlieben ja nicht outen.«

»Du erzählst mir sofort, wer mich in deinen Gedanken verkörpert, oder ich schwöre dir, dass ich zum Kissen greife.«

Carsten kam aus dem Lachen nicht mehr raus. Gerade als Stefanie sich suchend umsah, fing er an. »Schon gut. Schon gut. Also«, noch ein kurzer Schluck, »vor mir steht eine Person, die weiß, was Männer an ihr sehen. Aber sie schert sich nicht darum. Ihre Ausstrahlung ist beeindruckend.« Stefanie biss tiefer in das Glas. Offensichtlich gefiel es ihr. Und Carsten gefiel ihre Reaktion auf seine Worte. Seine Stimme wurde sanfter. »Diese Frau müsste mit ihren inneren Werten ebenso punkten wie mit ihrem Aussehen. Man sieht in ihr eine heiße Verführerin, eine Freundin und eine Mutter für zukünftige gemeinsame Kinder.« Carsten stockte. Ließ das zu tief in seine Gedanken blicken?

»Weiter!«

»Ihr Körper oder ihre Frisur«, Carsten deutete auf ihre mittlerweile frech in alle Richtungen abstehenden Haare, »sind weniger von Belang. Von einer grazilen, unterschwelligen Schönheit, die einen Mann sofort in den Bann zieht.«

Stefanie räusperte sich. »Weiter!«

»Sie macht in einer Jogginghose die Männer genauso verrückt wie in einem Ballkleid.«

»Weiter!«

»Alleine ihre Anwesenheit lässt Männerherzen höherschlagen. Lässt sie ihre Namen vergessen. Und einen treudoofen Dackelblick aufsetzen, in der Hoffnung, dass sie von ihr gestreichelt werden.«

Ein kurzes Schweigen trat ein. »Und wer soll diese unmenschliche Ausstrahlung haben? Solche Frauen existieren nicht einmal im Film.« Stefanies Stimme war jetzt ruhiger, überschlug sich aber gelegentlich. Carsten wusste, dass ihr seine Beschreibung gefallen hatte. Leider waren sie beide vergeben. Egal, was sie sich ausmalten, es durfte nicht sein. Es sollte nicht sein.

»Rede, wer von den vielen Schauspielerinnen hat das Vergnügen, mich zu verkörpern.« Stefanie riss sich zusammen, um vor Aufregung nicht zu platzen. Das war unübersehbar.

Was konnte Carsten sagen, ohne mehr Öl ins Feuer zu gießen? Die Situation war angespannt und ein kleiner Funke könnte einen Flächenbrand verursachen. Ihm kam eine zündende Idee. »Meine Wahl für meine Filmpartnerin fällt auf …« Carsten erhöhte die Spannung für den finalen Beitrag, indem er zu seinem Glas griff.

»Lass jetzt ja das Glas stehen, sonst kratze ich dir die Augen aus.«

Das Knistern wich einer spaßigen Unterhaltung und beide waren froh darüber, wieder mehr zu feixen. Mit einer Handbewegung entschuldigte er sich, lehnte sich zurück und fing von vorne an. »Ich sehe nur eine Schauspielerin, die dir gerecht werden würde und all deine positiven Eigenschaften verkörpern kann.« Er trommelte mit seinen Händen auf seine Oberschenkel. »Pamela Anderson!«

»WAS?« Stefanie sprangen die Augen aus dem Gesicht. »Wer soll mich spielen? Diese Sexbombe aus den Neunzigern? Du siehst mich wie Pamela Anderson?«

Carsten krümmte sich und rutschte bei dieser Entrüstung vom Sessel. Er brüllte laut los. Er prustete los, als er den völlig konsternierten Blick von Stefanie sah. Wie sie fassungslos mit offenem Mund und aufgerissenen Augen dasaß und anschließend in sich zusammensank. Auf dem Rücken liegend lachte er wie seit Jahren nicht mehr. Er lachte wie ein Kleinkind, das beobachtete, wie sich beim Weihnachtsmann der falsche Bart allmählich ablöste und der Familienhund danach schnappte. Er lachte so lange, bis ihm der Bauch wehtat und als er nicht mehr aufhören wollte, bekam er leichte Tritte von Stefanie, die jetzt ebenfalls darauf einstieg.

»Pamela Anderson! Ich fasse es nicht!«

Carsten kletterte erschöpft zurück in seinen Sessel.

»Pamela Anderson!?« Stefanie beugte sich nach vorne und schlug sich die flache Hand an die Stirn. »Wenn ich wenigstens so große Titten hätte, könnte ich es ja einsehen. Die Haare kann man färben.« Fassungslos schüttelte sie erneut den Kopf. »Pamela Anderson, ich glaube es einfach nicht! Du siehst in mir eine Pamela Anderson?«

»Jetzt hör auf! Das war nicht ernst gemeint.« Carsten hatte sie gerne geneckt, verärgern wollte er sie natürlich nicht. Er nahm die beiden Gläser vom Tisch und reichte

Stefanie eines. Als sie anstießen, zwinkerte er ihr zu, wobei sein blödes Grinsen einfach nicht aufhören wollte.

»Ehrlich jetzt, ich bin entrüstet.«

»Stefanie, beruhige dich. Das war nur ein Scherz. Ich habe da eine ganz andere Person im Auge. Die sieht dir zwar nicht ähnlich, doch finde ich, sie spielt in ihren Rollen etwas, was ich ebenfalls in dir sehe.«

»Und wer ist das? Nachdem du mich so beleidigt hast, habe ich das Recht, es zu erfahren.« Sie hielt ihr Glas in ihrer ausgestreckten Hand. Kniff ein Auge zu und visierte Carsten über den Glasrand an.

Er überlegte, ob er ihr die Wahrheit sagen sollte und eine seiner Lieblingsschauspielerinnen früherer Tage nennen konnte. Würde er sich verraten? Ihr offenlegen, dass er sie bereits seit Längerem mit anderen Augen sah?

»Los, erzähl!«

Er fasste sich ein Herz. »Du weißt, dass ich auf die alten Klassiker stehe. Vierziger-, Fünfziger- und Sechzigerjahre.« Stefanie nickte. »Dann kann es natürlich nur eine Frau sein, die dir ansatzweise gerecht wird.« Eine kurze dramaturgisch aufwühlende Pause. »Wenn ich Cary Grant bin, kannst du nur Deborah Kerr sein, oder?«

Stefanies Augen strahlten. Carsten befürchtete, sie würde ein Stück vom Glas abbeißen. Das war offenkundig eines der schönsten Komplimente, das sie jemals erhalten hatte.

Es war Carstens dritter Urlaubstag und er langweilte sich bereits. Er stand am Fenster und beobachtete das rege Treiben auf der Straße. Ganz ohne Büroroutine und den damit verbundenen Stress wusste er kaum etwas anderes mit sich anzufangen. Die paar Stunden, die er bisher an seinen Texten für die Fotos gearbeitet hatte, wurden mehr oder weniger als Zeitverschwendung angesehen. Wann immer er seine Schreibratgeber durchblätterte, bekam er Zweifel an der verfassten Formulierung. Er wollte heute zu einem Buchhändler und sich beraten lassen, welche Fachbücher es für die Erstellung von Dokumentationen gab. Im Internet fand er bei der Vielzahl an sinnlosen und voreingenommenen Empfehlungen keine Unterstützung.

Unvorhersehbar blitzte wie aus dem Nichts Stefanies herzhaftes Lachen in seinen Gedanken auf. Er verglich diese Erinnerung mit der ausdruckslosen Mimik vorbeilaufender Passanten, die er von oben erkennen konnte. Er schüttelte den Kopf und trank dann von seinem Kaffee. Die freundlichsten Gesichter gehörten den Mitarbeitern des Entsorgungsunternehmens, die gerade die Mülltonnen leerten. Ausgerechnet die Billiglohnarbeiter hatten mehr Freude am Leben als die gut situierten Bürger der Ober- und Mittelschicht.

Nachdem er ausgetrunken hatte, fiel ihm wieder ein, dass er seinen Freund früherer Tage anrufen wollte. Carsten griff zum Telefon. Papis Guamba Niasse hatte auch tagsüber Zeit zu telefonieren. Er war Account-Manager in einer Personalvermittlung geworden. Das wurde seinem Intellekt nicht gerecht, aber er mochte die Arbeit mit Menschen und er war gut darin. Er sprach neben dem senegalesischen Wolof fließend vier Sprachen, hatte an der Pariser Sorbonne und in Frankfurt internationales Management studiert und war ein ausgezeichneter Hobbymusiker. In der Anfangszeit im Senegal gab er Carsten Nachhilfe in Französisch, weil die Schule selbst nach acht Jahren Sprachunterricht offenkundig keine bleibenden Fertigkeiten hinterlassen hatte. Außerdem unterrichtete ihn Pap in den landestypischen kulturellen Eigenheiten Senegals und der Geschichte Westafrikas.

Es klingelte dreimal, bevor Pap sich meldete.

»Na, du alter Asylgelderschleicher, wie geht es dir?« Carsten hörte nur dumpfe Stimmen und vermutete, dass Papis seine Sprechmuschel am Telefon zuhielt, weil er nicht allein im Raum war. Er sagte noch etwas wie »Kopien bitte an alle im Verteiler« und dann hörte Carsten, wie eine Tür geschlossen wurde.

Sofort danach sprang Pap auf die unpassende Anmache seines Freundes an. »Zick nicht herum, Soso, du hast jahrelang auf Kosten der armen, halb verhungerten Menschen im Senegal gelebt und deine europäische Wohlstandswampe aufgepolstert. Da kann ich mich doch sicherlich bei euch bedienen, ohne dass ich mich deswegen rechtfertigen muss.«

»So sieht es aus, mein Freund. Das musst du sicher nicht. Was heißt den ›Soso‹?«

»Der, der viel Haut hat. So nannten die Westafrikaner früher die Weißen.« Papis oder Pap, wie seine Freunde ihn nannten, freute sich, dass er dem weißen Massa etwas afrikanische Kultur verabreichen konnte.

»Wieder etwas gelernt. Aber deshalb rufe ich dich nicht an. Wie geht es dir wirklich? Ist schon eine Zeit lang her, dass wir uns gesprochen haben. Und ich habe etwas zu erzählen, das dich vielleicht erfreut.«

»Klingt spannend. Ich habe bloß nicht so viel Zeit wie der Herr Döring. Man braucht mich in Berlin, um das deutsche BIP zu steigern. Ein paar Minuten höre ich dir gerne zu.«

»So viel, wie du arbeitest, zahlst du mittlerweile sicherlich mehr Steuern als ich. Hätten wir beide früher nicht für möglich gehalten, oder?«

»Dass ich jemals Einkommenssteuern zahlen würde, hätte ich niemals für möglich gehalten. Dachten wir beide nicht, dass unsere Lebenserwartung eher in Monaten als in Jahren zu messen ist? Dass wir jemals so alt werden, dass wir eine feste Anstellung antreten müssen, hatten wir niemals in Betracht gezogen.«

»Niemals!« Pap spielte nicht zuletzt auf die vielen Schlägereien an, um die Waisenkinder von der Straße zu bekommen. »Und wie geht es meiner Mama Sadio Sow? Alles wie gehabt?«

»Ja, alles wie immer. Es ist ein paar Tage her, dass ich zuletzt mit ihr geredet habe. Damals hatte MEINE Mama Mafé vorbereitet und sie fragte natürlich gleich, ob ich vorbeikommen möchte.«

»Darfst du jemanden mitbringen?«

»Schon wieder! Du würdest uns Einheimischen wirklich alles ohne Skrupel wegfuttern. Du bist sehr verfressen.«

Sie flachsten herum und warfen dem jeweils anderen völliges Desinteresse an den Belangen des Gegenübers vor. Diese für Außenstehende eher befremdliche Kabbelei hatten sie in früheren Tagen auf den Straßen Dakars zur Perfektion getrimmt.

Carsten berichtete von seinem Beschluss, nun endlich seinen Bildband fertigstellen zu wollen und erzählte ihm von seinem Skype-Telefonat mit Sundaram Scindia und von den vielen Bildern, die er von ihm erhalten hatte. Sundaram hatte all seine Fotoschätze digitalisiert und nachbearbeitet. Das musste Monate gedauert haben, so viel wie er damals fotografiert hatte.

»Ich soll dich schön von ihm grüßen. Und bevor ich es vergesse: Ich brauche natürlich auch deine Erlaubnis für die Veröffentlichung der Fotos. Außerdem möchte ich wissen, ob ich dich namentlich nennen darf.« Carstens Frage war eher akademischer Art. Er zweifelte nicht eine Sekunde an Papis' Einverständnis.

»Selbstverständlich darfst du das! Lieber Gott, ich würde dir gerne dabei helfen. All die Erinnerungen, die wir auffrischen könnten. Weiß du noch, wie wir damals diese beiden Motorräder ›ausgeliehen‹ haben, um auf den Markt im Norden der Stadt zu fahren? Damit Sundaram seine Filme für die Kamera und den Entwickler bekam? Mir klingen jetzt noch die Schreie von diesen beiden Männern in den Ohren. Wenn uns einer der nach uns geworfenen Steine erwischt hätte, wäre der Ausflug ziemlich schnell vorbei gewesen.« Sie lachten, als die Erinnerung daran wiederkam. Immerhin hatten sie bei Rückgabe zehntausend CFA-Franc unter den Sitz gelegt, was damals ungefähr sieben Euro Gegenwert gehabt hatte. Ein kleines Vermögen. Und das hatte die Stimmung der Geschädigten sehr verbessert. Auf alle Fälle konnte man ihre Gesichtsausdrücke so interpretieren. Weil das Angebot, die Motorräder jederzeit erneut haben zu können, mit einem Grinsen ausgesprochen wurde.

»Sag mal, Pap, kannst du dir nächste Woche nicht ein paar Tage freinehmen? Ich habe drei Wochen Urlaub und könnte nach Berlin kommen. Dann schwelgen wir in alten Erinnerungen, betrinken uns und wählen im Delirium unsere Bilder aus. Wie klingt das für dich?«

»Das klingt super.« Kurz wurde es in der Leitung still. »Ich habe nichts im Kalender stehen, was ich nicht verschieben könnte. Ich sage dir heute Abend Bescheid, einverstanden? Wann willst du kommen?«

Als das Telefonat beendet war, verspürte Carsten Aufbruchstimmung. Er fing sofort mit der Planung für den Kurztrip an und überlegte, welche Unterlagen er für sein Buchprojekt mitnehmen sollte. Die meisten Fotos hatte er ja auf seinem Laptop. Die wenigen, bei denen er selbst auf den Auslöser gedrückt hatte, waren schnell mit den Notizen, die er bereits hatte, eingepackt.

Wenn Claudia keine Lust auf Reisen hatte, flog er eben allein. Trotzdem schickte er eine Nachricht an sie, falls sie Pläne mit der gewonnenen Freiheit fassen wollte.

Der Rest des Tages lief gut, sehr gut sogar. Diesen Feuereifer hatte er seinem alten Leben zu verdanken. Ihm wurde bewusst, dass er viel früher gegen seinen Alltagsfrust und schlechte Laune ankämpfen hätte müssen. Manchmal brauchte es eben einen kleinen Wink des Schicksals.

In Wien lachte die Sonne über der Stadt. Per E-Mail hatte er die Mitteilung bekommen, dass er seine Buchbestellung abholen könne.

Am Donnerstagnachmittag nahm er übermütig zwei, drei Treppenstufen im Hausflur nach unten und wollte gerade auf die Straße treten, als er Stefanie und Frederik ganz in der Nähe streiten hörte. Viel hatte er nicht mitbekommen, weil die beiden ihren Zank unterbrachen, als sie hörten, wie die schwere Eingangstür aufgerissen wurde. Das konnte peinlich werden. Carsten ertappte sich dabei, dass er sich für die Unterbrechung eine Ausrede zurechtlegte. Was völlig unangebracht war. Sollten die beiden zum Streiten in ihre Wohnung gehen. Was sollte ihn das scheren?

Andererseits wollte er Stefanie zur Seite stehen und sie vor diesem Frederik beschützen. Wie das die Urmenschen früher schon getan hatten. Urinstinkte konnte man eben nicht einfach durch Emanzipationsgerede wegdiskutieren.

»Hallo, ihr zwei! Alles klar?« Die Frage sollte unbefangen klingen, doch merkte Carsten schnell, dass er damit voll in ein Fettnäpfchen getreten war.

»Klingt, glaube ich, nicht so, oder?« Stefanie antwortete ohne Vorwürfe, eher mit etwas Resignation in der Stimme.«

»Nicht so wild. Steffi und ich haben nur eine kleine Meinungsverschiedenheit in der Beurteilung von Prioritäten.«

»Gott, was für ein Arsch!«, dachte Carsten. Stefanie hasste den Kosenamen Steffi. Das sollte der Schmock eigentlich über seine Freundin wissen. Was fand sie eigentlich an diesem Loser? Sie könnte an jedem Finger zehn andere Kerle haben, die alle besser waren.

Stefanie reagierte nicht auf die kühl vorgetragene Äußerung von Frederik und lenkte mit einer Frage ab: »Was macht dein Buchprojekt? Kommst du voran?«

»Es läppert sich. Wie soll das denn ohne dich funktionieren?« Dann hatte er eine tolle Idee, damit er Stefanie wiedersehen konnte. »Habt ihr Lust, morgen Abend meine Fortschritte zu beurteilen? Wir drei könnten gemeinsam kochen und anschließend erzähle ich euch, was ich bisher vollbracht habe.«

»Gerne!« Stefanie antwortete schnell und sprach sich nicht mit Frederik ab. Dieses Mal war er clever genug, ihr nicht zu widersprechen. Danach hätte sich der Zorn Gottes über ihn ergossen. »Frederik wollte nämlich jetzt mit mir in die Stadt zum Einkaufen gehen und anschließend wollte der feine Herr mich zum Essen einladen. War das nicht so, mein Schatz?« Ihr ›Schatz‹ klang keineswegs liebreizend. »Dann kam ein Anruf aus der Firma und unsere Pläne haben sich in Luft aufgelöst. Er hat also morgen etwas gutzumachen.«

Carsten konnte spüren, wie Frederik innerlich seine Augen verdrehte. Und das freute ihn. Sehr sogar. Sollte er nur leiden, der Drecksack. »Schön, soll ich uns ein Rezept aussuchen?«

»Lass mich das machen!« Stefanie winkte ab. »Ich habe ja heute Abend Zeit freischaufeln können. Wir essen bei uns. Sieben Uhr?« Dann lief sie mit eng zusammengezogenen Augenbrauen an Carsten vorbei und ließ ihren Verlobten ohne ein weiteres Wort stehen. Der hatte offenkundig wenig für die Launen seiner Freundin übrig. Er schüttelte im Umdrehen verständnislos den Kopf und grüßte Carsten nur kurz mit gehobener Hand.

Musste Liebe schön sein! Wenigstens fetzten Claudia und er sich nicht auf der Straße. Selbst bei Meinungsverschiedenheiten hielten sie beide unter Wahrung von Anstand einen gewissen Respekt zueinander ein.

Irgendetwas störte Carsten daran, dass Claudia und er niemals übertrieben aggressiv wurden. Und anfänglich wusste er nicht, warum ihn dieser Gedankensplitter ablenkte. Auch wenn der Streit zwischen Stefanie und Frederik auf der Straße unpassend war, zeugte er immerhin von Leidenschaft. Und Leidenschaft war eigentlich das Salz in der Suppe von Beziehungen. Hatten Claudia und er ausreichend Leidenschaft in ihrer Beziehung? Brauchte man überhaupt solche Emotionen oder lebte es sich ohne besser? Wenn diese Marotte streitfähigen Verhaltens gänzlich wegfällt? Carsten ging langsam vorwärts, ohne dass er diese Fragen verdrängen oder gar beantworten konnte. Fehlte ihnen die Überreizung?

Nach kurzem Überlegen antwortete er sich selbst: »Nein!« Claudia und er waren glücklich. Zumindest die meiste Zeit. Und es kamen keinerlei Beschwerden von ihr, was die fehlenden Aufregungen betraf.

Carsten machte sich auf den Weg in die Innenstadt, um sein Buch abzuholen. Sollten sich doch extrovertiertere Menschen als er um solche Nichtigkeiten kümmern.

»Ah, du bist schon da.« Stefanies Begrüßung am nächsten Tag war eher nüchtern und ihre Stirn lag in Falten. Carsten wedelte mit seiner Weinflasche und ihre Stimmung verbesserte sich sofort. Anstatt ihn allerdings in ihre Wohnung zu bitten, wie es ausgemacht war, griff sie hinter die Tür und holte einen Korb hervor. »Wir müssen leider bei dir kochen. Frederik muss arbeiten und möchte nicht gestört werden.« Stefanie verdrehte die Augen.

Als sie in Carstens Küche standen, erzählte sie kurz, warum es eine Planänderung geben musste. »Frederik ist der Meinung, dass seine Siebzig-, Achtzig-Stundenwoche im Büro nicht ausreicht und nutzt jetzt das Wochenende, um sich bei seinen Chefs Liebkind zu machen.«

»Warum ist er überhaupt da? Hattest du nicht letztens erzählt, er wollte am Freitag erst spät von seiner Fortbildung zurück sein? Ich hatte mich gestern schon gewundert.«

»Hatte ich kurzfristig vergessen. Vermutlich kannte der Sohn seines Vaters eh bereits alles, was dieser Dozent zu erzählen hatte. Ach, egal. Wir machen uns einen schönen Abend, oder?« Dann nahm sie die Flasche Weißwein, die Carsten eigentlich mitbringen wollte und studierte das Etikett. »Ist hoffentlich besser als der Fusel, den ich letztens mitgebracht hatte.«

»Das hoffe ich auch.« Carsten zwinkerte ihr zu. Was sie mit einem süßen Lächeln quittierte.

Die beiden hatten sich erneut verabredet, um weiter an der Auswahl des Buchinhaltes zu arbeiten. Der Dienstag war diesbezüglich nicht sonderlich effektiv verlaufen. Was sie beide wussten, aber nicht ansprachen. Ein stilles Agreement zwischen zwei ›Nur-Freunden‹.

»Möchtest du einen Aperitif und dann anfangen zu kochen? Und bevor ich es vergesse: Ich soll dich von

Claudia grüßen. Wir haben vorhin kurz telefoniert.« Nachdem er unmerklich tiefer eingeatmet hatte, fügte er hinzu: »Ungefähr dreißig Sekunden, dann musste sie in ein Meeting.«

»Danke! Also, für den Gruß. Und ja, für den Aperitif.«

Carsten nahm einen Aperol Aperitivo aus dem Kühlschrank und schnitt eine Orange in Scheiben, während Stefanie zielsicher an die Vitrine ging und sich zwei Rotweingläser griff. Noch ein paar Eiswürfel aus dem Gefrierfach und das Zischen des prickelnden Drinks wischte die schweren Gedanken fort.

Als die Gläser beim Anstoßen sangen, spürte Carsten kurz diese zu innige Verbindung zwischen ihren Blicken. Schnell drehte er sich zur Seite. Stefanie stellte ihr Glas neben sich ab und hob den Korb auf die Anrichte. Beide waren sichtlich bemüht, die Flirterei an diesem Abend ausfallen zu lassen.

Stefanie ergriff das Zepter. »Lass uns loslegen. Ich bin hungrig.«

»Gut, was hast du für heute Abend geplant?«

Stefanie nahm ihren Rezeptausdruck zur Hand und las laut vor. »Involtini al Limone. Nicht so schwer und soll gut schmecken.«

»Dafür brauchen wir doch kein Rezept. Das ist einfache italienische Küche.«

»Ich schon. Oder mache ich für dich den Eindruck einer Hausfrau, die neben Putzen auch Kochen kann?«

»Ups, da hat sich die Emanze ja gerade auf mich eingeschossen.« Carstens Grinsen wurde von ihrem wütenden Gesichtsausdruck verschlungen. »Wenn du auf Frederik wütend bist, solltest du deinen Zorn nicht auf mich richten. Ich bin unschuldig!«

Sie zog einen Schmollmund. »Ich weiß, tut mir leid. Weißt du, was dieser Depp«, und ›Depp‹ betonte sie besonders stark, »gerade gesagt hat? Als ich ihn bat, endlich mit der Arbeit aufzuhören und sich für heute Abend fertigzumachen, fühlte sich der feine Herr bei der Arbeit gestört.«

Carsten schüttelte den Kopf und zog die Schultern hoch. »Nein!«

»Ob ich ihn nicht in Ruhe arbeiten lassen könne. Ob ich nicht irgendetwas zu putzen hätte oder in der Küche vorbereiten müsse. So ein Arschloch.« Sie nahm einen großen Schluck von ihrem Drink. »Schmeckt gut! Hoffe, es gibt mehr davon.«

»Mach lieber langsam. Frust kann man nicht im Alkohol ertränken. Glaub mir, ich habe es früher mal versucht.«

»Willst du mich in meiner jetzigen Verfassung wirklich belehren?« Kurz wieder dieses Auflodern von Zorn, doch fiel dieser gleich dem schlechten Gewissen zum Opfer. »Sorry! Ich möchte ja meinen Ärger gar nicht an dir auslassen.« Stefanie wirkte wie ein Schulmädchen, das seinen Eltern etwas beichten musste, aber nicht wusste, wie sie es über ihre Lippen bringen sollte.

»Hey, das wird wieder. Morgen entschuldigt er sich bei dir und alles ist wie immer.«

»Hoffentlich nicht. Sonst regnet es gerade auch nicht Rosen vom Himmel.« Dann erzählte sie mehr aus ihrem Alltag und dass seit geraumer Zeit etwas Unruhe in ihrem Zusammenleben herrschte. Mit jeder Silbe, mit jedem Satz zogen sich ihre Augenbrauen mehr zusammen.

Carsten stellte sein Glas ab und zog Stefanie an sich. Warum er das tat, wusste er nicht. Sie war verletzt und er wollte sie beschützen. Konnte das falsch sein? Stefanie nahm die gutgemeinte Geste nur zu gerne an. Sie schmiegte sich an ihn und all die Last und all der Ärger schienen aus ihren Gedanken verschwunden.

Carsten genoss die Wärme, die sie ausstrahlte, und hätte für immer so dastehen können. In der Küche, mit leiser, dezenter Musik im Hintergrund. Ohne Druck und Ziele, die erfüllt werden mussten. Er drückte sie noch etwas fester an sich und vergrub seine Nase in ihren Haaren. Mit einer Hand strich er ihr über den Kopf und massierte ihn sanft. Vielleicht etwas zu sanft. Stefanie umschlang ihn wie eine freigelassene Gefangene ihren Erretter.

Als er begriff, dass er mehr streichelte als massierte und dass er dabei die falsche Frau im Arm hielt, erschrak er. Mit leichtem Druck schob er Stefanie wieder von sich. Nur zaghaft gingen beide aus dieser trauten Zweisamkeit heraus.

»Geht es besser?«

»Ja, danke! Das hatte ich dringend nötig.«

Im Vergleich zu Dienstag war diese Situation jedoch nicht peinlich. Sie war eher vertraut. Ein Vertrauen, das man in jungen Erwachsenenjahren mit seiner ersten großen Liebe verspürt und sich für den Rest seines Lebens wünscht. Bis eben dieses Leben einen in seinen Fängen hatte und genau so fest zudrückte, dass gerade genug Luft zum Atmen blieb, aber die Leichtigkeit und Lebendigkeit einer Beziehung zu ersticken drohte.

Beim gemeinsamen Arbeiten an der Küchenplatte berührten sich ihre Hände gelegentlich. Sie schäkerten und flachsten, schoben den jeweils anderen mit ihren Hintern zur Seite, um Platz für sich zu beanspruchen. Ab und an fütterte Stefanie Carsten mit etwas Gemüse, bevor der Rest in der Pfanne landete. Seine Einwände, dass dies oder jenes laut Rezept nicht dazugehöre, quittierte sie mit Achselzucken und dem Argument, dass es im Kühlschrank lag und wegmüsse.

Aus dem Augenwinkel beobachtete Carsten sie und wie sie voller Eifer ein Festmahl zubereitete. Ihm war es bereits unwichtig, wie es schmecken würde. Jede Sekunde neben ihr wollte er genießen und hätte sogar Schimmel von der Wand geleckt und sie dafür gelobt. Carsten musste sich eingestehen, dass er von ihrer Art verzaubert war.

Und dann passierte das, was niemals angedacht war. Was niemals gewollt war und niemals hätte passieren dürfen. Als Stefanie sich erneut anschickte, ihn mit kokettem Hüftschwung zur Seite zu befördern, legte er seine Hand um ihre Hüfte und hielt sie fest. Die Zeit blieb stehen, das Leben um sie herum fand nicht mehr statt.

Stefanie wusste so gut wie er, was jetzt passieren würde, denn sie legte das Messer aus der Hand. Sie sahen sich fest in die Augen. Voller Sehnsucht, voller Vertrauen – dass das richtig war, dass es sich nicht falsch anfühlen würde. Dass es etwas war, das sie beide sich ersehnten. Stefanie schlang ihre Hände um seinen Hals und kam mit ihren Lippen Carsten entgegen. Ihre Hände strichen über seine Haut, als er sie dichter an sich heranzog. Ihre Augen leuchteten, bevor Stefanie sie schloss und ihre Lippen sich vereinigten. Keiner von ihnen hätte sagen können, wie viel Zeit vergangen war, bis sie sich voneinander lösten.

Für Carsten war es, als wäre er aus einer Trance erwacht. Er schüttelte den Kopf und wich etwas zur Seite. Was war hier los?

Stefanie fand als Erste ihre Stimme wieder. »Ich muss das Fleisch wenden, wir sollten uns lieber aufs Kochen konzentrieren. Findest du nicht?«

»Doch, das sollten wir!«

Besänftigend, ja fast entschuldigend legte Stefanie ihre Hand an seine Wange und er quittierte es mit einem

Küsschen in ihre Handfläche. Die Verkrampfung wich. Es war nur ein Versehen. Das kann passieren. Wie durch ein unausgesprochenes Agreement zwischen ihnen löste sich der Bann und die Lockerheit kam gemächlich zurück. Jeder atmete einmal tief durch und versuchte, ein entspanntes Lächeln aufzusetzen.

Carsten rieb bemüht kumpelhaft und absichtlich etwas stärker ihren Rücken und stellte sich neben sie. Motiviert packte er das restliche Gemüse und schnitt es in mundgerechte Stückchen, bis er merkte, dass es überschüssige Zutaten waren. Sie scherzten und lachten. Stefanie drückte sich seitlich an seine Schulter und legte den Kopf darauf ab.

Dann verziehen sie sich den kleinen Ausrutscher und genossen den Abend, wie es geplant war.

Gemeinsam saßen sie nach dem Essen am Tisch und tranken ihren Espresso. Stefanie war es, die darauf hinwies, dass sie einen Auftrag zu erledigen hatten. Sie schnappte sich ihr Weinglas, setzte sich aufs Sofa und wies auf den Platz neben sich. Keine Frage, sie würde nicht zulassen, dass er sich vor der Arbeit drückte.

Stefanie und er lachten über alte Aufnahmen, über eher unvorteilhafte Posen von ihm und über manche Ungereimtheit in den zeitlichen Abläufen seiner Erinnerung.

Gegen Mitternacht standen sie unbeholfen wie Teenager an der Tür und Carsten hatte keine Ahnung, wie er sie verabschieden sollte. »Sorry noch mal für den Kuss vorhin.«

Stefanie versuchte ihrerseits, ihre Unsicherheit zu überspielen. »War doch lecker, oder? Ich meine das Essen. Und den Rest hüten wir als Geheimnis.« Sie lächelte und Carsten drückte sie zum Abschied wie einen Freund. Mit einem kleinen Küsschen auf die Wange! So wie

Freunde es manchmal machen. Nicht zweideutig und ohne Hintergedanken.

Er hatte die Zeit mit ihr genossen. Ihre Vorschläge bei der Bilderauswahl waren sehr hilfreich. Und die elektrisierende Spannung zwischen ihnen hatte sich gelegt. Der Kuss war nicht vergessen, sondern wurde in einer Schatztruhe weit hinten in ihren Gedächtnissen abgelegt. Vielleicht hatte das passieren müssen, um die Spannung zwischen ihnen zu entladen.

Stefanie schien seine Gedanken lesen zu können. Sie lächelte ihn an, legte ihre rechte Hand auf seine Schulter und gab ihm einen flüchtigen Kuss auf seine Wange. Wie eine Mutter es bei ihren Kindern tat. Oder eben eine Freundin bei einem Freund, der unsicher war und Trost brauchte.

»Jetzt verschwinde! Ich muss das Chaos, das du in der Wohnung hinterlassen hast, endlich aufräumen.«

Stefanie sah über seine Schulter und drehte sich schnell um. Sie trat durch die Eingangstür und verabschiedete sich mit einem Augenzwinkern. »Dann gehe ich lieber schnell, bevor ich helfen muss.«

Carsten hatte die ganze Nacht kein Auge zugemacht, aus Furcht, aus einem der schönsten Träume seines Lebens zu erwachen. Ganz so einfach wie erhofft würde sich der gestrige Vorfall nicht weglegen lassen. Und wenn er ehrlich zu sich war, wollte er das gar nicht. Es war ein zu schönes Gefühl. Es hätte nie passieren dürfen, aber er war sich keiner Schuld bewusst. Es war weder beabsichtigt noch geplant. Das Gefühl ihrer Haut, ihre Wärme – er wollte es niemals wieder vergessen. Deswegen hatte er ein schlechtes Gewissen. Selbst, wenn er vor dem jüngsten Gericht auf die Bibel schwören müsste, dieser Kuss würde in seiner Erinnerung bestehen, ohne dass jemals ein anderer davon erfuhr. Er wollte das Andenken wie ein wertvolles Artefakt hüten.

Er stieg aus der Dusche, trocknete sich ab und rieb sich gerade mit Körperlotion ein, als es an der Tür klingelte. Mürrisch ging er, nur mit einem Handtuch bekleidet, an die Tür. Es wurde wieder geklingelt. Verfluchte Paketdienste! Nie hatten sie Zeit. Genervt öffnete Carsten die Wohnungstür.

Es war nicht die Post. Stefanie stand aufgeregt und mit leicht gerötetem Kopf vor ihm. Sie schob ihn zur Seite und stürmte an ihm vorbei.

»Wir müssen reden. Ich …« Genauso schnell, wie sie an ihm vorbeigelaufen war, riss sie jetzt ihre Augen auf. Carsten stand unvorteilhaft gekleidet vor ihr. Die Haare waren lediglich trocken gerubbelt und standen wirr von seinem Kopf. Seine Haut glänzte von der Lotion. Ihr Blick wanderte von seinem Gesicht über seinen makellosen Oberkörper bis zum Handtuch. Ihr Atem ging schnell und ihr Brustkorb hob und senkte sich wie nach dem Ziellauf bei einem Marathon. Jetzt sah sie ihm wieder in die Augen. Carsten erkannte ihr Verlangen. Sah, wie sie sich auf die Lippe biss. Carsten hatte nie zuvor das Gefühl, so begehrt zu werden.

»Stefanie, …« Er stockte. Was wollte er gerade sagen?

Sie antwortete nicht gleich. Sah ihn nur entgeistert an. Dann schluckte sie. »Oh, du hast gerade geduscht.«

Er sah ihr tief in die Augen. Er wollte nicht, aber er konnte seine Lust nur schwer zügeln.

Es wurde ruhig im Flur. Nichts lenkte ihre Gedanken ab. Sie machte einen Schritt nach vorne, ohne ihren Blick von ihm abwenden zu können. Dann noch einen. Sie zogen sich magisch an. Keine Kraft der Welt, keine Macht des Universums hätte verhindern können, was jetzt geschehen sollte.

Die letzten Schritte rannte sie und dann fiel sie über ihn her, als hätte sie ihr ganzes Leben nur auf diesen einen Moment gewartet. Darauf gehofft, einmal all ihr Verlangen in diesen Augenblick stecken zu können.

Sie küssten sich wild und leidenschaftlich, nicht wie tags zuvor. Dieser Kuss verlangte nach mehr. Stefanie zog an seinen Haaren, ihr Mund wanderte über sein Gesicht. Sie drückte seinen Körper so fest nach hinten, bis er von der Eingangstür gestoppt wurde.

Stefanie riss ihm das Handtuch vom Leib. Mit der Stirn an seiner Brust, die andere Hand in seinen Haaren, fiel ihr Blick auf sein Glied, dass bereits sein Verlangen nach ihr zum Ausdruck brachte. Mit einer Hand umfasste sie es. Spielte damit, während sie wieder die Berührung seines Mundes suchte. Carsten musste ihr ausweichen. Mit dem Gefühl, ihrer Hand hilflos ausgeliefert zu sein, drückte er sich auf die Zehenspitzen. Seine Hände suchten Halt an der Wand links und rechts von ihm. Stefanie genoss offensichtlich ihre Macht über ihn und biss ihn zärtlich in die Brust.

Carsten fasste sich. Er nahm ihr Gesicht in beide Hände. Die Küsse wurden wieder ruhiger, dann wieder leidenschaftlicher. Ihre Fingerspitzen wanderten zu seiner Brust und streichelten darüber. Erst jetzt fing Carsten an, ihre Bluse aufzuknöpfen. Die Münder vereint voller Glückseligkeit. Er streichelte über ihren BH, drückte sanft zu und spürte die Knospen hart werden und mehr fordern. Ihr Stöhnen war eher ein Hauchen in sein Ohr. Er öffnete den Verschluss, während sie seinen Hintern massierte.

Als ihre Körper sich schließlich nackt aneinanderdrückten und ihre Hände darüber wanderten, sprang sie auf ihn, ohne den Kuss zu unterbrechen. Carsten drehte sich und drückte sie an die Wand. Voller Hingabe spielten ihre Zungen miteinander, erforschten ihre Hände den anderen Körper.

Er trug sie ins Wohnzimmer zur Couch, wo all die Wünsche, all die Hoffnung und alle Träume in diesem einen Moment erfüllt werden sollten.

Langsam nahmen Carsten und Stefanie die Außenwelt wieder wahr. Engumschlungen, als hätten sie Angst diesen Moment zu verlieren, lagen sie auf der Couch. Genossen die Wärme, die sie vom anderen spürten. Carstens Herz versuchte sich zu erholen und seinen Rhythmus zu finden. Den gleichmäßigen Takt, den es kannte, den es gewohnt war und den es durch das bisherige Leben ganz gut durchgehalten hatte. Bis zu diesem Augenblick, der alles verändert hatte.

Stefanie drückte ihr Gesicht auf seine Brust. Ihre Haare strichen bei jeder ihrer Bewegungen sanft über seine Haut. Er genoss es, wie sie ihn mit ihren Fingern streichelte, ab und an mit einem Kuss seine Brustwarzen liebkoste. Eine solche Befriedigung hatte er noch niemals zuvor erfahren. Er war glücklich.

»Hast du ein Kondom?« Stefanie schmunzelte bei ihrer Frage.

»Etwas spät, findest du nicht?«

»Ja. Ich wollte wenigstens nachträglich vernünftig sein.«

Carsten fasste sie an ihren Hüften und zog sie hoch, bis ihre Nasen sich fast berührten. Ihre Münder vereinten sich erneut und ihre Zungen tanzten zusammen. So harmonisch und sehnsuchtsvoll wie bei einem Tango zweier Verliebter auf den Straßen von Buenos Aires. Stefanie rutschte wieder hinab in die Ausgangsposition. Carsten küsste ihr Haar und seine Hände streichelten über ihren Rücken. So wie es die von Stefanie mit seiner Brust taten.

Doch mit jeder Sekunde, die verstrich, zogen mehr Zweifel auf. Wie konnte das geschehen? Niemals hätte er für möglich gehalten, dass er seine Partnerin betrog. Und jetzt lag er mit dieser tollen Frau hier, nackt und befriedigt in seiner Wohnung, und suchte nach Antworten.

»An was denkst du gerade?« Stefanie hob den Kopf und versuchte seine Gedanken zu lesen. Sie strich ihm über das Gesicht. Vielleicht um sein schlechtes Gewissen aus ihm herauszustreicheln.

Carsten blickte ihr tief in die Augen. Diese wunderbaren, Wärme ausstrahlenden Augen. Er suchte nach passenden Worten, um diesen Glücksmoment nicht zu zerstören.

»Versteh mich bitte nicht falsch. Ich …« Er setzte erneut an. »Ich habe noch nie zuvor ein solches Gefühl beim Sex verspürt. Es war unglaublich. Das war es, wovon jeder Mann träumt, sobald er in die Pubertät kommt.« Und dann musste er es loswerden. »Aber es hätte niemals passieren dürfen.«

Behutsam legte Stefanie ihren Kopf wieder ab. »Ich weiß, dass es falsch von mir war. Ich konnte einfach nicht anders.«

»Wir wollten es beide. So sehr. Es ist nicht deine oder meine Schuld. Es sollte geschehen.« Carsten drückte Stefanie an sich. »Allerdings sind wir beide in Beziehungen. Wir haben Partner, mit denen wir den Rest unseres Lebens verbringen wollten. Treue ist doch für uns beide wichtig.«

»Und was soll jetzt geschehen. Sagst du es Claudia?«

Als Stefanie den Namen seiner Verlobten aussprach, lief Carsten ein kalter Schauer über den Rücken. Würde er es ihr beichten? Soll er es überhaupt erzählen? Welche

Konsequenzen hätte das für sie alle? »Und du? Sagst du es Frederik?« Stefanie blieb die Antwort ebenfalls schuldig.

In diesem Augenblick wäre er am liebsten mit Stefanie getürmt und hätte heimlich ein neues Leben begonnen. Irgendwo auf der Welt. Wo sie niemand kannte, wo sie neu beginnen konnten. Damit könnte er einer Aussprache mit Claudia entgehen.

Kann man eine neue Liebe auf den Trümmern einer alten Beziehung aufbauen? Hätte das eine Zukunft? Stefanies nächste Worte gaben ihm eine schmerzhafte Antwort.

»Das darf niemals wieder geschehen. Egal, ob wir es den anderen sagen oder nicht.«

Während er sich über seine Gefühle unklar war, sprach Stefanie aus, was er insgeheim dachte. »Verstehst du, Treue ist für mich das Wichtigste in einer Partnerschaft. Es passt einfach nicht zu uns, dass wir unsere Partner betrügen.«

Carsten wusste, dass sie recht hatte. Wie sollten sie mit dieser Schuld leben? »Kannst du dir vorstellen, dass wir einfach weitermachen wie bisher?« Am liebsten wollte er den Rest seines Lebens diese Nähe zu ihr spüren.

»Wir müssen! Wir haben keine andere Wahl.« Stefanie löste sich aus seiner Umarmung und richtete sich auf. Ihre Stimme war ruhig. »Ich wünschte, es wäre nie passiert.«

Carstens Herzschlag setzte für eine Sekunde aus. »Sag das bitte nicht!« Er fuhr hoch und wollte ihr Gesicht in beide Hände nehmen.

Stefanie wehrte ab. »Nein, hör auf damit!« Sie stand auf und suchte ihre Klamotten zusammen. Rasch zog sie sich an.

»Stefanie, bitte, lass es nicht so enden!«

Jetzt hatte sie Tränen in den Augen. »Und wie sonst? Es gibt kein weiches Ende.« Ihre Stimme wurde schroffer und die Bewegungen heftiger. Sie zerrte an ihrer Hose. Sie weinte und schrie: »Verdammt!« Sie schluchzte in ihre Hände, die verdecken wollten, dass sie jetzt hemmungslos weinte. Doch es gelang ihnen nicht.

Sofort stand Carsten auf und nahm sie in die Arme. Stefanies Tränen trafen auf seine Brust, als suchten sie einen Eingang zu seinem Herzen. Carsten musste schwer an sich halten, um es ihr nicht gleichzutun. Stefanies Knie gaben nach und zusammen sackten sie auf den Boden. Engumschlungen, ratlos und voller Zweifel.

Stefanie machte sich im Bad frisch, während Carsten in der Küche auf sie wartete. Er wusste, wenn sie jetzt seine Wohnung verließ, wäre es das gewesen – würde er sie niemals wieder in die Arme nehmen können. Was sollte er nur tun?

Als sie zurückkam, hatte sie ihre Fassung zurückgewonnen. Ihre Augen waren gerötet, doch bis Frederik nach Hause kommen würde, wären diese Spuren ihrer Trauer vergangen.

An der Tür wollte Carsten sie zum Abschied in die Arme nehmen und an sich drücken. Stefanie wehrte ab. »Bitte nicht. Das macht es nur schlimmer.« Sie gab ihm einen kurzen Kuss auf die Wange, öffnete die Tür und drehte sich nicht einmal um, als sie diese hinter sich zuzog.

Dann war Carsten allein mit seinen schweren Gedanken.

Mit dunklen Augenrändern saß Carsten am Tisch und wusste nicht, wie er mit der verbleibenden Zeit umgehen sollte. Am Abend musste er sich Claudia stellen. Würde ihr sagen, was passiert war und mit ihr klären, wie es weitergehen sollte. Ein wenig Aufschub erhielt er durch ihre Nachricht, die vor wenigen Minuten auf seinem Smartphone aufgepoppt war. Der Flug war nicht pünktlich gestartet und vermutlich würde sie den Anschluss in Frankfurt verpassen. Es konnte also spät werden. Das war alles. Kein Trauersmiley oder ein Herzchen. Kein ›Ich vermisse dich‹ oder ›Ich kann es kaum erwarten, bis ich bei dir bin‹. Nüchtern und sachlich auf den Punkt gebracht. Eigentlich wie immer.

Jetzt endlich kam die Müdigkeit in ihm hoch, auf die er die ganze Nacht gewartet hatte. Am liebsten hätte er sich ins Bett gelegt und bis zum nächsten Morgen durchgeschlafen. Dann ab nach Berlin zu Papis und mehr Zeit schinden, bevor er sich der Wahrheit stellen musste. Er freute sich auf seinen alten Kumpel. Mit ihm schienen das Leben und seine Hindernisse händelbarer zu sein. Keine Hürde zu groß, keine Herausforderung unüberwindbar. Er stand auf und holte sich ein Glas Wasser.

Wie es wohl Stefanie ging? Auf seine Nachrichten hatte sie nicht reagiert. Blockierte jede Kontaktaufnahme. Noch immer klangen ihre Worte in seinem Ohr nach: Es war ein Fehler. Es wird nie wieder passieren.

Wenn das ein Fehler war, würde er liebend gern sein ganzes Leben Fehler machen. Im Gegensatz zu ihr bereute er nicht, was geschehen war. Doch bereute er, dass es passierte, während er in einer Partnerschaft war. Für ihn war Treue das Heiligste, was es gab. Ein solcher Vertrauensverstoß war und blieb unverzeihlich.

Und trotzdem war es passiert. Ausgerechnet ihm, der die letzten Jahre so kontrolliert durchs Leben gegangen war und alle Emotionen niedergerungen hatte. Im Berufsleben Emotionen zu haben, war ein Zeichen von Schwäche, die einen den Kopf kosten konnte. Dabei war er früher viel extrovertierter gewesen, hatte seine Gefühle offen und ungeschminkt gezeigt. Nur die Konditionierung im Wiener Alltag hatte ihn diesbezüglich abstumpfen lassen.

Und dann kam Stefanie in sein Leben. Fast zärtlich strich er über den glänzenden Küchentisch und stellte sich vor, es wäre sie. Carsten ging zur Tür und öffnete sie einen Spalt, in der Hoffnung, Stefanie im Flur zu sehen. Natürlich war der Hausflur leer. Dann nahm er sein Smartphone zur Hand und überprüfte, ob er endlich eine Antwort auf seine unzähligen Anfragen bekommen hatte. Aber das Mobiltelefon schwieg. Er ging zum Fenster und hoffte, hier einen flüchtigen Blick auf sie zu erhaschen. Leider erkannte er inmitten der vielen unbekannten Gesichter auf der Straße lediglich den stillen, zurückgezogen lebenden Nachbarn aus dem Parterre. Drohte ihm im Alter ebenfalls ein so einsames Leben?

Kopfschüttelnd drehte er sich vom Fenster weg. Er sollte sich ablenken. Er suchte nach dem Putzeimer und bereitete sich vor, die Wohnung auf Vordermann zu bringen. Obwohl ihre Haushaltshilfe erst vor ein paar Tagen das letzte Mal hier war.

Am Nachmittag ging es ihm besser und erst als er bemerkte, dass er die kleinen, hässlichen, doch teuren Porzellanskulpturen auf dem Fensterbrett mit einem Staubtuch behandelte, begriff er, wie dümmlich er sich gerade anstellte. Das dürfte das erste Mal gewesen sein, dass er Staub wischte. Zumindest konnte er sich nicht daran erinnern, dies jemals gemacht zu haben. Und er ging weit zurück bis zu der Zeit, als er mit seinen Freunden nach der Schule auf dem Bolzplatz Fußball gespielt hatte. Das Bad glänzte, die Küche sah aus wie neu installiert und vom Boden im Wohnzimmer konnte man essen.

Er suchte noch nach verräterischen Flecken auf dem Sofa. Diesmal zahlte sich der Lederbezug aus, auf den Claudia bestanden und der sich für ihn immer so kühl angefühlt hatte. Eben bis gestern. Kräftig drübergerubbelt und mit etwas Politur nachgebessert – alle Spuren der frevelhaften Tat waren selbst für Forensiker des BKA unauffindbar.

Sollten sie sich trennen? Bisher hatte er sich dieser Frage nicht gestellt. Sollten Claudia und er ihr gemeinsames Leben aufgeben? Und dann? Würde Stefanie sich in seine Arme fallen lassen und diesen Idioten Frederik verlassen?

Das war egal. Zuerst musste er für sich und Claudia eine Lösung finden. Die Missstände der Vergangenheit aufarbeiten und klären, um neu anfangen zu können. Entweder zusammen oder getrennt. Aber das Vorhaben, so weiterzumachen wie zuvor, das musste abgeschlossen werden. Vielleicht war es gut so, dass es passiert war. Jetzt musste er sich der Situation stellen. Wenn er ehrlich war, war er seit Langem nicht mehr wirklich glücklich. Jetzt zwangen ihn die Umstände, etwas zu ändern. Alles Schlechte brachte eben auch Gutes mit sich.

Es war nach Mitternacht, als Carsten durch Lärm im Flur aus seinem oberflächlichen Schlaf gerissen wurde. Taschen wurden unsanft abgestellt und die Badezimmertür zugeschmissen. Er stand auf, um Claudia zu begrüßen.

»Hey, hast du deine Odyssee beendet?« Er hatte die Badezimmertür vorsichtig geöffnet, damit Claudia sich nicht erschreckte.

»Hey Schatz, ja, endlich. Ich bin total geschafft. Businessclass ist nicht mehr, was es mal war.« Dann gab sie ihm einen flüchtigen Kuss und schminkte sich weiter ab. »Geh ruhig wieder ins Bett. Ich komme gleich nach.«

Carsten ging zurück und schaltete die Nachttischlampe auf Claudias Seite an. Kurz dachte er darüber nach, sich schlafend zu stellen, wenn sie aus dem Bad kam. Er verwarf den Gedanken wieder. Heute würde er das Thema nicht mehr ansprechen, aber vielleicht wollte Claudia sich den Frust der vergangenen Stunden von der Seele reden.

Als sie sich schließlich hinlegte und das Licht ausmachte, rückte er ein Stück zu ihr. Seine Annäherung erzielte nicht den gewünschten Effekt und ihre Reaktion war unterkühlt.

»Lass uns schlafen. Wir reden morgen. Ich bin total geschafft und hundemüde. Wann musst du morgen los?«

Er strich ihr kurz über das Gesicht und gab ihr einen Kuss. »Der Flieger geht gegen zehn. Meinen Wecker habe ich auf fünf gestellt. Schlaf einfach weiter, wenn es möglich ist. Ich komme kurz und verabschiede mich. Am Donnerstag bin ich wieder da.« Er betrachtete Claudia und schämte sich. Schämte sich für seine Gefühle für Stefanie und dass er im gleichen Augenblick daran dachte, wie gern er mit Claudia in den letzten Jahren zusammen war. Sanft drückte er ihren Arm und küsste ihren Mund. »Schlaf schön!«

Claudia murmelte nur kurz: »Du auch mein Schatz. Sorry, dass ich so fertig bin. Ich wünsche euch beiden eine tolle Zeit. Liebe Grüße an Pap.« Dann drehte sie sich von ihm weg und schlief sofort ein.

Auch bei ihm dauerte es nicht lange, die wirren Gedanken auszublenden und in einen unruhigen Schlaf zu fallen. Das Damoklesschwert hielt eine weitere Schonfrist lang am Pferdehaar über seinem Kopf.

Juli 2023

»Jetzt wird es interessant!« Neugierig klopft Peter mit seinem Bleistift auf die Schreibtischmappe. »Ist diese Stefanie die ominöse Frau aus dem neuen Roman?«

»Wie kommst du jetzt darauf? Warum bist du überhaupt der Meinung, es handelt sich bei der Geschichte um etwas Reales? Dass Romane oft mit autobiografischen Erlebnissen gespickt sind, gestehe ich ja zu, aber wieso der Wirklichkeit gleich ein ganzes Buch schenken? Die Realität hat oft so skurrile Züge, dass kein Leser es für bare Münze nehmen würde.«

»Carsten, ich mache den Job nicht erst seit gestern. Auf dem Stuhl, auf dem du herumlümmelst, haben vor dir tausend andere gesessen und mir ihre Geschichte erzählt. Also, ist sie es oder nicht?«

»Wenn du mein Buch aufmerksam gelesen hast, kannst du dir die Frage später selber beantworten. Nur so viel: Ich habe in den letzten Jahren einige Frauen kennengelernt. Ein paar von ihnen wären es vermutlich wert gewesen, Teil meiner Geschichte zu werden, andere nicht.«

»Ich werde mich überraschen lassen. Fakt ist, du drückst dich momentan um ein Ende, das dir womöglich nicht gefällt. Wenn es sich um eine fiktive Geschichte handelt, wäre es ein Leichtes für dich, dass der Roman einen passenden Schluss bekommt.« Sein Bleistifttrommeln verstummt. »Oder täusche ich mich?«

Dem alten Fuchs kann man nur schwer etwas vormachen. Er hat recht, Stefanie sollte meine Muse werden. Der innere Antrieb, den sich alle Schriftsteller erhoffen. Das habe ich komplett versaut. Wie es ihr momentan wohl geht? Denkt sie ab und zu an unseren Ausrutscher? Sie ist bestimmt eine tolle Frau geworden. Blödsinn, sie war die ganze Zeit eine tolle Frau. Aber wie hat sie sich weiterentwickelt? Hat sie diesen Trottel Frederik geheiratet? Hat sie Kinder? Sie sind bestimmt nach ihr gekommen. Zumindest hoffe ich es. Der Kerl war einfach nur unsympathisch.

Ich fahre mit dem Daumen über die Stelle am Mittelfinger, wo sich mein Kugelschreiber oder Füller immer in das Fleisch drückt. Mittlerweile hat sich dort bei mir eine dünne Hornhaut gebildet. Ich habe mir angewöhnt, meine Texte zuerst handschriftlich zu Papier zu bringen, weil ich bemerkt habe, dass die Finger schneller über die Tastatur fliegen, als mein Kopf die Gedanken formulieren kann. Beim Übertragen auf den PC habe ich so eine erste Gelegenheit Korrekturen vorzunehmen.

Wie immer versucht mein Kopf, mich mit sinnlosen Gedankenspielen von der Vergangenheit abzulenken. Was zuletzt immer seltener gelingt.

Ich denke an ihr Lachen. Dieses wunderschöne Lachen bei den unmöglichsten Gelegenheiten. Diese Mimik, die sie hat, wenn sie sich in ihren Gedanken eine Frage zurechtrückt. Die sie nicht stellen will oder sich nicht zu stellen traut. Ein Auge geschlossen, der Mund niedlich verzogen. Ich erinnere mich an den Tag, als sie todunglücklich über ihren misslungenen Haarschnitt war. Als sie wie Prinz Eisenherz aussah. Nur kurz, bis ich sie in die Finger bekam. Keine Frau hat mich jemals so fasziniert. Oder hat mir solche Gefühle in mir ausgelöst. Ich kann nicht verhindern, dass ich mir an die Stelle auf meiner Brust fasse, auf dem ihr Kopf gelegen hat. Erinnere mich nach all den Jahren an ihren Atem, der mir einen Hauch Wärme schenkte, der tief bis an mein Herz drang.

Ich denke an die Liebkosungen, die abrupt aufhörten, als wir beide von Gewissensbissen verschlungen wurden. Und an ihren Gesichtsausdruck, als ich mich für den Fehler entschuldigt und mich verabschiedet habe.

Oktober 2014

Carsten trat durch das Gate und entgegen allen Absprachen stand da Papis. Sein schwarzafrikanischer Freund, der selbst in der Menge der gebräunten Urlaubsrückkehrer den gewissen Farbunterschied in der Tristesse des Alltags ausmachte. Sein Lachen steckte an und Carsten beschleunigte seine Schritte. Dann knallten Hände auf Rücken, wie es bei Begrüßungen unter Wikingern vermutlich nicht anders gewesen war.

Papis schob ihn von sich und hielt ihn mit ausgestreckten Armen auf Abstand. Er musterte Carsten und nickte anerkennend. »Gut schaust du aus. Wohlgenährt. Meine Mama hatte bereits Sorge um dich.«

»Für ein kleines Verzehrpaket bin ich immer zu haben.«

»Gedulde dich etwas. Heute Abend gibt es senegalesische Küche. Wie lange haben wir uns nicht gesehen, mein Freund? Zwei, drei Jahre?«

»Zwei Jahre, sieben Monate und drei Tage. Aber wer zählt schon die Tage?«

»Wie lange? Sag mir bitte, dass du das nicht gemacht hast. Dass du die Tage nicht gezählt hast. Sonst zweifle ich an deinem Verstand.«

»Ich habe Urlaub und langweile mich. Deshalb habe ich im Kalender das letzte Treffen gesucht, eine Excel-Tabelle gemacht und der Computer hat berechnet, wie lange wir uns nicht mehr gesehen haben.« In seinen Augen blitzte der Schalk auf und Pap schüttelte belustigt den Kopf.

»Du hast eindeutig viel zu viel Zeit, mein Freund. Ich hoffe für dich, dass du deinen Verstand nicht verloren hast.« Pap gab seinem alten Weggefährten eine zweite herzhafte Männerumarmung.

Carstens Lachen war die passende Antwort. »Natürlich nicht! Die Überschrift der Tabelle lautete: ›Wie lange hatte ich vor deiner blöden Fragerei Ruhe?‹« Er schnappte sich seinen Trolley und die beiden gingen übermütig den langen Gang entlang Richtung Ausgang. Wie kleine Jungs nach einer erfolgreich überstandenen Mutprobe. Entgegenkommende Fluggäste wichen vorsichtshalber den herumalbernden Männern aus.

Die Taxifahrt vom Flughafen nach Moabit dauerte knapp eine Dreiviertelstunde. Außer einer Ahnung vom ehrwürdigen Berliner Olympiastadion aus der Ferne gab es keine nennenswerten Sehenswürdigkeiten zu erblicken. Papis hatte verstanden, dass er erst ankommen musste, und schwieg, obwohl der Flug genauso kurz war wie die Fahrt. Und so konnte Carsten aus dem Seitenfenster sehen und seinen Gedanken nachhängen. Er war vor ein paar Jahren für eine Tagung das letzte Mal hier gewesen und er war gespannt, wie sehr sich die Stadt gewandelt hatte.

Berlin war immer im Umbruch. Nach dem Mauerfall pulsierte das Leben und ließ diese Metropole wachsen und sich verändern wie keine andere Stadt in Europa. Jeder, der einst seine alte Heimat wegen der schwierigen Umstände auf einer Insel inmitten der alten Deutschen Demokratischen Republik verlassen hatte, wollte zurück. Wollte den neugewonnenen Glanz dieser multikulturellen Stadt miterleben und teilhaben an zukünftigen Errungenschaften.

In Papis' Wohnung angekommen, blickte Carsten sich neugierig um. Er betrat dessen neue Spaßbude zum ersten Mal. Das letzte Treffen mit Übernachtung war in

Frankfurt, gefolgt von einem kurzen Wochenendtrip von Pap in Wien. Pap hatte eine nette Dreizimmer-Altbauwohnung gefunden und überließ das Büro für ein paar Tage seinem Freund aus Wien. Pap war berühmt für seine Gastfreundschaft. Seine Couch die Leidtragende und dementsprechend etwas heruntergekommen. Wie er betonte, schlief man nach Aussage von Vorgängern darauf ganz hervorragend.

Das Wohnzimmer glich einem Mix aus afrikanischer Oberklasse und modernen Einflüssen aus Mitteleuropa. Die Wände waren entweder mit afrikanischen Kulturmotiven oder mit Musikinstrumenten behängt. Ein paar größere Topfpflanzen umrahmten den Durchgang zwischen Wohnzimmer und Essbereich mit angegliederter Küche. Zwei große Läufer mit orientalischen Motiven verdeckten Teile des Parketts. Unspektakulär und dennoch mit dem Charme des Unbekannten, was man näher kennenlernen wollte.

Die drei Sitzmöbel glichen übergroßen weichen Säcken, welche mit bunten Bezügen weitere Farbe in den Lebensbereich brachten. In diesen schien man mehr zu liegen, als dass man saß. Die großen Kissen konnten sicher zu weiteren Sitzgelegenheiten ausgebreitet werden. Carsten fühlte sich sofort wohl in dieser warmherzigen Umgebung und fand es schon jetzt befremdlich, dass er bald in seine eigene, im völligen Kontrast dazu stehende, sterile, moderne Einrichtung zurückgehen sollte.

Claudia hatte viel Zeit, Mühen und Geld verwendet, um ihnen dieses Heim hip auszustatten. Carsten ahnte bereits seit dem ersten Anblick, dass sie möglichen Gästen gleich einen Eindruck ihres beruflichen Erfolgs vermitteln wollte. Bloß hatten sie niemals Gäste, weil sie zu sehr mit ihren Karrieren beschäftigt waren.

Er ließ sich in eines der einladenden Sitzpolster fallen.

»Möchtest du was trinken, mein Freund? Das erste Mal werde ich dich bedienen, ansonsten fühle dich wie zu Hause und bediene dich selber.«

»Zu Hause werde ich immer bedient«, flunkerte Carsten.

»Ich habe Claudia kennengelernt, schon vergessen? Eher würdet ihr beide ein Dienstmädchen einstellen, als den jeweils anderen zu bedienen. Wie läuft es zwischen euch denn? Ihr seid fast länger zusammen als Jopi Heesters und Simone Rethel. Möchtest du Claudia nicht bald zu einer ehrbaren Frau machen? Bekomme ich einen Grund für einen Gegenbesuch?«

Heiraten? Carsten lachte in sich hinein. Sie waren jetzt seit zwei Jahren verlobt, aber das Wort Hochzeit war seit diesem Zeitpunkt nicht mehr gefallen. Vielleicht sollten sie ihre Outlook-Kalender mal abgleichen, um ein Zeitfenster für das Standesamt zu finden. Nachdem allerdings dadurch kein Steuervorteil zu erwarten war, würde dieses Event wohl auf sich warten lassen. »Da finden wir eher einen anderen Grund für dich zu kommen. Wie sieht es bei dir aus? Warum lebt ein gut aussehender, junger und erfolgreicher Mann wie du nicht in vorehelicher Beziehung?«

»Vermutlich, weil ich nicht die Richtige gefunden habe.«

»Du kannst hier in Berlin sicher jede zweite linke Braut flachlegen. Die suchen doch nach Gelegenheiten für ihren Lebenslauf, um sich eindeutig von den Rechten abzugrenzen. Egal, was es kostet. Denen kommt ein Lebensabschnitt mit einem Schwarzafrikaner sicher wie ein Sechser im Lotto vor.« Carsten grinste wie ein Junge, der seinen Kumpel auf dem Schulhof necken wollte. »Und du grenzt dich erheblich von den typischen Asylanten ab.

Gut aussehend, gebildet, gute Umgangsformen. Sogar einen Job und eigene Wohnung.«

»Das ist richtig, aber wer möchte mit solchen Frauen eine Beziehung? Ich habe eine permanente Aufenthaltserlaubnis. Eine Zweckehe oder eine voreheliche Beziehung wird dementsprechend nicht benötigt.«

»Wer hat etwas von Beziehungen geschwafelt? Ich?«

Pap wusste, worauf er hinauswollte. Er schwieg und wurde sogar etwas nachdenklich, bevor er fortfuhr. »Ganz schön zynisch, Carsten! So bist du sonst nicht. Eifersüchtig?«

»Nein, aber ich habe Mitleid mit den Flüchtigen. Man sieht den armen Kerlen richtig an, dass sie sich fragen, wie lange sie das noch ertragen müssen. Was meinst du, wie oft ich diese Frauen mit ihren Trophäen im Schlepptau beobachten muss. Wenn der Abstand zu groß wird, pfeifen sie nach ihnen wie nach einem Hund. Verständigung ist sprachlich schwierig. Deshalb gibt es Handzeichen. Manchmal stelle ich mir vor, wie diese Emanzen reagieren würden, wenn ich mit einer jungen Asylantin genauso umspringen würde. Die würden Steine nach mir schmeißen. Sobald es um ihre eigenen Interessen geht, wechseln sie dann die Sichtweise. So tickt die Welt von heute eben. Jeder ist in seiner eigenen Blase der Wahrheit gefangen und sieht nur das, was er sehen will.«

»Vor Kurzem habe ich tatsächlich eine tolle Frau kennengelernt, die genau aus diesem Grund keinen näheren Kontakt mit mir wollte. Obwohl sie mich ebenfalls mochte. Ihr Originalton: ›Tut mir leid, ich finde dich super, aber ich muss niemandem mehr meine offene, liberale Gesinnung beweisen. Du hast doch garantiert viele anderen Frauen zur Auswahl‹.«

»Echt jetzt?«

»Ein paar Tage später habe ich von einem entfernten Bekannten zufällig erfahren, dass sie früher mit einem Ägypter zusammen war. Bis der anfing, seine wahre innere Haltung gegenüber Frauen durchblicken zu lassen. Das hat sie anscheinend für die anderen Afrikaner versaut.«

Bei Paps Erzählung verzog Carsten seinen Mund zu einer lustigen Fratze, als hätte er süß und sauer verwechselt.

»Schade, ich mochte sie. Gelegentlich treffen wir uns bei Feierlichkeiten und haben einen locker freundschaftlichen Umgang.« Er trank einen Schluck, stellte sein Glas etwas zu stark ab und zeigte sein Blendax-Lächeln. »Jetzt ist sie mit einem Weißbrot, der dir übrigens sehr ähnlich ist, zusammen und langweilt sich. Mittelgroß, durchschnittliches Aussehen und einen langweiligen Job, bei dem viele Überstunden anfallen. Nur die Anzüge haben Klasse und seine Frisur. Wenn ich es recht überlege, könntest du es sein. Vielleicht bereut sie es sogar schon.«

»Na dann, ran an die Braut und zeig ihr, was dich von anderen unterscheidet.«

»Nee, wir hatten unseren Moment. Der Zug ist abgefahren. Reden wir lieber, wie wir die nächsten Tage mit Leben füllen, als uns in schweren Gedanken zu vergraben. Habe ich dir erzählt, was ich heute Abend für uns kochen werde? Yassa Poulet! Das Huhn liegt seit gestern in der Marinade.«

Carsten und Pap lümmelten sich in den großen Sesseln und waren zu faul, um nach ihren Bieren zu greifen. Das Essen war großartig. Es war lange her, dass Carsten ein senegalesisches Gericht genossen hatte. Er befürchtete nur, dass die vielen Zwiebeln bald ihren Weg nach außen suchen würden.

»Du hast dich selbst übertroffen, mein Freund. Du solltest den Job wechseln und Koch in einem kleinen, vielleicht sogar in einem eigenen Restaurant werden. Jetzt sitzt du doch an der Quelle und kannst es heimlich in die Wege leiten.«

»Viel zu viel Stress für mich. Weißt du, wie schwer es ist, jeden Tag die gleichen Gerichte zu kochen? Die sollen sogar identisch schmecken. Sonst sind die Gäste enttäuscht. Nee, nee, ich bleibe gemütlich in meinem Büro, ordne Akten und sitze meine Zeit bis zur Rente ab.« Dann richtete sich Pap etwas auf. »Außerdem haben wir ja zusammen gekocht. Wenn du ebenfalls deinen Job aufgibst und mir zur Seite stehst, überlege ich es mir.«

Das sah Pap ähnlich. Immer bescheiden! Carsten hatte die Zwiebeln und Gemüse geschnitten und den Reis ins Wasser gegeben. Ach ja, und die Eieruhr gestellt, damit der Reis nicht zu weich wurde. Carsten kochte gerne und sicher nicht schlecht, doch dieses Festmahl hatten sie Pap zu verdanken.

Ohne jegliche Vorwarnung nahm Carsten den Ball auf. »Ich denke wirklich darüber nach, meinen Job zu schmeißen und neu zu beginnen.« Diese Neuigkeit schlug ein. Sie hatte bei Papis Gesichtsausdruck den gleichen Effekt, wie ein Fels, der sich vom Berg gelöst hatte und jetzt auf seinem Weg ins Tal alles niederrang. Carsten war selbst von seiner Aussage überrascht. Es war das erste Mal, dass er diesen Gedanken in seinem Kopf manifestierte und aussprach. War er bereit, alles aufzugeben?

Pap wurde hellhörig. »Wie muss ich das verstehen? Du möchtest deine Karriere aufgeben und was komplett anderes machen? Oder eher, dass du eine neue berufliche Herausforderung in einem anderen Unternehmen möchtest? Da kann ich für dich die Fühler in Deutschland ausstrecken.«

Carsten wählte seine Worte mit Bedacht. Die Richtung der Unterhaltung hing maßgeblich davon ab. Wollte er alles hinschmeißen? »Ich bin mir nicht sicher. Sobald ich mehr weiß, sage ich es dir.«

»Was ist denn vorgefallen, dass du solche Gedanken hast? Stehst du vor einem Burn-out?«

»Nein, ich bin es nur satt, des Geldes wegen alles andere im Leben unterzuordnen. Vor allem meine Lebensfreude.« Carsten wand sich aus seiner Halbliegeposition und setzte sich aufrechter hin. Dann endlich löschte er seinen Durst mit einem Schluck Bier. »In der Firma häufen sich die Intrigen. Jeder versucht, auf Kosten der anderen nach oben zu kommen. Ich bin leider nicht anders geworden. Und ich denke, dass es in jeder anderen Firma ebenfalls so wäre. Meinst du nicht?«

»Doch, aber so läuft es eben im Kapitalismus. Die Ruhe und Gemütlichkeit unserer gemeinsamen Tage im Senegal sind vorbei. Da hatten wir andere Probleme.«

»Das ist wahr. Lass uns philosophieren! Wo auf der Welt könnten wir die Alltagsprobleme vergessen und das Leben in vollen Zügen genießen?«

»Ich denke nicht, dass wir dafür einen bestimmten Ort benötigen. Alles, was du brauchst, sind genug Einnahmen oder Ersparnisse. Mit Geld kann man selbst in Nordkorea gut leben.« Pap zündete sich einen Joint an und nach ein paar Zügen reichte er ihn seinem Freund. »Es darf nur nicht zu viel Geld sein. Sonst wächst gleich die Angst, es zu verlieren und man befindet sich schnell erneut in der Abwärtsspirale.«

Carsten betrachtete das qualmende Marihuana und zog daran. Es war eine Weile her, dass er dieses Vergnügen genossen hatte. Pap führte weiter aus: »Ein kleiner

Lottogewinn. Wie in einer dieser Lotterien, die eine monatliche Rente zusichern. Verstehst du? Nicht einen Millionengewinn. Sondern monatlich sagen wir fünftausend Euro steuerfrei. Wir könnten leben wie Gott in Frankreich.«

»Also auf nach Frankreich?«

»Nee, das Essen ist gut, aber ansonsten zu viel Europa.« Pap dachte nach. »Wie wäre es mit der Karibik? Immer gutes Wetter. Während der Regenzeit ein, zwei Stunden Nässe überleben wir. Danach zurück ins türkisene Blau der Karibischen See.«

»Zuviel Armut! Das deprimiert uns mit der Zeit.«

»Richtig, das könnte stimmen. Armut hatten wir für den Rest unseres Lebens genug.« Die beiden fanden keine Übereinstimmung bei den Reisezielen, obwohl sie es eine geraume Zeit versuchten.

Mitten in der Nacht wachte Carsten auf. Sein Kreuz tat ihm weh und es dauerte, bis er seine steifen Glieder aus dem Sessel brachte. Er schleppte sich in sein Zimmer und ließ seinen leise schnarchenden Freund einfach liegen.

Am nächsten Tag lachte die Sonne über Berlin und über die zwei Idioten, die mit verkatertem Kopf einen Kaffee zum Frühstück tranken.

»Wie geht es dir?«

»Ähnlich wie dir, denke ich. Ich fühle mich, als würde ein zweiwöchiger Wellnessurlaub nicht ausreichen, um mich in Form zu bringen.«

»Oh Scheiße, soll ich uns Aspirin holen?« Pap stand auf und wartete nicht erst die Antwort ab. Seine Erfahrung mit solchen plötzlichen Erkrankungen half ihm und er wusste, wie die Spinnweben im Kopf beseitigt werden konnten.

Eine halbe Stunde später kehrte ein Hauch Mobilität in die geschundenen Körper zurück. Carsten verspürte den Drang, eine kleine Erkundungstour durch Berlin zu starten, um den letzten Rest des Giftes aus dem Körper zu extrahieren. Pap war von der Idee angetan und so machten sich die zwei auf Richtung Zentrum.

Sie liefen einer kleinen Gruppe Touristinnen aus dem asiatischen Raum hinterher, ohne zu wissen, wohin diese gingen. Sollte das Schicksal ihnen einen Wink geben.

Carsten genoss den warmen Herbsttag und die Farbenvielfalt der Laubbäume entlang der Spree. In Wien war er von der Schönheit der Stadt abgestumpft. Erkannte die Natur nur, wenn sie ihm auf den Kopf schiss. Die Fußmärsche der letzten Jahre beschränkten sich auf die Strecke vom Büro zur Imbissbude oder zum nächsten Restaurant – natürlich nur solche, die nahe genug zum Büro lagen, damit nicht zu viel Arbeitszeit verloren ging.

Pap bemerkte offenbar, dass hinter Carstens ruhigem Gesichtsausdruck mehr verborgen lag, als dieser bisher preisgeben wollte. »Ich hoffe, der aufkommende Muskelkater wird uns nicht den herrlichen Tag vermiesen.«

»Meine sportlichen Aktivitäten sind tatsächlich in letzter Zeit zum Erliegen gekommen. Aber ich bin fit genug, um ein paar Kilometer ohne Anstrengungen zu absolvieren.«

Es dauerte nur wenige Meter, bis Pap endlich die Frage aussprach, die ihn beschäftigte, seit Carsten seinen Besuch angekündigt hatte. »Wie fühlst du dich gerade? Irgendetwas stimmt doch nicht. Und damit meine ich nicht, dass du urlaubsreif bist.« Mit unschuldiger Miene fügte er hinzu: »Ich wollte warten, bis du selber damit anfängst, aber das dauert mir zu lange.« Pap hatte recht. Wahrscheinlich wäre er zurück in Wien, bevor er sich entschlossen hätte, sein Gefühlsleben offenzulegen. Und das bei seinem besten Freund.

Carsten suchte nach einer bildhaften Beschreibung für seinen Zustand. »Kennst du den Film Jurassic Park? Da wird am Anfang eine Mücke, eingeschlossen in diesem Bernstein, gezeigt. Ich kann mich nicht rühren oder wegfliegen. Außerdem versucht mir permanent einer in den Arsch zu stechen. So in etwa.«

»Ich habe eine weitere Frage an dich. Sag ruhig, wenn du darüber nicht reden möchtest. Ich denke aber, es wird dir helfen.«

»Frag ruhig. Du möchtest wissen, warum ich scheinbar grundlos in den Flieger gestiegen bin, um ein paar Tage freizunehmen.«

»Das sieht dir einfach nicht ähnlich. Versteh mich nicht falsch. Als ich dich kennengelernt habe, wäre so was nicht aufgefallen. Aber die Jahre haben dich verändert, dein Fokus hat sich neu ausgerichtet. Du bist ein Businessman durch und durch. Da passt Urlaub einfach nicht ins Bild.«

Carsten wusste nur zu gut, was Pap meinte. Vor wenigen Wochen wäre er nicht im Traum darauf gekommen, Urlaub zu nehmen. Er hatte genug Saft im Akku, um weitere Jahre ohne Burn-out zu überstehen. Und mit Claudia an seiner Seite würden solche depressiven Phasen nicht wagen, ihn zu überrumpeln. Beziehungsweise würde er nicht darüber sprechen und sich willenlos seinem Schicksal stellen. Was könnte er seinem Freund sagen, was der Wahrheit am ehesten entsprach?

»Mein Leben war ein wenig langweilig nach Afrika. Wolltest du das sagen?«

»Langweilig meine ich nicht. Oder fehlt dir die Dramatik von früher? Ist leise und vorsichtig nicht besser?«

»Egal ob besser oder schlechter, meine Pläne sahen definitiv anders aus. In letzter Zeit frage ich mich immer häufiger, warum ich diesen Weg eingeschlagen habe. Erträumt hatte ich mir das nicht. Doch mit dem Wohlstand kam eine, sagen wir, Gier. Den angehäuften Reichtum aufrechtzuhalten oder weiter zu mehren. Die Frage des ›Warum‹ hat sich mir nicht gestellt.« Carsten dachte an die Tage vor der Abreise und an seinen Ausrutscher mit Stefanie. Eigentlich dachte er immer an sie. Vor der Abreise wollte er Pap alles erzählen. Wollte sein Gewissen mit einer Beichte reinigen. Hier am Wasser, mit der Sonne auf der Haut und den abschwellenden Nebenwirkungen des gestrigen Abends war er sich nicht mehr sicher, ob er ihn damit belasten sollte.

»In letzter Zeit ist einiges vorgefallen, ich erzähle es dir daheim. Versprochen! Gib mir einen Moment.«

»Und du musst mir erzählen, wie es mit dem Buch läuft. Ich erwarte natürlich ein handsigniertes Gratisexemplar. Das ist dir bewusst?«

»Ich kenne deine finanzielle Situation. Das ist dir klar, oder? Bevor ich dir ein Geschenkexemplar überreiche, geht die Hölle auf und verschlingt dich Geizkragen. Ich möchte von meinen Tantiemen leben. Solche Geschenke kann ich mir nicht leisten.«

Pap hob die Augenbrauen. »Soll das heißen, dass du deinen Job wirklich kündigen und Autor werden möchtest?« Er nahm die Frage sofort zurück. »Wir reden später darüber. Sorry!«

»Kein Problem, darüber können wir auf unserem Wandertag reden. Aber ich muss dich vertrösten, denn ich kenne die Antwort auf deine Frage selber nicht.«

»Bahnt sich da ein gewaltiger Urknall in deinem Leben an?«

»Du täuschst dich, wenn du denkst, dass mein Leben durch einen großen Knall in eine andere Richtung abgedrängt wird.«

»Es klingt aber so.«

»Nein, vielmehr waren es kleine marginale Abweichungen vom ursprünglich eingeschlagenen Pfad. Erst jetzt, nach Jahren des Umherirrens, bin ich gegen ein Hindernis gestoßen. Unüberwindbar und nicht zu umgehen. Es zwingt mich zum Umdenken, um eine andere Lösung zu finden. Ich sollte dem Schicksal dankbar sein, dass es mir Stefanie auf meinem Weg entgegenstellte.«

»Stefanie? Gibt es noch mehr, was für die Ohren Außenstehender bestimmt ist? Das macht mich neugierig.«

»Darüber reden wir später.« Carsten hatte sich so weit geoutet, dass es kein Zurück mehr gab. Pap war zu höflich, um ihn permanent damit zu nerven, doch jetzt, wo Carsten solche Andeutungen gemacht hatte, hatte sein Freund ein Anrecht, die Wahrheit und nichts als die Wahrheit zu erfahren.

Entgegenkommende Fußgänger wunderten sich vermutlich, worüber die beiden redeten.

Der Nachmittag war geprägt von Sortieren und Aussuchen. »Jetzt habe ich die Bilder ausgewählt, die ich auf alle Fälle einbauen möchte. Du hast hier ein paar, die ich ebenfalls verwenden kann. Anschließend überlege ich mir passende Texte, ab in den Druck und gut ist's.« Pap hatte nicht nur seine eigenen Bilder hervorgekramt, sondern zusätzlich ein paar Schätze, die er von Sundaram damals als Abschiedsgeschenk erhalten hatte.

»Ich habe gleich meine alten Alben durchforstet. Als du mir von deiner Idee erzählt hast, konnte ich mich kaum zurückhalten. Heimweh, verstehst du? Oft habe ich das nicht, aber bei solchen Gelegenheiten vermisse ich den Senegal.« Nach ein paar verträumten Sekunden fuhr er fort. »Denke, ein paar wären nützlich. Zeige ich dir später. Hast du denn einen Verlag, der Interesse signalisiert hat?«

»Über das Veröffentlichen habe ich mir bisher keine Gedanken gemacht. Was soll ich denen denn zeigen? Meine Notizen? Wenn ich keinen finde, drucke ich es notfalls auf eigene Rechnung und verschenke es an meine Freunde.«

»Du hast mehr Freunde als mich?« Pap lachte.

»Also, an meinen Freund und die Mitbewohner im Haus. Besser?«

»Besser nicht, aber genauer. Du wirst es nicht glauben, ich kann dir bei diesem Problem helfen. Vor zwei Jahren habe ich nämlich einen kaufmännischen Leiter für einen Verlag vermittelt. Vor Kurzem erst haben wir uns zufällig auf der Straße getroffen. Er ist ziemlich glücklich mit der neuen Stelle. Den könnte ich fragen, ob er Interesse hat oder jemanden in der Branche kennt, der sich auf solche Dokumentationen spezialisiert hat. Vielleicht kann er dir ein paar Tipps geben, wie du es aufziehen sollst.«

»Klingt gut. Allerdings muss ich erst ein Konzept ausarbeiten und ein paar Probeseiten machen, damit er weiß, was ich vorhabe.«

»Dann haben wir einen Plan.«

»Yep. Wir haben einen Plan. Einen guten.«

»Yep. Einen sehr guten sogar.« Pap druckste etwas herum. »Jetzt ist es an der Zeit, um dir zu beichten, dass ich bereits erneut Kontakt zu ihm aufgenommen habe. Er ist wirklich interessiert. Er meint, dass solche Dokumentationen momentan gefragt sind. Und im Multi-Kulti-Berlin sowieso.«

Pap sah stur nach vorne und vermied es, Carsten in die Augen zu sehen. Sein Grinsen allerdings verriet, dass er stolz auf seine Idee war.

»Setzt mich nur unter Druck.« Die beiden Männer schwiegen erneut.

Carsten und Pap saßen stundenlang vor den Bildern und erinnerten sich an all die Geschichten, die dahinter verborgen waren. Es waren schöne Geschichten. Bei einigen konnten sie nicht aufhören zu lachen. Andere ließen sie traurig werden. Nicht alle Kinder im Waisenhaus hatten es geschafft. Einige waren zurück auf die Straße gegangen, um zu betteln. Ein Leben ohne Zukunft. Andere waren spurlos verschwunden und man fragte sich, ob sie ebenfalls in der Gosse gelandet waren oder überhaupt noch lebten.

Pap ermunterte ihn, sich Notizen zu machen. Sie nummerierten die Fotografien und die passenden Textpassagen. Allein Paps Auswahl würde das halbe Buch füllen. Allerdings brachte Carsten es nicht fertig, ihn in seinem Feuereifer zu bremsen.

Am Abend kochten sie erneut zusammen und Carsten war froh, dass das Thema Stefanie nicht diskutiert wurde. Er war nicht so weit, dass ihm sein Freund den Kopf wusch. Er wollte in der süßen Erinnerung schwelgen und sich in seinem Mix aus Selbstmitleid und Glückseligkeit suhlen.

Während Carsten mit dem Rücken zum Herd am Tisch die Zutaten schnitt, rührte Pap irgendetwas im Topf zusammen. Wie aus dem Nichts fragte er allerdings: »Möchtest du deinen Job hinschmeißen oder nicht?«

Carsten schnitt das Gemüse weiter und sah bei seiner Antwort nicht zu Pap. »Ich bin mir ehrlich gesagt nicht sicher. Fest steht, dass ich ein anderes Leben führe als geplant. Und das füllt mich nicht aus. Verstehst du das? Ich weiß selber nicht, wie ich es anders ausdrücken soll.«

»Dann musst du etwas ändern, mein Freund. Was nicht gleichzeitig heißt, dass du sofort alles aufgeben musst.«

»Und was soll ich ändern? Würde eine kleine Richtungsanpassung überhaupt eine Auswirkung haben?«

»Das kannst du dir nur selber beantworten. Manchmal reichen kleine Änderungen, um den eingeschlagenen Weg schöner zu gestalten.«

»Bist du jetzt so ein Freud'scher Kackphilosoph?« Jetzt drehte sich Carsten doch um.

Pap hatte aufgehört, den Topf mit seinem Holzlöffel zu quälen. Er zielte mit dem Löffel auf Carsten und sagte überzeugt voller Inbrunst: »In Berlin ist jeder Zweite ein Hobbyphilosoph. Das bringt das Leben in dieser Stadt mit sich.«

»Na dann, mein Freund, welche Zigarre soll ich zukünftig rauchen, damit es mir besser geht?«

Pap widmete sich aufmerksam der Brühe, ohne seinen Patienten zu ignorieren. »Bei dir rechne ich mit vielen, vielen Sitzungen, bevor wir eine solch komplexe Antwort hervorrufen können. Alles, was ich sagen möchte: Fang klein an!« Erneut drehte er sich zu Carsten. Und dieses Mal wippte der Löffelstiel mit jedem seiner Worte wie der Taktstock eines Dirigenten, der seine Musiker bei einem berühmten Beethoven-Stakkato in d-Moll unterstützt. »Zum Beispiel: Was wolltest du immer machen und hast dir nie die Zeit dafür genommen? Wie lange hast du Urlaub? Reichen die restlichen Tage dafür aus?«

Die Fragen waren gut, das musste Carsten ihm lassen. Was wollte er immer machen, als er damals in Afrika saß und bereits an seine Abreise dachte? Es gab viele offensichtliche Antworten. Pap meinte bestimmt nicht, eine

Arbeit zu finden oder eine Familie zu gründen. »Das Buch ist sicherlich ein Traum von mir gewesen.«

»Gut, das hast du angefangen. Gibt es etwas anderes, was dein Herz immer höherschlagen ließ?«

Carsten dachte weiter nach.

Urplötzlich fiel ihm etwas ein. »Kannst du dich an diesen Abend erinnern, als der Missionarsleiter mit den Kindern das Lagerfeuer entfachte und sie fragte, welchen Wunsch sie hätten? Einen, der ihnen eine kleine Freude bringen könnte?«

»Klar, ich habe zwei von ihnen erwischt, wie sie Schnaps ins Haus einschmuggelten, um ihre Wünsche gleich zu verwirklichen.«

»Genau, dieser Abend. Und sei ehrlich. Wir waren für die Spirituosen dankbar, die du den beiden abgenommen hast.«

Pap lachte. »Richtig, die denken vermutlich immer noch, dass sie die zwei Flaschen wiederbekommen, sobald sie achtzehn sind. Gott sei Dank waren die zwei in Mathe so schlecht, dass sie nicht einmal ihren achtzehnten Geburtstag errechnen konnten.« Als Carsten und Pap endlich mit dem Lachen aufhörten, mussten sie sich erst die Tränen abwischen.

»Ja, den Abend meinte ich. Ich hatte mir damals einen kleinen Wunsch zurechtgelegt.« Carsten sprach es nicht aus, sondern formulierte in Gedanken weiter. Bis Pap ihn mit dem Kochlöffel in der Hand wedelnd aufforderte, weiterzuerzählen.

»Ich wollte immer am Grab von Audrey Hepburn eine gelbe Rose ablegen.« Anschließend sah er verträumt ins Leere, bis Pap mit seinem Dirigentenstab auf den Tisch schlug und seine Träumerei beendete. Carsten zuckte zusammen. »Weil ich sie so hinreißend fand, in ihren zugegebenermaßen oftmals einfältigen Rollen. Doch gab es da einige Filme, bei denen sie brillierte.« Mit amüsiertem Lächeln fügte er hinzu. »Zum Beispiel: ›Ein süßer Fratz‹. Da tanzt sie ziemlich ausdrucksstark diesen verrückten Jazztanz. Sie konnte Klavierspielen, beherrschte mehrere Sprachen. Das wissen die meisten nicht über sie.«

Carsten unterbrach seine Tätigkeit. »Sie war ein paar Jahre vorher viel zu jung gestorben. Kannst du dich erinnern? An dem Tag am Lagerfeuer dachte ich mir: ›Irgendwann werde ich dir eine Rose an dein Grab legen‹. So aus Respekt und Wertschätzung. Einfach aus Dank für die vielen Filme, die mir gefallen haben.« Er beendete seine Träumerei und kam zurück aus seinen Erinnerungen.

»Jetzt hast du ein Ziel für die dritte Urlaubswoche. Den Flug in die USA kannst du dir locker leisten.«

»Ich muss nicht nach Amerika. Sie war Europäerin. Britisch-Belgisch glaube ich. Sie lebte die letzten Jahre in der Schweiz. In Tolochenaz am Genfer See. Dort ist sie ohne pompöse Feierlichkeit begraben.«

»Du warst ziemlich verliebt in sie, wenn du das alles weißt.«

Carsten lachte. »Und ob ich das war!«

»Dann fahr in die Schweiz und stell dich deiner Herzdame vor. Bist du endlich mit dem Schneiden fertig?« Während Carsten versonnen aus dem Fenster sah und über Paps Vorschlag nachdachte, zog der ihm das Gemüse unter dem Messer weg.

Warum eigentlich nicht? Carsten durchströmte ein Energieschub. »Du hast recht. Ich werde nächste Woche in die Schweiz fahren.«

Nach dem Essen saßen die beiden Kontrahenten um den Preis des faulsten Gesellen gemütlich im Wohnzimmer und sinnierten über das Leben. Der Gedanke, in die

Schweiz zu fahren und sich seinen Traum zu erfüllen, ließ Carsten nicht mehr los. So verrückt dies für Außenstehende erscheinen mochte, es gab Wünsche, die man sich einbildet, die keinen Sinn machten und trotzdem irgendwann von der To-do-Liste gestrichen gehörten.

»Denkst du über etwas Bestimmtes nach?« Pap reichte Carsten seinen Joint.

»Heute nicht, Pap. Ich habe von gestern genug. Und um deine Frage zu beantworten: Mir geht die Idee mit dem Audrey-Hepburn-Besuch nicht aus dem Kopf. Ich denke, ich werde auf alle Fälle fahren. Aber alleine.«

»Warum? Meinst du nicht, dass Claudia mitfahren würde? Du könntest das Wochenende nutzen. Da hat sie Zeit.« Zeit vermutlich, Lust weniger. Sie würde es erneut als Spinnerei abtun und einen Vorwand finden, daheim zu bleiben.

Wollte er sie überhaupt dabeihaben? Stefanies Bild tauchte in seinen Gedanken auf. Immerhin hatte sich sein Gewissen etwas beruhigt, obwohl es ihn schwer bedrückte, Claudia betrogen zu haben. Niemals hätte er das für möglich gehalten. Und dennoch war es passiert.

Es gab bisher keine Zeit für ein Gespräch und insgeheim war er froh darüber gewesen. Den kompletten Sonntag hatte er mit schlechtem Gewissen daheim gesessen und nicht gewusst, wie er damit fertig werden sollte. Abwechselnd die Gewissensbisse, das unglaubliche Gefühlschaos und die Leere in seinem Herzen.

Wie verarbeitete Stefanie das Ganze? Sie war keine Frau für einen One-Night-Stand oder schlimmer noch, für eine Affäre. Im Gegenteil! Sie hatte eine konservative Lebenseinstellung. Familie, Partnerschaft, Treue – sie hatte sicherlich am Sonntag ebenfalls gelitten.

»Carsten, wenn dich etwas bedrückt, kannst du jederzeit mit mir reden. Das weißt du, oder? Du musst dich nur etwas beeilen, bevor die Zigarette ihre Wirkung entfalten kann.« Wieder sog Pap den Rauch ein und ließ diesen tief in seinen Rachen hinunter.

»Dann lass uns morgen reden. Heute genießen wir den Abend.« Obwohl er abstinent bleiben wollte, nahm er das Angebot mitzurauchen jetzt an. Ein paar Züge würden ihm guttun und ihn ablenken.

Was etwas Übung und Training doch ausmachte. Frisch und fidel saßen Carsten und Pap am Tisch und frühstückten. Der Abend war dieses Mal nicht ganz so lange gegangen und ihre Körper, im mehr oder weniger besten Alter, wie Pap ein paar Stunden zuvor bemerkt hatte, dankten es ihnen.

»Hast du Pläne oder Wünsche für deinen letzten Tag im Paradies?«

»Du bist der Einheimische. Schlag etwas vor!«

Pap grinste und kniff ein Auge zu. »Mein Vorschlag könnte dir missfallen.«

»Darauf lasse ich es ankommen.« Carsten biss genüsslich in sein Brot.

»Also dann, ich schlage vor, dass wir endlich darüber reden, was dich bedrückt. Einverstanden?« Carsten erstickte fast am letzten Bissen und trank schnell etwas hinterher. Nach einem kleinen Hustenanfall fasste er sich.

»Möchtest du überhaupt darüber reden? Es könnte dir helfen.« Er konnte Pap nichts vormachen. Zu viele gemeinsame Jahre, zu viele gemeinsame Erlebnisse und zu viele gemeinsame Probleme.

Wie fing man ein solches Gespräch überhaupt an? »Am Samstag habe ich mit einer anderen Frau geschlafen.« Wie bei einem Pflaster. Einfach abreißen!

Jetzt war es an Papis, sein Frühstück fast auszuspucken. Die beiden mussten an ihrer Kommunikation arbeiten und geeignetere Zeitpunkte finden, eine Bombe platzen zu lassen.

Pap war ein guter Zuhörer. War er immer gewesen. Früher im Waisenhaus hatte er die nötige Ruhe und Gelassenheit, sich die Ängste und Sorgen aller Kinder anzuhören. Ihnen Aufmerksamkeit zu schenken, die sie in dieser Form teilweise zum ersten Mal in ihrem Leben erfahren hatten. Er ließ Carsten erzählen und erzählen und erzählen, ohne ihn zu unterbrechen. Und Carsten hatte viel zu offenbaren. Es tat gut, sich alles von der Seele zu reden. Er beschrieb die Vorkommnisse der letzten Jahre so ausführlich, dass allein daraus ein Buch hätte entstehen können. Nicht nur das Kapitel Stefanie. Sondern, wie es überhaupt dazu kommen konnte.

Wenn sie gefragt werden, beschreiben Menschen manchmal die letzten dreißig Jahre wie für alte Schulfreunde auf einem Klassentreffen. Knapp zusammengefasst in drei, vier Sätzen. An diesem Abend kotzte Carsten sich bei seinem Freund so richtig aus. Spie alle Ärgernisse, alle Versäumnisse, Missverständnisse und all die verratenen Lebensträume der Vergangenheit vor sich auf den Tisch. Und Pap wischte rechtzeitig und sorgfältig diesen ekligen Haufen weg, damit Platz für Neues da war.

Erst als er den Redeschwall beendet hatte, blickte Carsten auf und sah Pap direkt an. Eine Antwort auf die Fragen ›Hast du alles verstanden?‹ und ›Was soll ich jetzt machen?‹, fand er darin nicht.

»Jetzt weiß ich, warum du die letzten Tage so nervös gewirkt hast. Da stehen aber einige Entscheidungen in deinem Leben an.«

»Dann hilf mir bitte und sag mir, was ich tun soll.« Entnervt rutschte Carsten auf dem Stuhl nach vorne und streckte die Beine aus.

»So funktioniert das bei uns Männern nicht. Frauen würde dich mit Vorschlägen überhäufen und gute Ratschläge geben. Aber die müssen dann die Konsequenzen nicht ausbaden. Wir Männer sagen nur: Egal, für was du dich entscheidest, ich stehe an deiner Seite, Bro!«

»Und warum habe ich alles erzählt, wenn du keine Lösung für mich hast?«

»Hat es dir gutgetan?«

»Ja.«

»Genau darum.«

»Hast du keinen genialen Einfall für mich, wie ich aus der Situation herauskomme? Irgendetwas, ich bin genügsam.«

Pap überlegte, wie er seinem Freund helfen konnte, ohne die Antworten vorwegzunehmen. »Liebst du sie denn?«

»Wen? Claudia? Ich weiß es nicht. Ich weiß nicht einmal, ob es jemals Liebe war oder einfach gepasst hat.« Carsten setzte sich aufrecht hin und schlug beide Fäuste auf den Tisch. »Verstehst du? Wir passten prima zusammen, hatten die gleichen Interessen. Außerdem ist sie wunderschön und intelligent. Ich war hingerissen von ihrem selbstbewussten Auftreten und der Sex war großartig. Wer interessiert sich da für die Liebe?«

»Eigentlich meinte ich diese Stefanie.«

Peinlich berührt senkte Carsten die Stimme. »Ach so. Ich weiß es nicht. Mir ist danach bewusst geworden, dass ich bereits länger in sie verliebt bin. Ob es aber Liebe ist?« Carsten legte seinen Kopf in den Nacken und schloss die Augen. »Sie hat eine Art, über sich selber lachen zu können, ohne dass es ihr peinlich ist. Ach, du müsstest ihr Lachen hören. Wie sie dabei ein kleines bisschen die Augen zukneift und ihre Schultern so süß nach oben zieht, um darauf ihren Kopf abzulegen. Ihre Augen, in denen man sich verlieren kann, wenn sie einen zu lange ansieht. Ihre ungezwungene Art vorzustürmen und Sachen zu beginnen. Keine Angst vor irgendetwas oder irgendwem.« Carsten war mit seinen Gedanken ganz weit weg.

»Zwei völlig unterschiedliche Frauen also.«

»Komplett und möglicherweise gerade deshalb so interessant. Vielleicht mache ich mir nur etwas vor, weil ich dieses Andersartige eben nicht im Alltag habe.«

»Es scheint, als wäre es mehr oder weniger ein ›Unfall‹ gewesen und keinesfalls geplant. Irgendetwas hat sie, was du bisher vermissen musstest, oder? Gehen wir es anders an.« Pap formulierte seine Frage wie ein Professor, der seine Studenten animiert, die Lösung eines mathematischen Problems selbst abzuleiten. »Ich weiß, dass du mit deinen Eltern keinen Kontakt mehr pflegst. Aber wenn, welche der beiden Frauen würdest du deinen Eltern lieber vorstellen?«

Carsten hatte nach einem heftigen Streit mit seinem Vater jeden weiteren Kontakt zu ihnen abgelehnt. Sein Vater hatte ihn mit den vermittelten Wertevorstellungen zu dem Leben getrieben, das er jetzt führte und das gerade drohte über ihm einzustürzen und ihn unter sich zu begraben. Wie eine Wellblechhütte in Afrika nach einem verheerenden Sandsturm.

»Meinen Eltern? Keine der beiden. Die waren immer so konservativ, dass sie mich zwingen würden, erst für sechs Monate im Sonntagsgottesdienst in derselben Bankreihe zu sitzen. Und dann, und nur vielleicht, anschließend einen kleinen – natürlich überwachten – Spaziergang mit abschließendem Handkuss zu erbitten. Nein, von meinen Eltern mache ich nichts abhängig.«

»Und deinem Freund? Welche der Frauen würdest du mir am liebsten vorstellen.«

Carsten fand sein Lächeln wieder. »Stefanie natürlich. Claudia kennst du ja bereits!«

Pap griff nach einem Geschirrtuch und spielerisch würgte er seinen Kumpel damit, bevor er von ihm abließ. Anschließend setzte er sich ihm gegenüber und wurde ernster. »Und wem wollen wir jetzt die Schuld an diesem Chaos geben? Dir, Claudia oder Stefanie? Die Umstände müssen zu oft herhalten. Die nehmen wir nicht.«

»Keine Ahnung!«

»Egal für was du dich entscheidest, du musst deine Baustellen abschließen. Beruf und Karriere, dein Buch, die Frauen – sonst wird dein Leben im Chaos enden. Und wenn ich dir zumindest einen konkreten Rat geben darf …«, Pap zögerte, bevor er fortfuhr, »… dann auch das Problem mit deinen Eltern. Wer weiß, wie lange du diese Möglichkeit hast?«

Pap hatte recht. Pap hatte immer recht. Leider redet man eher davon, als seinen Arsch vom Stuhl zu heben.

»Wir müssen reden.«

Carsten wurde von Claudia überrumpelt. »Darf ich noch meine Jacke ausziehen? Und wie wäre es mit einem ›Hallo‹ zur Begrüßung?«

»Ja, tut mir leid. Hallo.« Bevor er die Haustür hinter sich schließen konnte, gab sie ihm einen flüchtigen Kuss auf die Wange, drehte sich um und ging zurück ins Wohnzimmer.

Claudia schien nervös und aufgewühlt. Diese Unsicherheit kannte er gar nicht. Carsten ahnte Schlimmes. Bedächtig, als wollte er den Henker vor der Hinrichtung ärgern, zog er sich aus, stellte seine Koffer in das Schlafzimmer und holte dreimal tief Luft. Egal welche Pläne er hatte, sie waren hinfällig. Der Tag des Jüngsten Gerichts nahte. Den kompletten Flug hatte er darüber nachgedacht, wie sie ein klärendes Gespräch beginnen könnten. Dieses Problem schien sich erledigt zu haben.

Aber was wusste Claudia über seinen Seitensprung? Hatte Stefanie es ihr gebeichtet? Eher nicht. Stefanie hätte ihn vorgewarnt, oder? Hatte er Spuren übersehen? Er dachte an Szenen aus amerikanischen Komödien, wo unvermittelt ein Kondom oder die vermisste Unterwäsche der Mittäterin in den Ritzen des Sofas auftauchte. Allerdings war er bei seiner Reinigungsaktion sehr gewissenhaft gewesen. Außerdem hätte Claudia ihn dann nicht mit einem Kuss, sondern mit einem Messer begrüßt. Was ging hier vor? Mit zentnerschweren Gewichten an den Beinen folgte er seiner Noch-Verlobten in den Wohnbereich.

»Was gibt es denn so Dringendes?« Klar wusste er, was es gab, doch diese unverfängliche Frage war ein neutraler Einstieg in das schwierigste Gespräch seines Lebens.

»Ich weiß nicht, wie ich es sanfter sagen soll, deshalb sage ich es einfach geradeheraus.« Claudia machte eine Pause und gab ihm die Gelegenheit, sich in einen der stylishen Sessel plumpsen zu lassen. Sie sah ihn nicht an, sondern suchte auf dem Boden nach den passenden Worten.

»Ich wollte sowieso mit dir reden. Vielleicht fange ich am besten an!«

»Nein, nein. Bitte lass mich.« Noch einmal atmete sie tief ein und dann sprudelten ihre Worte aus ihrem Mund. »Ich habe ein tolles Angebot von meiner Firma erhalten. Ich soll für fünf Jahre nach Amerika und dort unsere Interessen vertreten. Das ist eine einmalige Gelegenheit und der Karrieresprung, für den ich mich so abgerackert habe. Was sagst du dazu?«

Das war also die Neuigkeit! Es ging gar nicht um seine Verfehlung. Und warum interessierte es sie, was er davon hielt? Sich nach seiner Meinung zu erkundigen, schien rein rhetorischer Natur. Eine offene Frage, die gestellt wurde, um anschließend die passende Antwort selbst zu formulieren und mit chirurgischer Präzision jeglichen Widerspruch im Keim zu ersticken.

Auf der einen Seite war Carsten erleichtert, auf der anderen Seite sah er sich einer Chance beraubt, mit der Wahrheit herauszurücken. War das der Wink des Schicksals? Sollte er mit Claudia nach Amerika und alles hinter sich lassen? Um seinen Job ging es gar nicht. Den würde er liebend gerne kündigen. Aber wollte er überhaupt mit ihr so weitermachen wie bisher, nur in einem fremden Land? Ihre Probleme würden nur verschoben werden, nicht gelöst. Vielleicht sogar verstärkt. Denn er hätte keine neue Tätigkeit in Übersee, um sich abzulenken.

»Was soll ich dazu sagen? Das kommt ziemlich überraschend. Ich verstehe, dass du dich über so ein Angebot freust. Das ist eine Auszeichnung, eine Wertschätzung deiner bisherigen Arbeit. Aber was wird aus uns?«

»Ich weiß, dass ich dich damit überrumple. Gott, du weißt gar nicht, wie sehr ich mir seit Tagen darüber den Kopf zermartere, welche Auswirkungen das auf unser Leben hat.«

Welch eine groteske Wendung der Ereignisse! Anstatt hier aufgelöst und zerstritten wegen des Seitensprungs zu sitzen und sich Gemeinheiten an den Kopf zu werfen, diskutierten sie über die Lösung eines Problems, die bisher überhaupt nicht im Raum stand. Carsten beobachtete Claudia, die nervös mit ihren Fingern spielte und sich dabei ab und zu auf die Lippe biss. ›Was sagst du dazu?‹ war keine wirklich ernst gemeinte Frage. Sie hatte sich, vermutlich wenige Sekunden nach der Offerte, bereits entschieden. Ihr Hauptfokus war und blieb die Karriere.

»Wie es scheint, hast du dich bereits entschieden, oder?« Carsten begriff, dass es nicht wirklich um seine Antwort ging. Sie wollte lediglich seinen Segen. Ob er dabei wäre oder nicht, spielte keine Rolle.

»Ja, ich habe zugesagt. Gleich nach ein paar Minuten. Sorry, aber diese Chance lasse ich mir nicht entgehen. Das habe ich mir immer gewünscht.«

»Dann spielt es keine Rolle, was ich darüber denke. Warum fragst du überhaupt noch? Du weißt sicherlich, was das für uns bedeutet. Oder nicht?«

»Ja, das weiß ich. Natürlich hoffe ich, dass du mitkommst. Dort drüben könnten wir gemeinsam wachsen und ein paar Dinge anders machen. Wenn du ehrlich bist, lief es in letzter Zeit nicht sonderlich gut bei uns. Das wäre für uns beide eine tolle Möglichkeit, uns wieder näherzukommen. Kommst du mit mir nach Amerika?«

Carsten deutete es als ein Flehen, ›nein‹ zu sagen. Irgendetwas in ihrem Verhalten schien sich das sehnlicher zu wünschen, als sich über ein Ja zu freuen. Was war nur aus ihnen beiden geworden, wenn es lediglich ein lukratives Angebot brauchte, um die letzten Jahre vergessen zu lassen?

»Wann soll das geschehen? Zwischen den Meetings oder nach deinem Zwölfstundenarbeitstag?«

Claudia antwortete nicht. Wozu auch? Jede Antwort wäre eine Ausrede gewesen. Ein erbärmlicher Erklärungsversuch, den sie nicht aussprechen wollte. Eisiges Schweigen trat zwischen ihnen ein.

Die Abendsonne stemmte sich gegen die Nacht, vermochte es jedoch nicht mehr, die Kälte im Raum zu verdrängen. Claudia brach das Schweigen. »Was wolltest du mir sagen?«

Carsten wusste, dass es hier zwei Antworten gab. Eine richtige und eine falsche. Seine richtige Antwort wäre für Claudia die falsche und seine falsche wäre für Claudia die richtige. Seine guten Vorsätze waren an der Realität zerschellt. Warum sollte er jetzt ein Fass aufmachen und seinen Seitensprung beichten? Es würde nur Komplikationen mit sich bringen und die Wunde, die aufgerissen würde, vergrößern. Damit wäre keinem gedient. Nicht auszudenken, wenn Claudia mit Schaum vor dem Mund zu den Nachbarn rannte, Frederik alles erzählte und anschließend Stefanie zu einem Kampf auf Leben und Tod herausforderte. Dabei ginge es bestimmt nicht darum, dass Carsten mit Stefanie Sex hatte, sondern um den verletzten Stolz einer selbstbewussten Frau, die es nicht ertragen könnte, hintergangen worden zu sein. In seinem Kopf ersetzte er das Wort ›selbstbewusste‹ durch ›selbstsüchtige‹. Das passte besser.

Als würde sich ein Vorhang auftun, entlarvte sich die komplette Lügengeschichte ihrer Beziehung. Und er hatte seinen unrühmlichen Teil dazu beigetragen. Er hatte die letzten Jahre in einem goldenen Käfig gelebt, mit einer hübschen Artgenossin, hatte alles bekommen, was er zum Leben brauchte und mehr. Allerdings begriff er erst nach dieser Offenbarung, dass er nicht frei fliegen konnte. Dass er sich all die Zeit etwas vorgemacht hatte.

Nein, sie beide hatten sich die letzten Jahre etwas vorgemacht. Sie waren kein Lebenspaar, sondern vielmehr ein Lebensabschnittspaar gewesen, das nur auf den richtigen Zeitpunkt für den Absprung gewartet hatte. Und dieser Moment war gekommen. Warum nicht jetzt? Jeder Zeitpunkt schien der richtige, um sich einen Fehler einzugestehen. Er konnte mit dem schlechten Gewissen leben, seine Ex-Verlobte betrogen zu haben. Es würde ihn eine Weile beschäftigen, doch nicht sehr lange. Wenn

Stefanie ihrem Frederik alles beichten wollte, musste sie es für sich entscheiden und die Konsequenzen tragen. Er war es leid, die Schuld und Verantwortung bei sich zu suchen. Keiner wollte die Wahrheit hören. Was würde es bringen, wenn er sich jetzt offenbarte?

Er schämte sich, dass nicht mehr Trauer über eine zerbrochene Beziehung bei ihm aufkam, sondern eher Erleichterung sich in ihm ausbreitete. Sollte nach so langer gemeinsamer Zeit nicht ein wenig mehr Wehmut aufkommen?

»Ich wollte mit dir darüber reden, wie es mit uns weitergehen soll. Ich sehe es ähnlich wie du. Viel läuft nicht wie gewünscht. Oder wie es in einer Beziehung laufen sollte. Vielleicht haben wir uns einfach belogen und nur auf eine Gelegenheit wie diese gewartet, um uns das einzugestehen.«

»Es tut mir leid.« Claudias Augen wurden feucht. Er glaubte ihr, dass sie es ehrlich so empfand.

»Das muss es nicht. Ich dachte zwar nicht an Trennung, aber dass ich nicht wie bisher weitermachen möchte, mit all dem Stress und Streben nach weiteren Errungenschaften, das ist mir in den letzten Wochen klar geworden.« Er stand auf und setzte sich neben Claudia, die ihren Tränen jetzt freien Lauf ließ. Carsten nahm sie in den Arm und sie ließ sich dankbar fallen. »Ich wünsche dir, dass du in Amerika dein Glück findest. Von ganzem Herzen. Diesen Weg musst du allerdings ohne mich gehen. Ich werde mich an anderer Stelle verwirklichen.« Er gab ihr einen versöhnlichen Kuss auf ihr Haar.

»Es tut mir wirklich leid. So sehr. Ich hoffe für dich, dass du dein Glück wiederfindest. Aber ich muss gehen. Ich brauche diese Gelegenheit, mich zu beweisen.«

Carsten war überzeugt, dass sie ihm von Herzen nur das Beste wünschte. Keine Sekunde zweifelte er daran.

In der Natur wurde ein verwundetes Herdenmitglied, das mit dem Tempo der Leitstute nicht mithalten konnte, auch zurückgelassen. Zum Wohl der anderen. Sie hatten viele schöne Momente und Erinnerungen, die sie teilten. Niemand konnte ihnen das nehmen.

»Was soll jetzt passieren? Ab wann wollen sie dich dort sehen?«

Claudia löste sich sanft aus seiner Umarmung und richtete sich auf. Dann wischte sie sich mit ihrem Ärmel die Tränen ab und wurde sachlicher. »Ich soll zum ersten Januar anfangen, kann aber jederzeit vorher aufschlagen, um mich einzuleben. Sie zahlen natürlich den Umzug und die Miete in Wien, solange die Kündigungsfrist läuft. Wir müssen nur aussuchen, was du von unseren Sachen behalten möchtest und was in den Container kann. Der wird zeitnah verschifft, sobald ich das ›Go‹ gebe.«

Ihre Pläne waren ausgereifter, als sie zugegeben hatte. Was Carsten schmunzeln ließ.

Kurz dachte er darüber nach, wie das Gespräch verlaufen wäre, hätte er angefangen zu beichten. Also nach dem Kampf auf Leben und Tod zwischen Claudia und Stefanie. Hätten zwei Frauen seinetwegen einen Kampf begonnen? Der Gedanke gefiel ihm. Eine Art Wertschätzung, die nicht jedem zuteilwurde. In ihm löste sich eine Verspannung, die ihn viele schlaflose Nächte gekostet hatte, die unzähligen Gedanken geschuldet war. Alles weg. Und das fühlte sich gut an.

»Die komplette Einrichtung hast du ausgesucht. Viele Dinge gefallen mir gar nicht.« Jetzt hatte er es endlich ausgesprochen. Vermutlich viel zu spät. Hätte er doch schon damals beim Kauf seinen Mund aufgemacht!

»Ich dachte immer, dass dir die Sachen gefallen?«

»Nein, sie sind mir zu modern und zu kühl.«

Claudia musste bittersüß lachen. Was die Situation entkrampfte. »Warum hast du nie etwas gesagt?«

»Es war mir egal und dir hat es Freude bereitet. Ich wäre mehr für plumpe Gemütlichkeit gewesen.« Carsten lächelte sie an und strich ihr die letzte Nässe aus dem Gesicht. Jetzt mussten beide lachen.

»Oh Gott, hatten wir so einen unterschiedlichen Geschmack?« Sie stützte ihre Ellenbogen auf die Knie und vergrub ihr Gesicht in den Händen. Carsten strich ihr mit der Hand über den Rücken.

»Nur eines von mehreren Missverständnissen in unserer Beziehung. Oh, entschuldige, unserer Ex-Beziehung.«

Claudia richtete sich auf und ließ sich in seine Arme sinken. Bei seinen Worten drehte die Stimmung ins Ausgelassene.

»Ja, daran muss ich mich erst gewöhnen: Ex-Beziehung, Ex-Verlobter. Ich dachte nicht, dass du es so gelassen hinnehmen würdest.« Etwas wehmütig fügte sie hinzu: »Da habe ich ja schon mehr Emotionen von dir erlebt, als dir der Toast mit der Butterseite auf den Boden gefallen ist.«

»Weil ich mich damals über meine Dummheit geärgert hatte. Bei unserer heutigen Entscheidung weiß ich, dass sie richtig und vernünftig ist. Wir hatten eine schöne Zeit. Die wird enden, damit wir unserer Bestimmung folgen können. Ansonsten würde einer oder beide unglücklich werden. Und das haben wir nicht verdient.«

Claudia nahm seine Hand und drückte sie. So frei und ungezwungen waren sie lange nicht mehr miteinander umgegangen. Was eine ausgesprochene Wahrheit aus Menschen machen kann. Claudia schmiegte sich an seine Schulter. Wie in ihren Anfangszeiten, als sie loslassen konnte. Nicht getrieben oder auf Perfektion getrimmt war.

Es fühlte sich gut an. Ihre Freundschaft, ihre Ehrlichkeit und dass sie sich entschlossen hatten, unabhängig voneinander neu zu beginnen.

Den Rest der aufkommenden Fragen würden sie die nächsten Tage klären. Wichtig war nur, dass sie Zeit hatten, ihre Leben neu zu gestalten. Wien würde Teil seiner vergangenen Lebensgeschichte werden. Er dachte nicht im Traum daran, hier sein Dasein zu fristen, während seine Zukunft irgendwo anders auf ihn wartete. Und Claudia hatte bereits mit der Stadt abgeschlossen und drehte ihr den Rücken zu.

Seinen letzten Gedanken schenkte er Stefanie und der Frage, wohin ihr Weg sie führen würde.

Juli 2023

Über München ziehen dunkle Wolken auf. Der Wetterdienst hatte für heute Regenfälle angesagt. Dass es so viele nacheinander sein würden, haben sie verschwiegen. Trotzdem wünsche ich mir die Macht, das Wetter beeinflussen zu können. So wie in anderen Teilen meines Lebens, in denen ich mich fühle wie ein Spieler auf der Reservebank. Ohne Einfluss auf das Spielgeschehen.

Peter Langenbach schaltet das Licht seiner Schreibtischlampe ein und blickt fragend zu mir. Er lächelt süffisant und fläzt sich in seinen Bürostuhl. Sein Blick spricht Bände: »Ich habe es doch gewusst. Mir kannst du nichts vormachen!«

In diesem speziellen Fall will ich mich nicht geschlagen geben. »Du brauchst gar nicht so selbstgefällig zu lächeln. Ich bestreite gar nicht, dass ich die Nähe und die Komplimente von Stefanie aufgesogen habe wie ein trockener Schwamm, der mit Wasser in Berührung kommt. Zu diesem Zeitpunkt allerdings war ich mir über die Gefühle, die sich entwickeln sollten, gar nicht bewusst. Ich war gerne mit Claudia zusammen. Bloß die zunehmende Distanziertheit zwischen uns machte mir zu schaffen.«

»Das glaube ich ja. Darauf will ich gar nicht anspielen. Mir gefällt nur der Gedanke, dass zwischen euch beiden trotz aller Widerstände etwas aufkeimte. Wie ein Löwenzahn, der sich den Weg durch Asphalt bahnt. Verstehst du mich?« Der Vergleich hinkt. Wäre die Beziehung mit meiner Verlobten nicht in einer Krise gewesen, hätten andere Gefühle keinen Platz gehabt. Sie wären niemals ans Tageslicht gekommen.

»Gut, lassen wir das. Wie ging es weiter? Schließlich stehen wir erst am Anfang deines Romans. Da fehlt ja noch so einiges. Wann hast du zum Beispiel deinen Job verloren? Oder hast du ihn wie in deiner Erzählung selber geschmissen?«

Eine gute Frage. Habe ich den Job verloren oder bewusst darauf hingearbeitet? Mein Roman war an gewissen Stellen ausgeschmückt oder abweichend erzählt worden, um die weniger interessanten Stellen aufzuhübschen. Doch wie war es in Wirklichkeit?

»Denkst du darüber nach, wie du mir einen Bären aufbinden kannst?« Erneut zeigte mir mein Lektor, wie weitreichend seine Erfahrungen mit Schriftstellern waren.

»Der Job kam erst später in den Vordergrund. Zuerst habe ich mich versucht abzulenken.« Und wieder gehe ich in der Zeit zurück, als ich die Entwicklung in meinem Leben nicht weiter als eine Handbreit sehen konnte. Alles stand Kopf. Die Gefühle, mein Job, meine komplette Zukunft. Der Stoff, aus dem Helden geboren werden, hat Peter gesagt. Möglicherweise hat er ja recht. Dennoch können solche Umstände einen Mann brechen. Gegebenenfalls ihm den Lebensgeist stehlen und ihn in ihren Sog zur dunklen Seite der Macht ziehen. Hatte ich einfach Glück, oder hat sich das Schicksal meiner erbarmt? Ich weiß es nicht. Alles, was ich verstanden habe, war, dass ich nicht so weiter machen wollte. Und das ist mir gelungen.

November 2014

Carsten hatte spät im Hotel eingecheckt. Der Flug von Wien nach Genf dauerte gefühlt kürzer als die Taxifahrt zu seinem Hotel in Morges. Und die Kosten waren ebenfalls vergleichbar. Doch er genoss es mit jeder Minute, die verstrich, näher an sein Ziel zu kommen. Wie viele Jahre hatte er sich diesen Kurztrip eingebildet? Und jetzt brauchte es einen Freund, der ihm den nötigen Tritt in den Allerwertesten gab. Carsten fühlte eine schwere Last von seinen Schultern genommen. Ein reinigendes Gewitter wusch den Dreck von Jahren aus seinem Kopf und eine verlorengeglaubte Freiheit löste die Fesseln, die ihn in seinem alten Leben gefangen hielten.

Das traumhaft schöne Hotel, das er sich gönnte, trug den Namen Romantik Hôtel Mont Blanc au Lac und lag nur einen Steinwurf entfernt vom Genfer See. Das Hotel hatte er mit einem Lächeln im Gesicht gebucht. Ihm gefiel die Ironie, als frischer Single ein Romantik-Hotel zu buchen. Warum auch nicht? Er besuchte eine tolle Frau und fand es angemessen, eine entsprechende Unterkunft zu nehmen.

Bei seinem Eintreffen wimmelte es an der Rezeption vor Gästen. Anstatt sich anzustellen, fragte er einen der livrierten Pagen, ob er das Gepäck bis zum Check-in lagern könne und ging anschließend zu Fuß durch die Stadt. Dadurch konnte er sich einen ersten Eindruck verschaffen und erkunden, warum Audrey Hepburn dreißig Jahre ihres Lebens hier leben wollte. Sie selbst wollte er erst morgen besuchen.

So fühlte sich das also an, wenn man allein schlafen musste. Carsten hatte während seiner Beziehung oft allein im Bett gelegen. Zuletzt vor wenigen Tagen in

Berlin. Diese Nacht war allerdings die erste nach der Trennung, bei der er im Bett wachgelegen hatte. Vor seiner Abreise in die Schweiz hatten Claudia und er sich darauf verständigt, dass sie weiterhin gemeinsam im Doppelbett übernachten würden. Ohne dass es zu Zuneigungsbekundungen oder zwischenmenschlichen Aktivitäten kommen sollte. Sie wären beide erwachsen genug, mit der Situation umgehen zu können, hatte Claudia gesagt. Einmal war er in der Nacht eng umschlungen mit ihr im Arm aufgewacht. Was er als puren Zufall abtat. Dabei war es ein schönes Gefühl gewesen. Ganz ohne den Druck, dem Partner gefallen zu müssen. Es hatte sich gut angefühlt. Bis auf die Erektion, die unbefriedigt blieb.

Die letzte Nacht war anders. Er verspürte eine Unruhe, als er erschrocken gegen zwei Uhr nachts hochfuhr und neben sich griff. Vergeblich suchte er nach seiner Partnerin. Und was ihn beunruhigte: Das Gesicht, das er neben sich erhoffte, war nicht Claudias.

Seit Tagen drehten sich seine Gedanken nur um Stefanie. Er musste sich eingestehen, dass er verliebt war und dieser typisch weiblichen Definition eines Seelenpartners durchaus Glauben schenken wollte. Claudia und er waren seit über sieben Jahre ein Paar gewesen und davon mehr als zwei Jahren verlobt. Aber jetzt sehnte er sich nach einer anderen Frau, die er kaum kannte und nach einem flüchtigen Moment der Begierde mehr vermisste als die Person, die er ursprünglich heiraten wollte.

Mit Stefanie hatte er ein Erlebnis, das prägend gewesen war. Für sich und seine Zukunft. Es hatte sich gut angefühlt, als Stefanie damals all die Schwere von ihm nahm. Ihn für einen Moment vergessen ließ, was alles in seinem Leben schiefging. Er wollte dieses Gefühl immer wieder spüren und sich nicht mit weniger zufriedengeben.

Jetzt lag er alleine in einem unpersönlichen Hotelzimmer, in einem fremden Land und hatte weder die eine noch die andere neben sich liegen. An diese Leere musste er sich wohl oder übel gewöhnen. Von diesem philosophischen Gedankenwirrwarr erschöpft, schlief er erneut ein.

Als er am Morgen sein Spiegelbild erblickte, zog er erschrocken die Augenbrauen nach oben. Er sah aus wie ein Drogenabhängiger, der sich seit Tagen keinen Schuss setzen konnte. Trotz der überfälligen Entscheidungen, die er und Claudia getroffen hatten, und der freundschaftlichen Art, wie sie miteinander umgingen, hatte er in den letzten Tagen wenig Erholung gefunden. Genau deshalb war er gerne in den Zug gestiegen und in die Schweiz gefahren.

Der Abstand tat beiden gut. Claudia brauchte ausreichend Zeit sich zu organisieren und er fühlte sich nicht hilflos und nutzlos, während sie neben ihrer Arbeit den Umzug nach Amerika organisierte.

Ihre Frage vor seiner Abreise, ob er denn in der großen Wohnung bleiben wolle, verneinte er, ließ jedoch offen, wohin er gehen würde. Schließlich wusste er es selbst nicht. Carsten erzählte Claudia, welche unausgereiften Pläne ihn beschäftigten und dass er sich neu finden wolle. Dafür brauche er ein anderes Umfeld. Wie so oft, bei seinen Äußerungen in den letzten Wochen, hatte Claudia verwundert die Augenbrauen hochgezogen, unterließ es aber einen Kommentar abzugeben.

Carsten hatte es amüsant gefunden, ihre Gedanken zu erraten. Falls bei Claudia jemals Zweifel an ihrem Vorhaben aufgekommen waren, wurden die mit jeder weiteren seiner eigentümlichen Verhaltensweisen kleiner und kleiner. Seit er Urlaub hatte, lebte er in den Tag hinein. Plante vom Frühstück zum Mittag- und anschließend zum Abendessen. Und plötzlich sollte er eine so weitreichende Antwort parat haben? Er sagte nein, das wolle er nicht. Er entschied aus dem Bauch heraus. Etwas, was er lange nicht mehr getan hatte. »Denke nicht zu viel darüber nach, fang einfach an«, war seine neue Devise. Ein neues Umfeld, der Abstand zu Stefanie und eine völlig neue Einrichtung – das alles würde ihm helfen, befand er. Es würde ihm leichter fallen, das Alte hinter sich zu lassen.

Claudia hatte ihm eine großzügige Summe für seinen Anteil an der Einrichtung angeboten und die Küche würden sie dem Nachmieter offerieren. Sie passte perfekt und wenn der Preis stimmte, fände sich schon ein Abnehmer. Die Wohnungsnot verschonte auch Wien nicht und Suchende waren bereit, Zugeständnisse zu machen.

Stefanie blockierte weiterhin seine Textnachrichten. Dabei wollte er ihr erzählen, was er empfand, wie er fühlte. Wollte ihr aufzeigen, dass es keinesfalls ein Fehler war, den sie begangen hatten. Vielmehr war passiert, was geschehen musste. Jedenfalls aus seiner Sicht. Warum Stefanie ihre Beziehung riskiert hatte, wusste er nicht.

Das hätte er sich in seinen kühnsten Träumen nicht ausmalen können: Eine Frau treffen, die ihn mit einem schwachen Moment aus der Bahn warf. Die sein Gefühlsleben mit einem Augenaufschlag durcheinanderbrachte. Mit der es sich anders anfühlte. Schöner, intensiver – richtiger!

Dass diese Empfindung nur einseitig war, glaubte er nicht. Dafür war es viel zu intensiv. Nicht nur der Sex. Alles fühlte sie so wahrhaft richtig an. Jedes Gespräch, das Suchen nach der Nähe des anderen – jeder Kontakt im Treppenhaus oder auf der Straße. Aber es schien, dass ihre Liebe zu Frederik stärker war als angenommen. Er schrieb ihr nicht, dass er jetzt Single war. Das musste er ihr persönlich sagen. Und dass es nicht an ihr lag, sondern eine Entscheidung zwischen Claudia und ihm war. Ein überfälliger Entschluss, der ohnehin gekommen wäre.

Nur falls Stefanie sich entschließen würde, sich von Frederik zu trennen – das sollte sie ohne den Druck, den nächsten in den Startlöchern zu haben – konnte man zusammen glücklich werden. Momentan sah es nicht danach aus.

Es fing an, in ihm zu rumoren. Die Ungewissheit, wie es mit all seinen Baustellen, wie Pap es nannte, weitergehen würde, ließ ein mulmiges Gefühl aufkommen. Er duschte kurz, frühstückte ausgiebig und brach auf.

Nach einem kurzen Spaziergang stand er am Grab seiner verehrten Audrey Hepburn. Auf einem winzigen, unscheinbaren Dorffriedhof und das war eine freundliche Umschreibung. Er hatte im Internet die Bilder angesehen und nicht viel erwartet.

Als er vor dem eisernen Tor stand und die Ruhestätte betrat, schüttelte er den Kopf. Sie lag etwas erhöht auf einem Hügel, neben einer verkehrsreichen Straße und ohne spektakuläre Aussicht. Obwohl der riesige Genfer See nahe war, konnte man ihn nur erahnen. Direkt daneben befand sich ein Sportplatz mit Halle und Fußballfeld. Carsten bezweifelte, dass die Vereinsmitglieder wussten, welche große Schauspielerin hier beerdigt worden war.

Das Grab war für eine so große Persönlichkeit außerordentlich schlicht. Ein einfaches Steinkreuz und eine schnörkellose Granitplatte, die von schlichten, pflegeleichten Pflanzen umrandet wurde – das war alles. In Amerika hätte man ihr ein Mausoleum aus Gold errichtet, um daraus eine Pilgerstätte für Touristen zu erschaffen. Hier im schweizerischen Tolochenaz tickten die Uhren anders. Selbst für eine berühmte Oscarpreisträgerin gab es keine Ausnahmen. Dabei war die zierliche Audrey ja nicht nur ein bekannter Filmstar mit zahlreichen Auszeichnungen und Nominierungen. Daneben war sie Sonderbotschafterin der UNICEF für benachteiligte Kinder. Sie sammelte viele Spenden für südamerikanische und afrikanische Entwicklungsländer. Der Senegal oder – noch besser – das Waisenhaus, wo er gearbeitet hatte, war leider nicht dabei. Das Schicksal hätte ihre Wege auch dann nicht zusammengeführt, weil sie zu früh verstorben war.

Mit Verschwinden der ambivalenten Gefühle kam die Überzeugung in ihm hoch, dass sie diesen Ort gemocht hätte. Sie selbst lebte einfach und ohne Schnörkel. Sicher hätte sie nicht gewollt, dass ihr Grab nun pompös und einladender wäre. Damit fand er seinen inneren Frieden wieder.

Er legte den kleinen bunten Blumenstrauß auf ihrem Grab ab, den er in der Stadt besorgt hatte. Mehrfach schob er diesen hin und her, bis er mit seiner Position zufrieden war. Vermutlich würde der Friedhofsgärtner ihn bald achtlos entsorgen. Aber das war im egal. Er wollte Respekt und Ehrerbietung zeigen. Nervös blickte er sich um, als er diese weibliche Seite an sich entdeckte. Einen Blumenstrauß perfekt arrangieren? Entschlossen nahm er den Strauß wieder auf und sah sich erneut um. Dann ließ er ihn aus geringer Höhe scheinbar achtlos fallen. Die Position war nahezu identisch, aber jetzt hatte er nicht das Gefühl, dass seine Hoden abgefallen waren. Ob Audrey ihn von oben beobachtete und gerade auslachte? Der Gedanke gefiel ihm. Er zwinkerte ihrem Abbild zu, das in einem schlichten Rahmen wohl von einem anderen Fan abgestellt worden war.

Es wunderte ihn, dass niemand sonst das Grab aufsuchte. Er sah sich suchend um und erinnerte sich an eine Stippvisite in Paris mit einem Besuch auf dem Friedhof Père Lachaise. Wo Berühmtheiten wie Oscar Wilde, Balzac, Colette, Marcel Proust, Jean de la Fontaine, Molière, Frédéric Chopin oder Edith Piaf in zum Teil monumentalen Ruhestätten begraben wurden. Vor Jim Morrisons Grab hielten sogar viele Fans viele Jahre nach seinem Tod tagelang Mahnwache. Bei einem drogenabhängigen, wenngleich genialen Musiker mit selbstzerstörerischem Lebensstil, der zu Lebzeiten einen Scheiß auf sie gegeben hatte. Und diese tolle Frau, die einen Großteil ihres Lebens dem Wohl anderer gewidmet hatte, lag hier, einsam und vergessen. Natürlich hatte sie zahlreiche Fans, doch ihre letzte große Rolle spielte sie abseits des Trubels.

Achtlos schob Carsten Kieselsteine mit seinem Fuß hin und her und überlegte, wie es weitergehen sollte. »Tja, meine liebe Audrey, jetzt kommt es anders, als ich es vorhatte. Eigentlich wollte ich dir meine neue Herzensdame vorstellen und ihr natürlich dich. Stattdessen bin ich nicht nur alleine hier, sondern werde ohne Partnerin einen neuen Weg im Leben einschlagen.« Carsten wusste nicht, wie und wohin ihn dieser neue Weg führte. Dass er ihn bestreiten und sein Leben ändern wollte, soviel stand für ihn fest.

Anfang November war auf dieser Meereshöhe der Schnee bereits bedrohlich nahe von den Bergen in Richtung Tal vorgerückt und drohte die letzte Hürde, den Genfer See, zu überwinden. In wenigen Tagen würde das unschuldige Weiß die Temperaturen weiter fallen lassen. Carsten fröstelte und stelle fest, dass er falsch gekleidet war. Um sich nicht als zitternder Tourist zu outen, der wie so häufig die örtlichen Wettergegebenheiten falsch eingeschätzt hatte, machte er sich auf den Weg zurück ins Hotel. Er wollte mit Pap telefonieren und ihm die Neuigkeiten erklären, die er bis dahin nur kurz in einer E-Mail erwähnt hatte. Das erschien ihm eine willkommene Ausrede, Adieu zu sagen.

»Hey, Kumpel! Jetzt ist es also passiert. Ich bin in der Schweiz und habe meine Süße besucht. Ich komme gerade von ihr.« Carsten erzählte seinem Freund von diesem Miniaturfriedhof und dem schlichten Grab. Dann schilderte er in kurzen Sätzen, wie die Trennung abgelaufen war und von Claudias Plänen, für ein paar Jahre nach Amerika zu gehen. Beichten musste er seinem Freund, dass er nicht den Mut gefunden hatte, seinen Fehltritt offenzulegen.

»Wer weiß, für was das gut ist. Vermutlich wäre nur böses Blut aufgekommen und niemandem wäre geholfen. Lass sie in Frieden ziehen. Der Einzige, der jetzt mit seinem schlechten Gewissen leben muss, bist du.«

»Und Stefanie!«

»Ja, und dein Konterpart. Hast du wieder Kontakt zu ihr? Was hat sie denn gesagt?«

»Nichts. Kein persönliches Gespräch. Keine Textnachricht, kein Telefonat. Sie ignoriert alle Nachrichten von mir. Als hätte nie etwas stattgefunden.«

»Täusche dich nicht. Wenn sie so denken würde, hättet ihr Kontakt. Hattet ihr ja vorher auch. Vermutlich leidet sie genauso stark wie du und hat ebenfalls ein schlechtes Gewissen. Oder ist sogar bereits getrennt.«

»Nein. Frederik weiß nichts. Vorgestern bin ich ihm auf der Treppe begegnet. Er hat nur dümmlich gegrinst und dämlicher gegrüßt. Wie so ein pubertierender Nerd.

Hat nur den Unterarm gehoben und einen Wischer gemacht. Was für ein Arsch! Was findet Stefanie bloß an dem?«

»Dass du da objektiv genug bist, wage ich zu bezweifeln. Kann schon sein, dass er ein Arsch ist, aber irgendetwas muss er ja haben, sonst wäre sie nicht mit ihm zusammen.«

Carsten hasste es, wenn die stichhaltigen Widerlegungen seines Freundes ihn entwaffneten. Das war schon immer so. Auch damals in Afrika, als er seine waghalsigen Vorschläge mit löchrigen Argumenten untermauern wollte. Dafür war Pap einfach zu clever.

»Und wie geht es weiter bei dir? Welche Baustelle möchtest du als nächstes beenden? Also nach der Wohnungssuche. Das sollte jetzt Priorität haben.«

»Einen neuen Job!« Nie war Carsten sich so sicher in einer Angelegenheit gewesen. Er sprach diese Worte gelassen aus, als hätten sie keinerlei Bedeutung und würden keinen Rattenschwanz an Details hinter sich herziehen. Wieder so eine Bauchentscheidung, die ihn stolz machte.

»Bitte was? Habe ich mich gerade verhört? Du kündigst sogar den Job? Verlobte weg, Wohnung weg, Job weg – vielleicht auch dein Verstand?« Carsten hörte Pap am anderen Ende lachen, obwohl er offenkundig sein Gesicht in irgendetwas hineindrückte, um den Spott abzudämpfen.

»Nein, ich war nie so klar bei Verstand wie jetzt.«

»Und von was möchtest du leben? Von Luft und Liebe? Oh, entschuldige, von Luft?« Wieder ergoss sich sein Hohn über Carsten. Nun musste er in Anbetracht des Wortspiels seines Freundes in das Lachen mit einstimmen.

»Wer dich als Freund hat, braucht keine Feinde! Mach dir aber um mich nicht allzu viele Gedanken. Ich habe so meine Talente.«

»Und welche? Schwerer Diebstahl, räuberische Erpressung, Lösegeldforderungen? Muss Wien sich auf einen neuen Al Capone einstellen?«

»Der lebte in Chicago, du Schmock. Vielleicht verlasse ich Wien und fange woanders ganz von vorne an.« Jetzt war es ruhig am anderen Ende der Leitung. »Lebst du noch, oder hattest du einen Herzinfarkt?«

Es dauerte, bis Pap seine Stimme wiederfand. »Jetzt lass uns mal rekapitulieren. Du möchtest dein Leben um hundertachtzig Grad drehen. Zurück nach Afrika willst du aber nicht?« Aus seiner Frage hörte Carsten ernsthafte Sorge heraus.

»Warum nicht?« Carsten lachte leise, um die Spannung aufrechtzuhalten. »Nein, natürlich nicht. Ich werde endlich meine Senegal-Bilddokumentation machen. Wie ich es damals vorhatte. Danach finde ich leicht etwas Neues. Egal wo. Ich werde drei, vier Mal im Monat von irgendwelchen Headhunters angesprochen, ob ich nicht wechseln will. Jetzt nehme ich mir eine Auszeit, um mein Herzensprojekt zu verwirklichen.«

»Hast du dir das wirklich gut überlegt?«

»Nein, ehrlich gesagt, ist mir das erst gerade eben in den Sinn gekommen. Aber das ist mein neues Ich. Nicht immer zerdenken, einfach machen.«

»Jetzt noch eine ernst gemeinte Frage: Hast du genug, um zu überleben?«

»Mach dir keine Sorgen, dass ich dich anschnorre. Klar habe ich genug. Allein mit meinem Ersparten und dem Geld, was mir Claudia angeboten hat, könnte ich einige Jahre überbrücken. Nicht auf dem jetzigen Niveau, aber besser als manch einer, der eine Vierzigstundenwoche hat. Außerdem, wenn ich es geschickt anstelle, bekomme ich eine gute Abfindung. Da kommen sicher noch ein, zwei weitere Jahre für die Lebenshaltungskosten heraus. Um Geld mache ich mir keine großen Sorgen. Ein paar Aktien habe ich auch.«

»Du bist wirklich gerade auf dem Weg zur dunklen Seite der Macht. Ich bin stolz auf dich. Darth Vader ist stolz auf dich. Nein, wir alle sind stolz auf dich. Wenn du dir das wirklich vorgenommen hast, dann komm zu uns nach Berlin!« Jetzt war es Pap, der es schaffte, Carsten zu überraschen

»Berlin? Was will ich in Berlin?« Carsten krächzte seine Frage in das Telefon.

»Du klingst wie ein neunjähriger Zuckerjunkie. Berlin – die Stadt der Künstler und verkrachten Existenzen. Du passt wunderbar zu uns.« Wieder dieses schelmische Lachen am anderen Ende. Bevor Carsten darauf reagieren konnte, fuhr Pap fort: »Ein Freund möchte ab Januar für ein Jahr nach Südamerika. Er sucht für diese Zeit einen Abnehmer für sein Zweizimmer-Apartment. Möbliert und zentral gelegen. Danach fliegst du wieder raus. Aber das wäre ideal für dich und deine Pläne. Ich hoffe nur, dass es noch nicht vergeben ist.« Carstens Zögern animierte Pap weiterzureden. »Was ist jetzt mit dir? Wo ist dein neues Ich? Machen statt zerdenken.«

Carsten dachte an die letzten Jahre in Wien. Diese wunderschöne Stadt mit ihrer unvergleichbaren Lebensqualität. Er dachte an Claudia und ihre Wohnung, die zwar modern und unpersönlich war, doch ein wichtiger Stützpunkt in der gemeinsamen Zeit. Und dann dachte er noch an Stefanie, die er zurücklassen würde. Ein Stich fuhr ihm in die Brust.

»Carsten, lass mich kurz checken, ob die Wohnung überhaupt noch frei ist. Ich melde mich gleich wieder.« Dann legte Pap einfach auf.

Carsten setzte sich und überlegte, wie er auf eine positive Nachricht von Pap reagieren sollte. In seinen Gedanken ließ er die letzten Monate Revue passieren. Und da war nicht sehr viel Positives. Neben Stefanie, die keinen Kontakt mehr zu ihm wolle, war der Besuch bei Pap das einzige Highlight in seinem Leben. Berlin! Warum eigentlich nicht?

Dann klingelte das Telefon.

Anstatt sich zu sorgen, stieg Carsten mit der Zuversicht und Unbeschwertheit eines Teenagers, der die Welt erobern möchte, am Flughafen in Wien ins Taxi. Während der Fahrt zählte er die letzten Hürden auf, die zwischen ihm und einem neuen, hoffentlich glücklichen Ausgang dieser schiefgelaufenen Episode in seinem Leben standen. Zum einen wäre da die Aufteilung des Haushalts. Claudia hatte ihn in der Schweiz zwei Mal angeschrieben, ob er dieses oder jenes Möbelstück nicht behalten wolle. Es passe nicht mehr in den gebuchten Container. Um sie nicht vor den Kopf zu stoßen, hatte er zugesagt. Er konnte ja später entscheiden, wie er endgültig damit umgehen wollte.

In ihrer zweiten Message fragte sie nach, ob er den Umzug nach ihrer Abreise abwickeln könnte. Früher wäre es nicht möglich, und sie wollte so schnell es ging ihre neue Stelle antreten. Dies bejahte er ebenfalls.

Das zweite große Thema war sein Umgang mit dem Job. Seine Firma käme gut ohne ihn aus. Jeder ist ersetzbar. Das bedeutete, dass er einen Aufhebungsvertrag provozieren musste, um eine Abfindung zu erhalten. Das entsprechende Arbeitszeugnis verstand sich von selbst.

Er machte schnell zwei Opfer unter den Kollegen aus, die ihm ohne entsprechenden Kenntnisstand behilflich sein sollten. Zum einen war da die intrigante Mitarbeiterin Wiesmann, die seinen Anweisungen immer widerwillig und verspätet Folge leistete. Bei ihr war Carsten überzeugt, dass sie seinen Kopf fordern würde, ohne sich Gedanken über die Absichten ihres Gegenübers zu machen. Die Gelegenheit hätte sie bald. Zusammen mit ihrem Gönner, Vorstandsmitglied Dr. Pichler, der ihm vor seinem Urlaub so unverhohlen gedroht hatte, würden sie das perfekte Team für seinen Plan bilden.

Aber was, wenn sie ihn nicht ziehen ließen? Außer bei den beiden war seine Arbeit hoch angesehen und er durchaus beliebt bei den anderen Vorstandsmitgliedern. Verdient hatte er es. Vielleicht würden sie ihm sogar einen höher dotierten Vertrag anbieten oder eine neue Stelle. Carsten machte sich Sorgen, dass er Schwäche zeigen und rückfällig werden könnte. Geld war zwar ein schlechter Motivator, doch kurzfristig wäre es eine verlockende Falle, in die er hineintreten könnte. Er schüttelte energisch den Kopf und war entschlossen, den neuen Weg weiterzugehen. Nichts und niemand würde es schaffen, ihn von seinem Vorhaben abzubringen.

Weiter ging es mit der Wohnungsauflösung in Wien. Nach Claudias Abreise und der Verschiffung des Mobiliars nach Übersee erwartete er hier keine großen Hindernisse. Claudia hatte wie besprochen die Kündigung an den Vermieter abgeschickt und in einem Telefonat mit der Hausverwaltung in Aussicht gestellt, dass eine vorzeitige Nachvermietung zu Anfang Januar kein Problem sein sollte. Die Situation auf dem Wohnungsmarkt war angespannt und die Suchenden würden sich bei ihm die Klinke in die Hand geben.

Mehr Gedanken machte er sich über den Umzug nach Berlin.

Sein Bauchgefühl hatte ihn überrumpelt. Ohne sich über die Konsequenzen, die diesen Schritt begleiten würden, schlüssig zu sein. Er würde tatsächlich nach Berlin ziehen. Dabei war diese Stadt nie im Blickpunkt seines Interesses gestanden. Das politische Staraufgebot von Bund und Senat bereitete ihm Würgereiz und den meisten wünschte er die Pest an den Hals.

Nur auf ein Leben mit Pap in der Nähe freute er sich. Nachdem die Entscheidung für diese Herausforderung gefallen war, hatte er immer einzelne Vorfälle mit seinem Kumpel aus der Vergangenheit abrufen können, die ihn zum Lachen brachten. Nicht Eingeweihten in seiner Nähe dürfte er etwa beim Frühstück oder im Flugzeug als völlig durchgeknallt erschienen sein. Aber das war ihm egal. Das Einzige, was er bedauerte, war, dass Stefanie aus seinem Leben verschwinden würde.

Man sagte ja: Wir lassen etwas zurück, wenn wir gehen. Einen Schatten, einen Hauch – etwas, das Menschen, die uns nahestehen, spüren oder erahnen können. Obwohl sie viele Kilometer voneinander getrennt leben. So etwas wie ein energetisches Band. Ob es ihm und Stefanie ähnlich ergehen würde? Bei all seinen früheren Bekanntschaften war das nicht der Fall gewesen. Mit neuer Energie war er nach einer Trennung immer vorangeschritten. Hatte Vergangenem nie hinterhergetrauert. Die Frage, die sich ihm aufdrängte: Hatte er bis zu diesem Zeitpunkt jemals richtig geliebt?

Seine esoterisch angehauchten Überlegungen endeten abrupt, als das Taxi vor seinem Wohnhaus anhielt. Er zahlte und stand mit seinem Koffer vor der Haustür. Carsten atmete tief durch, schloss auf und trat in das dunkle Treppenhaus. Claudia war zu diesem frühen

Zeitpunkt sicher nicht daheim. Doch wie sah es mit Stefanie aus? Er wollte mit ihr reden. Wünschte sich nichts sehnlicher, als sich mit ihr auszusprechen. Als er die letzte Stufe genommen hatte und an ihrer Wohnung vorbeilief, zögerte er kurz. Versuchte ein Lebenszeichen innerhalb des Apartments zu erhaschen. Es war still. Weder sie noch Frederik gaben einen Laut von sich. Die Rollen seines Trolleys machten dagegen einen ohrenbetäubenden Lärm.

Enttäuscht drückte er seine Wohnungstür hinter sich zu und atmete tief durch. Es standen gepackte Kartons im Wohnzimmer und im Flur. Claudia war bereits fleißig gewesen. Als wäre es der letzte Beweis für ihre Entschlossenheit. Carsten spürte das erste Mal so etwas wie eine Leere in sich aufsteigen. Bald war er allein mit seinem verkorksten Leben. Egal, was alles schiefgelaufen war in ihrer Beziehung, sie war immer ein großer Halt für ihn gewesen.

Sein Blick schweifte durch den Raum. Der ursprünglich angedachte Umzug wurde um Monate vorgezogen. Innerhalb einer Woche hatte Claudia ihren neuen Job zugesagt, die Verlobung gelöst, einen Umzug organisiert und war ebenfalls im Begriff, ein neues Leben zu beginnen. Ohne ihn oder andere Altlasten. Für den einen sprach das für die Arbeitsweise einer Powerfrau, andere sähen darin wohl eher das Ergebnis eines langgehegten Lebensplans.

Carsten überlegte, wie lange sie diesem Plan bereits folgte. War es jemals vorgesehen, dass er Teil ihrer Zukunft war?

Er erschrak fürchterlich, als plötzlich Claudias Kopf im Küchendurchgang auftauchte.

»Hey, wie war die Reise?« Als sie seine Reaktion auf ihr Erscheinen bemerkte, lachte sie und kam mit ausgestreckten Armen auf ihn zu. »So schreckhaft? Wer glaubst du denn taucht hier auf?« Sie küsste ihn flüchtig auf die Wange. Damit waren seine Überlegungen, wie ein Erstkontakt nach seiner Rückkehr aussehen könnte, beantwortet.

»Hallo!« Nachdem er sich gefasst hatte, erwiderte Carsten ihr Lächeln. »Ich dachte nur nicht, dass du daheim bist.«

»Es ist so unglaublich viel zu organisieren. Den kompletten Vormittag habe ich auf Ämtern verbracht, um mich aus Österreich abzumelden. Irgendwie wollten die mich nicht ziehen lassen.«

Auf dem Weg zurück zur Küche drehte sie ihren Kopf über die Schulter, um seine Reaktion abzuwarten. Ob sie von ihm erwartete, dass er ähnlich empfand? Sollte er diesbezüglich etwas sagen? Er unterließ es und zwinkerte ihr nur zu. Und bewunderte ihren Gang und ihre Figur. Claudia war eine heiße Frau. Die Amis würden ihr zu Füßen liegen. Ob sie ein letztes Mal Sex haben würden? So zum Abschied. In seinem Kopf hörte er, wie Stefanie verächtlich ›Männer‹ aussprach und dieses geschlechtertypische Verhalten mit einem Lächeln quittierte, bei dem die Zähne aufblitzten.

»Ich packe schnell aus und mache mich frisch. Wollen wir später Essen gehen?«

»Ich bin gerade dabei zu kochen.«

»Du machst was?« Carsten glaubte, sich verhört zu haben.

»Ich koche.« Sie streckte ihren Kopf aus dem Durchgang zur Küche. »In einer halben Stunde bin ich fertig.« Anschließend verschwand sie wieder. Claudia hatte lange nicht gekocht. Das letzte Mal, dass sie eine Dose aufgemacht und aufgewärmt hatte, war zumindest mehr einem Hungeranfall geschuldet, bei dem er zufällig anwesend war. Fast immer hatte sie geholfen, wenn er für sie beide ein Abendessen zubereitete. Von sich aus hatte sie nie gerne die ›teuflische Schwelle zur Unterdrückung der Frau‹ freiwillig betreten. Es musste erst eine Trennung und einen bevorstehenden Umzug geben, um das geschehen zu lassen. Wo waren ihre hausfraulichen Fähigkeiten, während sie ein Paar waren? Vermutlich tief vergraben, unter der Bürde eine emanzipierte Frau sein zu wollen.

Carsten kam aus dem Bad und hörte Musik im Wohnzimmer. Es duftete köstlich im Flur. Wenn jetzt noch Kerzen auf dem Tisch brannten, würde er sein Vorhaben neu überdenken. Sie sogar auf Knien anbetteln, nicht zu gehen und ihn nicht alleine in der alten Welt zurückzulassen.

Erleichterung machte sich breit, als keine Kerzen auf dem Tisch standen. Feierlich dekoriert war er, mit buntbedruckten Servietten und zum französischen Bordeaux passenden Gläsern. Dazu eine Wasserkaraffe und eine Deko-Kette. Spaßeshalber fragte er: »Keine Kerzen?«

»Ich habe welche gesucht, aber keine gefunden. Wusstest du, dass wir keine Kerzen haben?«

Carsten war froh, dass sie nicht in der Ablage neben dem Fensterbrett nachgesehen hatte. Da waren ein paar IKEA-Teelichter im hinteren Bereich verborgen. Was wäre dann aus seinen Vorsätzen geworden? »Womit habe ich diese Begrüßung verdient?«

Claudia verzog die Mundwinkel. »Ich habe ein schlechtes Gewissen, dass ich dich so überrumpelt habe und alleine lassen werde. Es geht jetzt alles viel schneller als angedacht und ist ja nicht nur für mich ein großer Schritt. Dein Leben bekommt auch eine Wendung.« Was würde sie sagen, wenn sie die ganze Wahrheit darüber wüsste? Carsten musste ihr gestehen, dass sich vieles sowieso geändert hätte.

Während sie servierte – es gab Saltimbocca alla Romana – blickte sie verlegen auf das Essen. »Ganz so schlimm, wie du es darstellst, ist es nicht.« Er suchte nach passenden Worten, um sie nicht vor den Kopf zu stoßen. »Unabhängig davon, dass wir uns getrennt haben und du jetzt nach Amerika gehst, wollte ich mein Leben auf alle Fälle ändern. Vielleicht wäre es nicht so radikal verlaufen, doch geändert hätte ich es.« Er wartete auf ihre Reaktion.

Und sie kam prompt. Claudia setzte sich, faltete ihre Serviette auf und fragte mit aufgerissenen Augen: »Wie meinst du das? Was wolltest du ändern?«

Er erzählte ihr, dass er in seinem Job unglücklich war und seit Längerem an Kündigung dachte. Dass er sein Buchprojekt endlich vorantreiben wollte. Er schwieg über die unterschiedlichen Vorstellungen ihrer Partnerschaft oder deutete sie nur an. Claudia begriff bestimmt ohne diesen Zusatz, dass ihre Beziehungsprobleme größer waren, als sie beide bislang ausgesprochen hatten.

Dann erzählte er noch, dass er nach Berlin ziehen und dass Pap ihm dabei helfen würde. Er erwähnte den glücklichen Umstand mit der freigewordenen Wohnung. Dass er das Wort Schicksal erwähnte, amüsierte Claudia. Für rational denkende Menschen sind übernatürliche Kräfte immer ein Grund für Belustigung. Carsten selbst hatte in den letzten Jahren die mögliche Existenz solcher Mächte als Unfug abgetan. Er war im Wandel, sein Bewusstsein änderte sich und damit öffnete er sich für eine übernatürliche Wahrnehmung.

»Da wird dein Leben schwer durcheinandergewirbelt. Anscheinend hat sich viel bei dir aufgestaut, was jetzt einfach raus muss. Wir haben eigentlich schon lange nicht mehr wirklich über unsere tieferen Gefühle und Sorgen geredet, oder?« Claudia blickte nachdenklich auf ihren Teller. Es dauerte einen Moment, bis sie sich fing und mit einem humorvollen Einschub die Spannung löste. »Dann kannst du mir ja dankbar sein, dass ich dich mit einem Tritt in den Allerwertesten aus der Komfortzone geholt habe.« Sie zwinkerte ihm zu und er erwiderte es nur zu gerne mit einem Lächeln. Sie waren frei und mussten ihre Worte nicht mit Bedacht wählen. Sie konnten sagen, was sie fühlten und empfanden, ohne Angst zu haben, welche Emotionen es bei dem Gegenüber auslösen würde.

Anschließend berichtete er von seiner Reise in die Schweiz. Wie hin- und hergerissen er war, als er vor dem schlichten Grab stand. Dass die Frau, für die er seit frühester Jugend schwärmte, neben einer Sportanlage in Vergessenheit geriet. Sie lebte nur in ihren Filmen weiter. Als ewig junge, leicht naive Frau, die vermeintlich niemals erwachsen werden würde.

Er beschrieb ihr, wie er mit sich gerungen hatte, den großen Schritt zurück nach Deutschland zu wagen. Der Reiz von Berlin hatte bis zu dieser Gelegenheit niemals bei ihm gewirkt. Jetzt, wo er den Entschluss getroffen hatte, freute er sich auf den neuen Lebensabschnitt.

Claudia war eine gute Zuhörerin. Lediglich am Ende seiner Ausführungen entschuldigte sie sich für ihr bisheriges Desinteresse. Sie hatte während ihres gemeinsamen Lebens die Anzeichen für seine Sorgen und schweren Gedanken nicht gesehen. Was ihr leidtat.

Dafür hatte Carsten Verständnis, wenn er bedachte, was sie alles um die Ohren hatte. Außerdem war dieser Sinneswandel so abrupt gekommen wie ihre Chance, in Amerika ihr Glück zu suchen. Vielleicht auch nicht. Angebote gab es für sie seit Jahren. Carsten überlegte, wieviel Wahrheit in ihrer Aussage lag, dass der Wechselwunsch erst auf ihrer letzten Businessreise aufkam. Selbst das spielte keine Rolle mehr.

Hätte jemand ihm vor wenigen Monaten ein mögliches Szenario dieser Zukunft vorgestellt, wäre er vor Lachen zusammengebrochen. Jetzt war dieser undenkbare Zustand zur Realität geworden. Sie saßen zwischen den Kartons und ohne Romantik beisammen und blickten in verschiedene Richtungen. Und das Schöne daran: Sie waren beide glücklich über diesen Umstand.

Die Gläser klangen zufrieden, als sie anstießen und sich gegenseitig viel Erfolg für die Zukunft wünschten. Es war ein schöner Abend. Ohne Spannungen oder Vorwürfe und – das war vielleicht sogar das Wichtigste – ohne das größte Thema anzusprechen, das in ihrem bisherigen Leben den größten Raum beansprucht hatte – wie es in der Arbeit aussah. Für einen schönen Moment konnte er das Thema mit und die Gewissensbisse wegen Stefanie komplett verdrängen.

Schließlich wurde es konkreter, als es darum ging, wann Claudia abfliegen würde und was sie noch alles zu organisieren hatte. Sie würde bereits in drei Tagen aus seinem Leben verschwinden, was ihm erneut einen kleinen Stich versetzte. Wie lange arbeitete sie bereits an diesem Plan? Hatte sie dieses konkrete Angebot tatsächlich erst vor zwei Wochen bekommen? Er zögerte kurz.

»Sag mal, wie lange wusstest du von diesem Job? Das Ganze läuft nicht erst seit zwei Wochen, oder?«

Claudia war verlegen. »Ich war wirklich nicht ganz ehrlich zu dir.« Sie stellte ihr Glas ab und sah ihm in die Augen. »Es stimmt, dass ich erst bei der letzten Offerte bei meinem Trip vor drei Wochen nachgegeben habe. Allerdings baggern die Amerikaner seit Monaten bei mir. Ich hatte es bloß niemals ernsthaft in Erwägung gezogen.

Ich weiß nicht einmal, warum ich jetzt zugesagt habe. Es fühlte sich richtig an. Deshalb habe ich nachgegeben und nachdem ich ›ja‹ gesagt hatte, war es, als hätte dieses Leben auf mich gewartet.« Es schien ihr peinlich, das so offen zuzugeben. »Bitte glaube mir, ich habe bisher nie an einen Umzug gedacht. Wir leben im wunderschönen Wien, haben beide gute Stellungen gehabt und es gab keinen Grund alles hinzuschmeißen. Aber genau in diesem Moment bei der Präsentation unserer zukünftigen gemeinsamen Projekte, wurde mir bewusst, dass das alles war, was ich wollte. Ich hatte völlig ausgeblendet, dass es auch dich betrifft. Dein Leben umkrempeln würde. Ich weiß, es war egoistisch von mir, aber ich konnte nicht anders.«

Wehmut kam in ihm auf, dennoch war er keinesfalls enttäuscht. Sie hatte instinktiv entschieden. Wahrscheinlich wusste ihrer beider Unterbewusstsein eher von ihren Problemen, als sie es sich beide eingestanden hatten. Dankbar für diese Ehrlichkeit griff er nach ihrer Hand. »Du hast alles richtig gemacht. Das wissen wir beide.« Wie lange hatten sie sich belogen und waren lediglich zu abgelenkt, um das einzusehen?

Er dachte an ihren ersten Kontakt zurück und erzählte ihr davon. Wie er sich gefühlt hatte, als er sich bei seiner Einladung zum Kaffee blamierte. Drei oder vier Anläufe hatte er gebraucht. Irgendwann hatte sie ihm dann gebeichtet, dass bereits der zweite Versuch vielversprechend war. Sie gestand ihm, dass sie seine unbeholfenen Annäherungsversuche lustig gefunden hatte und ihn nur ein wenig zappeln lassen wollte. Seinen kindlichen Gesichtsausdruck, der zwischen erbostem Augenzukneifen und großzügigem Vergeben wechselte, quittierte sie mit einem unkontrollierten Lachen, bei dem sie fast am Wein erstickte und die letzten Tropfen in die Serviette spuckte.

Aber diese unerwartet unschickliche Reaktion war etwas, das er stets an ihr gemocht hatte. Es war schön, ihre Trennung und den bevorstehenden Abschied ohne Vorwürfe, Geheimnisse und Gewissensbisse zu erschweren.

Sie versprachen, sich gegenseitig auf dem Laufenden zu halten. Carsten glaubte nicht, dass die guten Vorsätze lange anhalten würden, nickte aber zu Claudias Vorschlag. Ihr Leben verlief jetzt in verschiedenen Richtungen in tausende Kilometer entfernten Städten ab. So unterschiedlich, dass sie beide in Wien bleiben könnten, ohne dass einer vom anderen was hören würde.

Er war dem Leben dankbar, dass er einige Jahre mit dieser tollen Frau zusammen verbringen durfte. Nicht alles war schlecht. Im Gegenteil – die meiste Zeit waren sie ein tolles Team gewesen, das viel voneinander profitiert, viel gemeinsam gelernt hatte und sich durch die Anwesenheit des Partners weiterentwickeln konnte. Aber eben nicht mehr gemeinsam.

»So, einen letzten gemeinsamen Kaffee! Bitte schön.« Carsten stellte die zwei Becher vor ihnen auf den kleinen Bistrotisch.

»Du hättest mich nicht zum Flughafen bringen müssen. Das macht den Abschied nur schwerer.«

»Spinn nicht rum. Natürlich war das nötig.« Es gab eine kurze Schweigeminute, bei der beide unnötigerweise in ihren Tassen rührten und nicht wussten, wie sie die beklemmende Situation meistern sollten.

»Darf ich dich was fragen?«

»Natürlich, alles!« Carsten erwartete etwas in Richtung neues Leben, neue Wohnung, ob er kurz darüber nachdachte, mit nach Amerika zu gehen? Die Frage, die kam, ließ ihn erröten.

»Hattest du etwas mit Stefanie?«

Seine Antwort kam schnell und ehrlich. »Ja!« Ihm fiel eine Last von den Schultern. Endlich konnte er es Claudia gestehen, was ihn so sehr belastet hatte. »Es war weder geplant, noch hatte einer die Schuld. Es war eine Art Übersprungshandlung. Sie trifft keine Schuld. Sie kam in die Wohnung und wollte etwas mit mir bereden und ich stand nur mit Handtuch vor ihr. Dachte, es wäre der Postbote. Es tut mir leid. Du kannst dir nicht vorstellen, wie sehr.«

»Doch kann ich. Ich mache dir oder ihr keinen Vorwurf. Obwohl ich es sollte.« Ihre Gewohnheit kam durch, mit einem kleinen Scherz die Situation zu lockern. »Wir hatten größere Probleme, als wir uns bisher eingestehen wollten, stimmt's?« Sie druckste herum. »Bei meinem Amerika-Trip hatte ich ebenfalls ein unmoralisches Angebot und ich war kurz davor es anzunehmen.« Sie senkte ihren Blick und rührte im Kaffee. Das war ein Geständnis, das er nicht erwartet hatte. Zärtlich nahm er ihre freie Hand.

»Und das ist der Unterschied. Du hast dich nicht gehen lassen.«

»Aber ich war versucht.« Sie beiden kämpften mit ihren Gefühlen. Claudia drückte kurz seine Hand und löste sich sanft von ihm.

»Woher wusstest du es? Hat sie es dir gebeichtet?«

»Nein, oder zumindest nicht mit Worten. Ich traf sie, als du in der Schweiz warst im Treppenhaus. Meinen Gruß erwiderte sie nur kurz, sah stur auf die Stufen und ging schnell an mir vorbei. Da habe ich es vermutet. Ich glaube, sie schämt sich für ihren schwachen Moment. Es war nur einmal, oder?«

»Ja, bitte glaube mir. Einmal und nie wieder. Ich hätte nie gedacht, dass mir das passieren kann. Dass ich eine Partnerin betrüge.« Enttäuscht von sich und seinem Tun schüttelte er energisch den Kopf. »Und dann ist es geschehen.« Schnell fügte er hinzu: »Ich wollte es dir sofort beichten. Das kannst du mir glauben. Aber ich kam ja nicht dazu zwischen Amerika, Berlin und der Trennung. Was natürlich keine Entschuldigung ist.« Er erzählte ihr, wie es passiert war. Die Tage mit dem gemeinsamen Aussuchen der Bilder und einem möglichen Aufbau des Bildbandes. Wie sie gemeinsam kochten, wie sauer sie auf Frederik war. Einfach wie verletzlich sie war. Als er sie zum Trost in den Arm nahm und dieser dumme Kuss passierte. Als Stefanie sich am nächsten Tag aussprechen wollte, ist es eskaliert.

Er erzählte ihr, dass er weder die Gelegenheit vor seiner Abreise hatte, noch als er aus der Schweiz zurückkam. Und als sie beide sich getrennt hatten, wollte er kein böses Blut aufkommen lassen. Wollte ein freundschaftliches Auseinandergehen. Es belastete ihn die letzten Wochen, aber damit hätte er alleine klarkommen müssen.

Als er seine Ausführungen beendet hatte, sah er in ihren weichen Blick. »Ich verzeihe dir, Carsten. Damit so etwas passiert, müssen einige Dinge schieflaufen und daran trage ich eine Mitschuld. Das weiß ich. Wenn ich ehrlich sein darf, bin ich weder geschockt noch verletzt.« Jetzt war es an ihr, seine Hand zu nehmen und Trost zu spenden. »Bei uns ist wirklich einiges aus dem Ruder gelaufen. Wie konnten wir das all die Jahre nicht sehen und uns dagegen wehren?«

»Ich weiß es nicht. Es war ein schleichender Prozess – denke ich. Hoffe, wir machen es das nächste Mal besser.«

Carsten sah ihr tief in die Augen. In diesem Moment empfand er wie damals, als sie sich kennenlernten. Claudia war eine unglaubliche Frau. Nur liebte er sie nicht mehr genug oder wie es sein sollte, sondern mehr wie einen Freund.

»Wie kommt sie damit klar? Habt ihr darüber nachgedacht, zusammen zu gehen?« In dieser Frage klang etwas gekränkte Eitelkeit durch. Sie wäre wegen einer anderen Frau verlassen worden. Er schmunzelte. Egal wie offen die Gefühle momentan lagen, ganz kam sie nicht aus ihrer Haut heraus.

»Nein, sie blockiert sowieso jeden Kontakt. Ich wollte mich auch mit ihr aussprechen. Aber sie hat daran kein Interesse. Außerdem war ich tatsächlich entschlossen, dir nicht nur alles zu gestehen, sondern eine Lösung für uns zu finden. Schlimmstenfalls mit einer Trennung. Bestenfalls durch einen Neubeginn, bei dem ich«, er räusperte sich kurz, »ich meine, wir alles besser machen würden.«

Hätte er für sie beide gekämpft? Er wusste es nicht. Kannte die Antwort nicht. Aber er hatte es herausfinden wollen.

»Das glaube ich dir. Dann kam alles anders und ich habe uns die Gelegenheit genommen.«

»Das stimmt nicht. Die Gelegenheit hatten wir immer. Wir haben sie nur nie genutzt. Wenn wir schon so ehrlich zueinander sind, muss ich dir gestehen: Ich wollte dir nicht sagen, mit wem ich dich betrogen habe. Das hat sie nicht verdient und womöglich wäre ihre Beziehung daran zerbrochen. Das muss sie selber entscheiden.«

»Hör auf, sie in Schutz zu nehmen.« Trotz ihrer harten Worte klang ihre Stimme weich. »Sie trägt genauso Mitschuld wie du und ein wenig ich. Ich fand immer, dass sie dich ab und an viel zu intensiv beobachtet hat. Ich glaube, sie stand immer heimlich auf dich.« Und dann wieder dieses Scherzen. »Was ich verstehen kann. Du bist trotz allem ein kleines Sahnestück.« Sie zwinkerte ihm zu. Carsten war ihr so unglaublich dankbar, dass sie keine Szene machte. Dass sie trotz der Verfehlung Verständnis aufbrachte. Die Schuld sogar bei sich suchte.

»Ich werde dich vermissen.« Carsten hatte keinen Zweifel daran. »Ich werde deine Art, deinen Charakter und deine Stärke vermissen. Ich wünsche dir alles Glück dieser Erde. Beruflich, privat und in allen nur erdenklichen Situationen, die du dir vorstellen kannst.« Er nahm wieder ihre beiden Hände in seine. Streichelte mit seinen Daumen zärtlich über ihre Handrücken und sah ihr dabei tief in die Augen. Seine Worte waren ehrlich gemeint und das spürte sie. So ehrlich wie nie zuvor, in diesem Moment, wo alle Last von ihnen abfiel. Sie freigab, damit sie zu neuen Höhen aufbrechen konnten.

Und dann passierte, was Claudia sicherlich vermeiden wollte. Gleichzeitig sprangen sie auf und fielen sich in die Arme. Drückten sich minutenlang und ließen ihren Tränen freien Lauf.

»Ich liebe dich, Carsten Döring. Nicht genug, damit wir zusammen sein können. Doch ich liebe dich.«

»Und ich liebe dich. Ich danke dir für die schöne Zeit, die wir zusammen verbracht haben.«

Er lockerte seine Umarmung und nahm ihr Gesicht in beide Hände. Mit den Daumen wischte er ihre Tränen weg, was ein furchtbares Bild von verschmierter Schminke zurückließ. Das Schwarz ihres Kajalstrichs lief die Wangen herunter wie bei einer furchteinflößenden Halloweenmaske. Das Make-up hatte sämtliche Gleichmäßigkeit verloren und mit seinem letzten Kuss hatte er es geschafft, den Lippenstift zu verschmieren. Und trotzdem war sie in ihrer Verletzlichkeit wunderschön.

»Du siehst furchtbar aus.« Carsten lachte, obwohl ungebrochen Tränen über sein Gesicht liefen. Und sie stimmte darin ein. Sie legte ihr Gesicht an seine Schulter und ihre Arme griffen beherzt um seinen Oberkörper. Als wollte sie diesen Moment nicht verlieren.

Ein letzter Kuss und es war Zeit, Abschied zu nehmen.

Auf dem Bildschirm betrachtete er das Bild, das alles ins Rollen gebracht hatte. Es zeigte, wie er auf einem Lkw stand und Carepakete verteilte. Dutzende Kinder mit strahlenden Gesichtern um ihn herum rissen ihre Hände nach oben, schrien vor Freude und warteten voller Ungeduld, eines dieser Päckchen mit den nötigsten Vorräten für einige Tage zu ergattern.

Bei genauer Betrachtung fiel ihm auf, dass er sich getäuscht hatte. Es war nicht die eingescannte Fotografie aus dem Karton. Vielmehr zeigte es ihn, wie er in die Kamera grinste. Es war eines der neuen Fotos, die Sundaram kürzlich geschickt hatte. Er suchte im Stapel der verwendeten Fotografien nach dem Original. Es war nur ein Detail, jedoch war daraus ein völlig neuer Blick auf seine Arbeit entstanden. Auf dem echten Foto war er mit finsterer Miene zu sehen, die Zweifel, ob es für alle reichen würde, standen ihm ins Gesicht geschrieben. Auf dem neuen blickte er mit einem frohen Grinsen direkt in die Kamera und strahlte Zuversicht aus. Mit diesem einzigen Unterschied, nur einer winzigen Feinheit, gefiel ihm dieser Ausdruck besser.

Er rief die entsprechende Seite in seinem Manuskript auf und tauschte die Bilder. Zu oft hatte die Geschichte einen negativen Touch, war von all der Bürde gezeichnet. Es war wichtig, positive Momente hervorzuheben. Das Ziel war schließlich, einen schönen, freundlichen Senegal zu zeigen. Einen, der es wert wäre besucht zu werden. Trotz der Einfachheit und Unterentwicklung, die er nach all den Jahren noch vorwies.

Unter Umständen konnte er die eine oder andere Erfolgsstory mit einbinden. Deshalb schrieb er die Hilfsorganisation an, die ihn vermittelt hatte. Möglicherweise hatten sie Kontaktdaten von früheren Kindern, die es aus dem Sumpf geschafft hatten. Dem Waisenhaus konnte er wegen der Schließung nicht mehr schreiben. Nun hieß es geduldig abwarten, ob er eine Antwort bekam.

Er saß an seinem Schreibtisch und trank den kalten Kaffee aus. Seine Gedanken wanderten zurück zum Abschied am Vormittag. Dass Claudia von seinem Fehltritt ahnte, verwunderte ihn nicht. Frauen hatten einen Sechsten Sinn dafür. Er hatte Erleichterung empfunden, als es ans Licht kam und sie so besonnen damit umging. Schon deshalb schämte er sich dafür, dass er nach ihrem Abschied mehr Sehnsucht nach Stefanie hatte als nach ihr. Nach all den Jahren des Zusammenlebens und der vielen schönen Momente. Doch jetzt, genau in diesem Moment, wünschte er sich Stefanie an seine Seite.

Nur dass er im Dunkeln alleine in der Wohnung saß und nicht erwarten konnte, dass die eine oder die andere sich zu ihm setzen würde, machte ihm ein wenig zu schaffen. So fühlte es sich also an, wenn Perspektiven fehlten und eine gewisse Melancholie von einem Besitz ergriff.

Dieses Gefühl des Alleinseins und der Trostlosigkeit hatte er bis dahin nicht gekannt. Trotzig straffte er seinen Rücken und speicherte seine Änderungen im Manuskript ab. Trotz der Unsicherheit, die er bezüglich seiner Entscheidungen hatte, fühlte er sich auf dem rechten Weg.

Um nicht im Trübsal umzukommen, stand er auf und ging in die Küche. Er vermied es Licht einzuschalten und genoss die Dunkelheit in der Wohnung. Nur ein paar letzte Lichtreflexe der einziehenden Dämmerung zeichneten die Umrisse des zur Abholung bereitstehenden Mobiliars nach und als er die Kühlschranktür öffnete, blendete ihn die Helligkeit. Er schenkte sich ein Glas Weißwein ein und lehnte sich an die Küchenzeile.

Ein ironischer Gedanke zauberte ihm ein Lächeln auf die Lippen. Er stellte den Wein ab und ging zur Schublade, die Claudia vor ein paar Tagen ignoriert hatte. Ganz hinten fand er es. Mit einem dümmlichen Grinsen im Gesicht nahm er das Teelicht, zündete es im Wohnzimmer an und setzte sich davor. Wie bei einem der damaligen Lagerfeuer im Innenhof des Waisenhauses. Niemand spielte auf einer Gitarre oder summte vor sich hin, doch immerhin empfand er eine gewisse Zufriedenheit. Satt und zufrieden, mit etwas Alkohol in der Hand. Was brauchte man mehr?

Sein Smartphone klingelte und dadurch bekam er seine Antwort. Etwas Ruhe vielleicht.

Es war Papis. Freudig nahm er den Anruf an.

»Hallo, Kumpel! Hast du Sehnsucht nach mir? Etwas musst du dich noch gedulden.«

»Nein, eher ein beklemmendes Gefühl, weil ich jetzt wieder auf dich aufpassen muss. So wie früher. Nur ohne die Unterstützung meiner Mama. Aber ich werde das hinbekommen. Ich bin ein starker Mann.«

»Denke ich auch. Was kann ich sonst für dich tun?«

»Du für mich? Eher ich für dich. Ich kann zwei gute Neuigkeiten verkünden. Oder hast du dein Vorhaben aufgegeben und freust dich auf morgen. Wenn ich mich richtig erinnere, ist es der letzte Arbeitstag vor der Kündigung für dich, oder?«

»Yep, ich habe mir einen Schlachtplan zurechtgelegt. Später mehr davon. Sag mir erst die guten Neuigkeiten. Ich kann etwas Aufmunterung gebrauchen. Vorhin habe ich Claudia zum Flughafen gebracht. Jetzt sitze ich hier alleine und sinniere vor mich hin.«

»Oh Gott, die Midlife-Crisis in vollem Gange. Du wirst jetzt aber nicht so eine alte, schrullige Tante, die sich eine ›Bring-sie-mir-zurück-Kerze‹ anzündet oder einen ›Ewige-Liebe-Tee‹ trinkt, in der Hoffnung, dass die

Einsamkeit überwunden wird? Das hilft nur in den Esoterikbüchern.«

Carsten schmunzelte und versuchte, ein lautes Lachen zu unterdrücken, als er seinen Blick auf das Teelicht richtete. »Natürlich nicht. Wir Männer müssen stark sein. Nichts im Leben kann uns zerbrechen oder von unserem Weg abbringen. Jetzt erzähl mir endlich, was du Gutes für mich hast.«

Und es waren tolle Neuigkeiten, die sein bester Freund ihm erzählte. Zum einen hatte sich der Verleger gemeldet, zu dem er seinerzeit den kaufmännischen Geschäftsführer vermitteln konnte. Er schien großes Interesse zu haben, den Bildband herauszugeben. Die Zeit war genau richtig, Menschen mit den widrigen Umständen in Afrika oder im Nahen Osten bekannt zu machen. Die halbe Welt schien im Moment in Bewegung. Auf der Suche nach einem neuen Zuhause, einer neuen Chance im Leben. Geflüchtet vor Krieg und Misshandlung im eigenen Land. Oder einfach nur vor dem Hungertod.

Pap fragte nach, ob er seine Kontaktdaten weitergeben dürfe. Carsten bejahte natürlich. Anschließend gestand Pap, dass er dies erwartet und bereits getan hatte. Der Verleger Kehlschneider würde sich in den nächsten paar Tagen melden, um Details zu besprechen.

Das war eine sehr gute Nachricht und Carsten durchströmte ein Impuls, sich sofort weiter an die Arbeit zu machen. Lediglich die zweite, noch bessere Mitteilung hielt ihn davon zurück. Was Pap anbot, war wie ein Sechser im Lotto. Auch wenn es nicht sofort ersichtlich schien.

Carsten wusste zwar, dass er bald aus der Wohnung musste, und er gestand sich ein, die Wohnungssuche bisher sträflich vernachlässigt zu haben. Er ging einfach davon aus, dass er die Wohnung von Paps Freund bekam.

Dass irgendeine höhere Macht ihm half, seinen Weg zu bestreiten und partout nicht wollte, dass er es sich anders überlegte. Notfalls wäre er für ein paar Monate in eine kleine Pension gezogen.

»Hast du verstanden, was ich dir gerade gesagt habe?« Paps Worte klangen nach. Carsten hatte natürlich verstanden. Er hatte begriffen, was für eine einmalige Gelegenheit sich ihm anbot.

»Pap, ich fasse einmal zusammen: ICH möchte mein Leben ändern. Zentraler Punkt wird es sein, einen Bildband zu kreieren. DU findest einen interessierten Herausgeber. DU gibst mir Impulse für den Aufbau. DU suchst nach Bildern und formulierst erste Texte und jetzt hast DU für mich eine Wohnung in Berlin. Habe ich etwas vergessen zu erwähnen?«

»Ja, dass ich dir erlaube, mein Antlitz zu veröffentlichen und meinen Namen ungeschwärzt niederzuschreiben. Wahrscheinlich stehle ich dir sowieso die Show.«

»Davon kann ich ausgehen. Aber egal, das gönne ich dir.«

»Und es ist nur eine Übergangslösung mit der Wohnung. Das hast du begriffen, oder? Mein Kumpel macht nur ein Jahr Backpacking in Südamerika und braucht jemanden, der die Miete übernimmt. Wenn er wiederkommt, möchte er seine Wohnung wiederhaben. Aber du brauchst am Anfang nichts zu kaufen. Sie ist voll möbliert und liegt zentral. Was am wichtigsten ist, weit genug weg von mir, damit ich nicht permanent deine Anwesenheit aushalten muss. Allerdings nahe genug, um uns ab und an zu sehen.«

»Das sind wirklich fantastische Neuigkeiten. Ich meine, dass du weit genug weg wohnst.«

Pap kannte seinen schrägen Humor und lachte. Schließlich waren sie sich sehr ähnlich. »Du musst dich wirklich sofort entscheiden. Es gibt weitere Interessenten und er muss die Tage eine Entscheidung treffen.«

»Ich nehme sie. Sag deinem Freund zu.« Es fühlte sich gut für ihn an, eine solche Entscheidung aus dem Bauch heraus zu treffen. Nicht wie in der Arbeit oder seinem ehemaligen Leben. Alles kaputtdenken und nur die Nachteile sehen.

»Was machst du, wenn du nicht entlassen wirst oder sich deine Abreise verzögert?«

»Das spielt keine Rolle. Für die paar Euro, die eine Miete in Berlin kostet, bekomme ich in Wien nicht einmal eine Garage. Selbst wenn ich nicht zu dir ziehen würde, bringen mich die paar Kröten nicht um. Ich habe durchaus ein paar liquide Mittel zur Verfügung, die ich verschwenden kann. Und sollte ich woanders landen, kann ich zumindest die Hotelkosten sparen, wenn ich dich oder den Verlag besuchen komme. Das macht es wirklich wett.«

Sie plauderten eine Zeitlang über Belangloses, bevor Pap sich nach seinem Gemütszustand erkundigte.

Carsten erzählte ihm vom Abschied am Flughafen. Dass Claudia sich melden würde, wenn sie gelandet war. Danach erwartete er die eine oder andere Wasserstandsmeldung aus Übersee. Er gestand, dass er nicht damit rechnete, über Jahre hinweg in Kontakt zu stehen. Und er erzählte von der Wohnung, die er in den nächsten Tagen räumen würde, sobald das Umzugsunternehmen auftauchte.

Außerdem redeten sie über die Recherchen und von seiner Weiterbildung bezüglich seines literarischen Schaffens. Mit der Unterstützung eines Profis im Verlag würde das angesteuerte Projekt erfolgreich sein. Davon waren sie beide überzeugt.

Über Stefanie, die ihn weiterhin ignorierte, redeten sie auch noch. Pap und er diskutierten darüber, wie Carsten Kontakt zu ihr bekäme oder die Blockadehaltung lösen könnte, fanden jedoch keine Lösung.

Zum Abschied gab es von Pap eine kleine Ermahnung. »Also keine Kerzen kaufen! Verstanden?«

»Verstanden!« Carsten grinste in sich hinein. Musste er ja nicht. Für ein paar Tage reichten die Teelichter, was er seinem Freund verschwieg.

Offensichtlich stimmte die Kerze ihm zu und flackerte freudig. Ihr Dahinsiechen im hintersten Winkel einer Schublade war beendet.

Juli 2023

Dass sich Peter Langenbach so viel Zeit für einen seiner Schützlinge nimmt, werte ich als Kompliment. Natürlich ist er besorgt, dass es keine Fortsetzung des Erfolgs geben könnte. Sein Engagement geht jedoch weit über die üblichen Beteuerungen und Versprechungen hinaus. Meine Antworten sind momentan sehr einsilbig. Wie bei einer dieser sprechenden Puppen aus den Siebzigerjahren, die einen Teil des Gesprochenen aufnahmen und in blecherner Wiedergabe den Rest verschluckten.

Ich sehe mich wieder vor Audrey Hepburns Grab stehen. Wie ich auf eine göttliche Fügung warte, oder dass sie von den Toten aufersteht und mich aus meiner Lethargie wachküsst. Vielleicht hat sie das tatsächlich gemacht.

»Wie würde dir ein Ende gefallen, bei dem der Protagonist seine Heldenreise damit abschließt, eine komplett neue Liebe im Leben zu finden?« Peter scheint sein Gedanke zu gefallen. Immerhin nickt er sich selbst für seinen Vorschlag anerkennend zu.

Bei einem der Entwürfe für das Buch habe ich eine Fortsetzung gewählt, die diesem Szenario nahekommt. Es fiel mir leichter, eine Geschichte auszuformulieren, welche mehr der Fantasie entsprang, und weniger an die Erinnerungen einer tatsächlichen Handlung heranreichte.

»Ist sie hübsch?« Die Sticheleien gehen weiter. Nachdem ich bereits mehr als eine Stunde in seinem Büro verbracht habe und er mich offensichtlich nicht gehen lässt, bevor er sein Ende hat, bitte ich jetzt doch um ein Glas Wasser.

»Natürlich! Hässliche oder nichtssagende Menschen wie Lektoren haben in den Büchern nichts verloren.« Er steht auf und bittet seine Sekretärin um zwei Wasser.

»Selbst wenn du nicht hässlich wärst, kann ich mir ein Ende mit dir nicht vorstellen. Es gibt genug Bücher mit gleichgeschlechtlichen Partnern. Da muss ich nicht auch den Mainstream bedienen.«

»Ja, man hat den Eindruck, es gäbe auf der Welt mehr homosexuelle als gleichgeschlechtliche Ehen. Dieser Trend in Büchern ist gerade ›en vouge‹. Aber das ist ein anderes Thema.« Dann stutzt er kurz und sagt im Brustton der Überzeugung. »Wenn du das möchtest? Bitte!« Dabei streckt er seine Hände aus wie eine Marienstatue.

»Bleiben wir professionell. Ich kann keine Liebesgeschichte mit Frauen schreiben und am Ende reitet der Protagonist mit einem Mann in den Sonnenuntergang. Wie dämlich wäre das denn? Vielleicht bei einem der nächsten Romane.«

»Lass dir nicht zu viel Zeit. Jede Modeerscheinung endet irgendwann. Für den Erfolg auf dem Büchermarkt ist es wichtig, das Zeitgenössische punktgenau zu platzieren.« Neben dieser Erkenntnis scheint Einsteins Relativitätstheorie wie eine beiläufige Bemerkung nach dem Sonntagsgottesdienst.

Spöttisch schüttele ich den Kopf. »Warum kann ich kein Superheld sein? Die sind immer gefragt, haben aber keine Partner, um ihren Alltag zu verschönern. Dann reite ich eben alleine weiter.«

»Weil das keiner lesen möchte. Mag sein, dass Marvel damit in Hollywood Erfolg hat, doch hier im tristen Deutschland will man ein Happy End oder zumindest Herzschmerz.«

»Als Superman seine Lois nicht bekommen und sie sogar einen anderen geheiratet hat, haben bestimmt viele Frauen geweint.«

»Ich bezweifle, dass überhaupt irgendeine Frau die Superman-Reihe aufmerksam genug verfolgt hat, um diesen Umstand zu begreifen. Vermutlich haben die sich wegen der Eintönigkeit im Kino lieber auf dem Smartphone den neuesten High-Society-Tratsch angeschaut, als auf die Leinwand zu schauen.«

»Also doch ein Happy End?«

»Oder Herzschmerz! Was würde dir besser gefallen?«

Was wäre besser? Die Frage ist trotz ihrer Einfachheit mit wenig Potenzial für eine eindeutige Antwort versehen. Es bräuchte ein gemeinsames Essay bedeutender Philosophen, um nur annähernd ihre Wichtigkeit zu untermauern. Was – würde mir besser gefallen?

Hätte ich ein besseres oder sagen wir anderes Leben gehabt, wenn eine der beiden Frauen in meinem Leben geblieben wäre? Hätte ich den Sprung ins ungewisse Schriftstellerleben gewagt? Wie märchenhaft anmutend wäre es für sie, als Ehefrau an der Seite eines Autors zu stehen? Ab und an in den Schlagzeilen zu lesen, dass sie seine Muse sei.

Die Wahrheit sieht anders aus. Während der holde Gatte seine Gedanken in der Geschichte vergräbt, hat sie keinerlei Aufmerksamkeit zu erwarten. Jeder hart arbeitende Mann, ein Banker oder von mir aus Investmentbroker würde ihr mehr Liebe schenken als der Schriftsteller. Der Romanschreiber liebt seine Figuren. Hat nur Augen für sie. Bis die Geschichte fertig geschrieben ist und darüber hinaus.

Hätte Claudia ein solches Leben akzeptiert? Zusammen in Amerika, wo sie ihre Karriere vorantreibt und ich sie nach ihrer Sechzigstundenwoche mehr oder weniger ignoriere, bei jeder Gelegenheit einen Notizblock zücke und meine Gedanken zu Papier bringe? Ohne ihren Erfolg zu würdigen oder ihr zur Seite zu stehen, wenn es Schwierigkeiten gibt? So stellen sich die Partner das ruhmreiche Leben eines Bestsellerautors sicher nicht vor.

November 2014

Seit er das Büro betreten hatte, saß Carsten vor dem ausgeschalteten Computer. Zuerst hatte er Frau Müller Rede und Antwort stehen müssen, wie sein erster Urlaub seit Jahren verlaufen war. Besonders der Abstecher in die Schweiz hatte ihr ein neidisch klingendes Quieken abverlangt. Sie war wie ihr Chef eine große Bewunderin von Audrey Hepburn. Carstens Vorzimmerdame rezitierte einen Dialog aus dem Film ›Frühstück bei Tiffany‹ und hob snobistisch ihren Kopf, um ihren voluminösen Hut aus ›My Fair Lady‹ zurechtzurücken. Carsten klatschte Beifall und stellte ihr eine große Karriere im Showbusiness in Aussicht. Enttäuscht war sie, dass die letzte Ruhestätte nicht so gestaltet worden war, wie Frau Hepburn es verdient hätte. Frau Hepburn! Ob der Filmstar von Außenstehenden jemals Frau Hepburn genannt worden war, wagte Carsten zu bezweifeln. Vielleicht ein Page in einem Hotel oder auf dem Filmset. Frau Müller war eine Seele von einem Menschen.

Sie tranken gemeinsam einen Kaffee und begannen den Wochenstart gemächlich. Obwohl Frau Müller Claudia immer so nett als ›Fräulein‹ betitelte, erzählte er ihr nicht, dass sie gestern nach Amerika aufgebrochen war. Ohne ihn. Eine Befragung nach den Gründen für ihre Trennung käme einem Verhör gleich und er hatte keine Antworten, die er preisgeben wollte.

Vor einer halben Stunde hatte er sich in seinem Bürostuhl niedergelassen, aber den Startknopf nicht gedrückt. Mit seinen Gedanken war er weit weg und er weigerte sich, seinen Urlaub endgültig in die Vergangenheit abzuschieben.

Die Sekretärin trat durch die Tür. »Herr Döring, ich habe wirklich versucht, in den ersten Tagen keine Termine auszumachen. Habe alles blockiert, was nicht dringlich erschien. Bei einem ging es nicht. Herr Dr. Pichler hatte kein Einsehen mit Ihnen und hat für heute Nachmittag eine Konferenz anberaumt, an der Sie teilnehmen sollen.«

»So, hat er das?« Carsten setzte ein gehässiges Grinsen auf, was Frau Müller mit einem verständigen Lächeln quittierte. »Mal sehen. Gab es etwas, was während meiner Abwesenheit passiert ist und von dem ich wissen müsste?«

»Nein, es war eher ruhig.«

»Das heißt, ich darf morgen gleich wieder verschwinden und keinem würde es auffallen?«

»Mir würde es auffallen. Wenn Sie keine Arbeit für mich haben, wird mein Arbeitsplatz wegrationalisiert.«

»Der Verlust wäre für die Firma größer als mein Verschwinden, Frau Müller.« Die Sekretärin schaute verschämt zu Boden. Aber man merkte ihr an, dass sie das Kompliment freute.

Irgendwann beendete er die Arbeitsverweigerung und ging der täglichen Beschäftigung nach. Zumindest hatte Carsten eine letzte Schonfrist von drei, vier Minuten, bis der PC hochgefahren war.

Es war jetzt Viertel nach zwei und Carsten lachte in sich hinein, als er sich den Gesichtsausdruck von Dr. Pichler vorstellte. Bestimmt tobte er in seinem Zimmer und schäumte vor Wut. Mit oberflächlicher Gelassenheit schlenderte er gemächlich ans andere Ende des Flurs, um den mittlerweile verstrichenen Termin wahrzunehmen. Dabei war sein Verstand hellwach und seine Augen glichen denen eines Stierkämpfers in den Straßen von Pamplona. Allzeit bereit, den Gefahren zu trotzen.

Carsten lief mit freundlichem Winken und einem »Er erwartet mich« an der Vorzimmerdame des Vorstands vorbei, was dieser missfiel, wie sie mit hochgezogenen Augenbrauen deutlich machte.

»Hallo, Herr Dr. Pichler. Tut mir leid, früher ging es nicht. Was gibt es so Dringendes, was am ersten Arbeitstag unbedingt erledigt gehört?« Carsten spürte, wie Pichler um Fassung bemüht war, als er durch die offene Tür trat. Die Unverschämtheit, ihn warten zu lassen, war er nicht gewohnt.

»Ja, eigentlich wollte ich mit Ihnen um vierzehn Uhr über den Auftrag in Amerika sprechen.«

»Entschuldigung. Wie gesagt: Früher ging nicht.«

»Schon gut. Setzten Sie sich bitte. Mir ist etwas ins Auge gestochen. Die Vorfinanzierung hat da meiner Meinung nach Potenzial für Verbesserungen. Hatten Sie keine Factoring-Finanzierung in Betracht gezogen? Bei der Durchsicht der Unterlagen ist mir diesbezüglich nichts aufgefallen.«

Carsten war geschockt. Was hatte dieser Schmock mit solchen Informationen zu tun? Er war angefressen und versuchte jetzt selbst, Fassung zu bewahren. Mit der Beherrschtheit eines tibetischen Mönches erhob er sich aus seinem Stuhl. So ruhig, wie es ihm möglich war, jedoch mit einer Bestimmtheit, die keine Zweifel an seinem Missfallen aufkommen ließ, antwortete er: »Erstens: Die Finanzierung ist mit Dr. Steinmann besprochen. Das Thema Factoring-Finanzierung wurde von ihm persönlich abgelehnt. Zweitens: Woher haben Sie meine Unterlagen? Die gehen Sie mit Ihrem Fachbereich nichts an.« Was erdreistete sich dieser Clown eigentlich? Dieses Gebaren war nicht nur unüblich, sondern grenzte an eine

Straftat. Die Unterlagen waren streng vertraulich und durften keinem Unbefugten, auch keinem Nebenvorstand, ohne seine persönliche Erlaubnis oder Kenntnis des Vorstandsvorsitzenden, dem er direkt unterstellt war, zukommen. Pichler antwortete nicht, riss nur erschrocken seine Augen auf. »Ich frage Sie ein letztes Mal. Woher haben Sie die Unterlagen? Die sind streng vertraulich.«

»Was soll das heißen? Ich bin im Vorstand dieses Unternehmens und Ihnen weisungsbefugt.«

»Sie haben in meinem Fachbereich keinerlei Befugnisse, Herr Dr. Pichler.« Die Anrede ›Herr Dr. Pichler‹ kotzte Carsten fast über dessen Schreibtisch. »Ausschließlich Herr Dr. Steinmann oder ich dürfen solche Informationen einfordern und weiterreichen. Sie sind lediglich personalverantwortlich. Ich frage Sie ein letztes Mal, woher Sie die Unterlagen haben?«

Pichler stand auf, trat vor Carsten und gab seine gekünstelte Zurückhaltung auf. »Was erlauben Sie sich? So wagt niemand, mit mir zu reden. Und Sie werden das gefälligst ebenfalls unterlassen.«

»Herr Dr. Pichler, Sie werden sich dafür rechtfertigen müssen. Das kann ich Ihnen versprechen.« Carsten drehte um, ohne eine Reaktion abzuwarten, und verließ den Raum. Als er sich auf dem Flur unbeobachtet fühlte, verschwanden seine Falten von der Stirn und seine Mundwinkel wanderten von ganz allein nach oben. Das lief ja besser als geschmiert. Sollten die Spiele beginnen! Er würde Frau Müller gleich auffordern, einen Termin beim Vorstandsvorsitzenden Steinmann auszumachen. Eigentlich hatte er damit gerechnet, mindestens zwei Monate auf Konfrontation gehen zu müssen, bevor er dazu Gelegenheit hätte. Wäre er einen Hauch gläubig, würde er sich jetzt vor Dankbarkeit bekreuzigen.

Am Abend wurde Carsten zu einem kurzfristig anberaumten Gespräch mit seinem Chef und Dr. Pichler gebeten. Am Telefon hatte Steinmann zweimal ausdrücklich darum gebeten, falls er kurzfristig Zeit hätte. Er hatte ihn nicht einbestellt oder hinzitiert. »Herr Döring, was haben Sie denn mit dem armen Herrn Dr. Pichler gemacht? Der war ja bis gerade eben völlig aufgelöst.« Vorstandsvorsitzender Dr. Steinmann zeigte auf einen roten Kopf, der auf einem schwer atmenden Körper saß.

»Das aus gutem Grund. Eigentlich müsste Dr. Pichler sich wegen versuchter Industriespionage rechtfertigen.« Bei diesen Worten durchbrach das Weiß der aufgerissenen Augen schlagartig das Rot der Wangen. Carsten genoss das Spiel. Er hatte den Ablauf dieses Gesprächs in jeder Einzelheit mehrfach in seinen Gedanken durchgespielt. Und die Reaktion seines Opponenten ließ sein Herz höherschlagen. Um sich nicht zu verraten, zog er seine Augenbrauen zusammen und legte die Stirn in Falten. Dass er dabei nicht lachen musste, war nur seiner Selbstbeherrschung zu verdanken.

»Jetzt machen Sie aber einen Punkt. Das geht zu weit.« Steinmann wusste, dass Carsten durchaus einen Grund für eine solche Behauptung hatte, würde es jedoch niemals vor seinem Kollegen zugeben. Er versuchte mit ruhiger Erwiderung, die Spannungen im Raum zu lösen. »Schließlich handelte es sich um ein Mitglied des Vorstandes.«

»Was ihm nicht das Recht gab, hinter meinem Rücken zu agieren. Diese Unterlagen von einem Auftrag, der nicht unter Dach und Fach ist – und unterbrechen Sie mich gern, wenn ich da falsch liege – sind nur für eine Handvoll Leute vorgesehen. Ein Handschlag und eine Absichtserklärung, die etwa der Presse mitgeteilt werden, sind als offizieller Auftrag juristisch schwammig und können jederzeit angefochten und aufgelöst werden. Das wissen Sie. Sie selber haben diese strikte Vorgehensweise veranlasst. Und jetzt fordere ich Herrn Dr. Pichler zum wiederholten Mal auf, mir offenzulegen, woher er diese Informationen hat. Seine Zugangsberechtigungen im Warenwirtschaftssystem oder gar auf meinen PC sind dafür nicht ausreichend freigegeben.«

Jetzt machte sogar der Vorstandsvorsitzende große Augen.

»Ich, ich, ähh …« Pichler stotterte wie ein Teenager, der an der Kasse eines Krämerladens erklären sollte, wieso er vergessen hat, den Kaugummi in seiner Tasche zu bezahlen. Die Gesichtsfarbe könnte ähnlich sein. »Also …« Er setzte sich gerade hin und straffte seine Brust. »Die reizende Frau Wiesmann hat mir auf Anfrage die Unterlagen zusammengestellt.«

Natürlich wusste oder zumindest ahnte Carsten, dass nur diese Schlange so etwas machen würde. Dafür hatte er sich ebenfalls eine Taktik zurechtgerückt. »Wenn das stimmt, und glauben Sie mir, dass ich das gleich überprüfen werde, wird Frau Wiesmann heute noch fristlos entlassen.« Carsten sah gespielt theatralisch auf die Uhr an der Wand. »Wenn sie nicht wie üblich überpünktlich das Unternehmen verlassen hat. Ansonsten morgen.« Sein Plan ging auf. Diese Drohung hatte die beabsichtigte Wirkung.

»Das können Sie nicht machen.« Pichler war aufgesprungen. »Sie hat das auf meinen Wunsch gemacht.«

»Das interessiert mich nicht. Es gibt eine klare Befehlsfolge, wer was wann machen darf und was nicht. Und in der steht nicht Ihr Name, Herr Dr. Pichler. Wenn Frau Wiesmann wirklich vertrauliche Informationen aus der Abteilung an Sie weitergereicht hat, entlasse ich diese Mitarbeiterin.«

Pichler machte einen Gesichtsausdruck, als hätte er an eine Türklinke gefasst, die heimlich mit Zahnpaste verschmiert worden war.

Als die Situation zu eskalieren drohte, bat Steinmann seinen Vorstandskollegen, das Büro zu verlassen, um sich mit seinem direkt unterstellten Mitarbeiter allein zu unterhalten. Widerwillig und völlig konsterniert verließ Carstens Erzfeind das Büro. Nicht ohne ein letztes Mal drohend mit seinem Zeigefinger auf Carsten zu zeigen.

»Herr Döring, was ist denn los mit Ihnen? Haben Sie sich nicht ausreichend erholt? Brauchen Sie noch eine Woche?« Diese Bemerkung seines Chefs war als Scherz gedacht. Zumindest lächelte er bei dieser Aussage.

»Herr Dr. Steinmann, Sie müssen zugeben, dass es nicht hinnehmbar ist, dass eine kleine Angestellte hochsensible Unterlagen in Hände gibt, die nichts damit zu tun haben. Stellen Sie sich vor, irgendein Problem taucht auf. Wir suchen eine undichte Stelle und keiner weiß, wer alles davon wusste. Diese Frau Wiesmann fällt seit Längerem negativ auf. Sehr negativ sogar.«

»Unabhängig von der Vorgehensweise und anderen Verfehlungen der Frau Wiesmann – Sie greifen immerhin einen Vorstand des Unternehmens an. Ich werde ihn auffordern, zukünftig solche Unterlagen direkt bei mir einzufordern oder bei Ihnen. Aber ihm mehr oder weniger Industriespionage zu unterstellen, ist schon eine Hausnummer.«

Carsten und Steinmann hatten ein ruhiges und sachliches Gespräch, bei dem jeder seine Ansichten und Werte offenlegen konnte. Es wurde über die Gesichtsfarbe von Pichler gelacht und gemutmaßt, dass er anschließend gleich sein heimliches Spirituosenversteck in der untersten Schublade seines Schreibtischs aufreißen würde.

Jeder wusste davon. Nur Pichler glaubte sich diesbezüglich sicher.

Carsten und Steinmann hatten sich immer gut verstanden. Warum sollte ein solcher Vorfall einen Keil zwischen sie treiben? Trotzdem machte sein Chef ebenfalls deutlich, dass das Betragen von Carsten gegenüber einem Vorstand anders auszusehen hat.

»Ich werde mich bei dem Herrn Dr. Pichler entschuldigen. Versprochen! Ich bitte Sie aber, mit ihm die Befehlsfolge des Unternehmens durchzugehen. Er hat keinerlei Befugnisse, was meine Abteilung angeht.«

»Das mache ich. Und lassen Sie diese Frau Wiesmann in Ruhe. Ganz offensichtlich hat Herr Dr. Pichler an ihr einen Narren gefressen.«

»Eben. Das scheint ihr den Mut zu geben, permanent meine Anweisungen gar nicht, verspätet oder maximal unzureichend auszuführen.« Carsten setzte nach. »Andere Frauen und Männer werden nach ihren Leistungen bewertet. Diese Wiesmann hat anscheinend eine Sonderstellung. Je schlechter ihre Arbeit ist, desto kürzer werden die Röcke. Und damit kommt sie nur bei Dr. Pichler durch. Nicht bei mir.«

»So schlimm, wie Sie es darstellen, ist es sicher nicht. Sie hat ihren Abschluss in Wien mit Erfolg gemacht und in ihrer vorherigen Tätigkeit gute Arbeitszeugnisse erhalten.«

»Wie sie zu den guten Bewertungen an der Uni gekommen ist, möchte ich mir gar nicht vorstellen. Und Arbeitszeugnisse, das wissen Sie genauso gut wie ich, werden großzügig formuliert, wenn man jemanden endlich loswerden will. Außerdem ist die Weitergabe von vertraulichen Unterlagen kein Kavaliersdelikt. Da sind wir uns einig, oder?«

»Dann geben Sie ihr eine Abmahnung. Da muss man nicht gleich eine Kündigung aussprechen. Die Hauptschuld trägt mein Vorstandskollege.«

»Herr Dr. Steinmann, ich habe von Ihnen eine Zusicherung, dass ich meine Abteilung führen kann, wie ich es für nötig erachte. Das stimmt doch?«

»Ja, und das wird so bleiben. Ich bitte Sie nur darum, sich das Ganze zu überlegen. Können wir uns darauf einigen? Ich möchte meinen Vorstandskollegen Dr. Pichler wohlgelaunt um mich. Ansonsten ist der unerträglich bei den Sitzungen.«

Man hatte in der Firma schon länger den Verdacht, dass dieser Pichler nicht aufgrund seiner Teamfähigkeit auf den Posten gekommen war. Vielmehr hielt sich hartnäckig das Gerücht, dass einer der größeren Aktionäre hier eine Art Maulwurf installiert hatte. Trotzdem versprach Carsten, eine Nacht darüber zu schlafen, was seinen Chef zuversichtlich stimmte.

Wenn der wüsste, dass alles einem Drehbuch entnommen war, das Carsten in den letzten Tagen geschrieben hatte, wäre das Gespräch weniger harmonisch abgelaufen. Sie tranken beide den Cognac aus, den Steinmann ihnen eingeschenkt hatte, und anschließend verließ Carsten dessen Büro. Sein Vorstandsvorsitzender war in Ordnung. Dass er zukünftig nicht weiter mit ihm arbeiten konnte, war einer der Wermutstropfen, den er beizeiten verdauen musste.

Und den Verlust von Frau Müller. Ihrer liebevollen Art würde er gleichfalls nachweinen. Carsten musste lernen, allein zu denken und sich zu organisieren. Das waren vergleichsweise nichtige Dinge zu den Herausforderungen, die es als Arbeitsloser zu bewältigen galt.

Auf der anderen Seite gestand er sich ein, dass er sich seit Langem nicht mehr so lebendig gefühlt hatte wie nach dem ersten Arbeitstag nach seinem richtungsweisenden Urlaub.

Am Abend hielt Carsten ein Bild mit einfachem, in edler Silberoptik gehaltenem Rahmen in seinen Händen und betrachtet die zwei herzhaft lachenden Personen darauf. Es war ein Schnappschuss, der Claudia und ihn auf einer Brücke im Stadtpark zeigte. Claudia krümmte sich vor Lachen und griff beherzt Carstens Jacke. Er umfasste mit geschlossenen Augen Claudia und beugte sich über sie. Es gab davor und danach in seinem Leben keine Situation, die eine ähnlich lustige Reaktion bei ihm hervorgerufen hatte.

In der Hochphase ihrer Beziehung versuchten sie ein Selfie zu schießen, doch ein vorbeilaufender Tourist bot ihnen an, das Foto von ihnen zu machen. Gerade als sie in Pose gestanden und verzweifelt ein gekünsteltes Lächeln aufgesetzt hatten, war in unmittelbarer Nähe ein Kleinkind in eine Pfütze gesprungen. Der Gesichtsausdruck der Mutter war eine Mischung aus Ekel, Schrecken und verzeihender Liebe für ihr Kind. Der eigentliche Grund für ihr amüsiertes Lachen: Die Mutter versuchte, durch einen Sprung nach hinten dem Dreck zu entkommen. Das wiederum zwang einen Fahrradfahrer, der Mutter auszuweichen. Mit knapper Not konnte er die Kollision mit einer Parkbank verhindern, fiel dabei jedoch fast über seinen Lenker. Das Kind begriff zuerst gar nicht, was es mit seinem fröhlichen Wassertanz für ein Chaos angerichtet hatte. Erst zeitversetzt registrierte es den verunglückten Radler und zeigte mit dem Finger auf ihn. Dabei setzte es eine Unschuldsmiene auf, die ausdrückte: Ich war das nicht. Die Situation war dermaßen skurril, dass sie ihm und Claudia half, die gezwungene Haltung aufzugeben. Genau in diesem Augenblick drückte der freundliche Asiat ab. Eine Verkettung glücklicher Umstände, die nur einmal in einem Menschenleben vorkommt. Eine von vielen schönen Erinnerungen, die sie beide zusammen hatten.

Zum ersten Mal kam wegen der Trennung Wehmut bei Carsten auf. Behutsam legte er das Bild ab. Sollte Claudia das Andenken in ihre Zukunft mitnehmen. Das Original war auf Carstens Festplatte gespeichert und er konnte es jederzeit nachentwickeln lassen.

Mit dem Verschließen des letzten Kartons setzte er dem höchsten Stapel im Wohnzimmer die Krone auf. Natürlich hatte Claudia in den Tagen vor ihrer Abreise ihre komplette Habe sorgfältig verstaut. Trotzdem kamen in den verbliebenen Küchenschubläden oder dem letzten Schrank Sachen zum Vorschein, die ihr gehörten und die sie eventuell in Amerika gerne bei sich hätte.

Am nächsten Tag sollte das Umzugsunternehmen kommen und die Wohnung bis auf wenige Kleinigkeiten ausräumen. Dann blieben ihm eine Matratze, ein provisorischer Kleiderständer und ein Paar Körbe mit den nötigsten Lebenserhaltungsutensilien sowie Wäsche und Nahrungsmittel. Mit diesen paar Habseligkeiten ging er in seinen neuen Lebensabschnitt.

Sein Finanzstatus sah durch das Gesparte, Claudias Ablöse und das Aktiendepot sehr gut aus. Fehlte nur die Abfindung seiner Firma und er müsste sich für die nächsten zehn Jahre keine Sorgen um den gewohnten Lebensstil machen.

Wollte er das überhaupt? War nicht das einfache, unplanbare Leben früherer Tage das glücklichere? Mit all den Sorgen und Ängsten, wie er zukünftig seine Ziele verfolgen konnte? Immer mit dem Fokus darauf, ob seine Waisenkinder genug zu Essen und eine Zukunft hatten?

Um sich abzulenken, setzte er sich auf den Boden vor seinen Laptop und versuchte, die Ratschläge aus dem literarischen Lehrmaterial in Zeilen umzusetzen. Mit den Gedanken an früher, an die lustigen Episoden und mit den Erinnerungen an seine alten Freunde und Kollegen im Waisenhaus kam ihm die Idee für eine Geschichte, die er in einer Art Grobskizzierung für einen Roman festhielt. Ein unausgereifter Plot, der darauf wartete, zielgerichtet von Seite eins an geformt zu werden, damit der Leser für ein paar vergnügliche Stunden dem Alltag entfliehen konnte. Amüsiert über seine Ambition, Autor zu werden, grinste er frech vor sich hin. Es lag ein langer Weg vor ihm, wenn er tatsächlich eine Selbstständigkeit als Schriftsteller einschlagen wollte.

»Nachdem ich nicht einmal das erste Buch fertig habe, sollten solche Träume vorläufig keinen Platz haben.« Mit wem redete er allein auf dem Boden sitzend? Gefrustet klappte er den Laptop zu und ging zum Kühlschrank. Von der kleinen Lampe richtig in Szene gesetzt, strahlte die Flasche Wein eine gewisse Anziehungskraft aus. Carsten widerstand der Versuchung. »Wenn ich jetzt immer Alkohol trinke, bin ich in spätestens drei Monaten Alkoholiker.« Langsam machte ihm die Situation Angst. »Außerdem sollte ich aufhören, ständig mit mir selber zu reden.«

Er ging zurück und setzte sich auf den harten Parkettboden. Klappte den Laptop erneut auf, schrieb aber nicht, sondern starrte auf das hübsche Begrüßungsbild von Windows. Obwohl er machen konnte, was er wollte, fühlte er sich nicht frei. Im Gegenteil – neben ihm waren die Kartontürme zwischen diversen Möbelstücken aufgestellt, die darauf zu warten schienen, ebenfalls aus seinem Umfeld zu entkommen. Genau wie Claudia und genau wie Stefanie. Er war deprimiert.

Vielleicht nur verunsichert, aber er musste dagegen ankämpfen. Schwerfällig stand er auf und schnappte sich seine Jacke. Während des Spaziergangs konnte er mit Pap telefonieren. Der hatte ihm prophezeit, dass diese Phase eintreten würde. Dass es so schnell gehen würde, hatte er nicht gesagt.

Die letzten Tage im Büro waren wie im Flug vergangen. Allerdings wie ein Flug von Frankfurt nach Australien. Über Dubai, wo man sieben Stunden im Flieger sitzend warten musste, weil ein Sandsturm den Weiterflug verhinderte. Mit einer kleinen Warteschleife über Sidney, da Kängurus über die Landebahn hoppelten. Zu allem Überfluss konnte bei der Gepäckausgabe der eigene Koffer nicht gefunden werden.

Auf eine Abmahnung für die Wiesmann verzichtete Carsten vorerst. Er hielt sich die Option offen, falls es nötig wurde, die Schlagzahl zu erhöhen. Allerdings hatte er sie am nächsten Tag zu einem Personalgespräch in sein Büro geholt und ihr den Kopf gewaschen. Die gute Frau sank tiefer und tiefer in den Stuhl, während Carsten vor ihr herumtanzte und den Anschein erweckte, im nächsten Moment sein Laserschwert zu ziehen. Mit der Aussicht auf eine negative Auslegung bei der nächsten Personalbeurteilung schickte er sie zurück an ihre Arbeit.

Wie mit Steinmann besprochen, entschuldigte er sich bei Dr. Pichler, bat ihn jedoch ebenfalls seine Fallakte zurückzugeben und digitale Kopien unwiderruflich zu löschen. Es klang mehr wie eine Aufforderung, man hätte es auch als unmissverständlichen Befehl interpretieren können.

Fortan provozierte er Pichler durch Anfragen nach Statistiken, die ihm bezüglich weiterer Personalanforderungen ausgehändigt werden sollten. Dann beantragte er neue Mitarbeiter, um die Fehler der Vergangenheit zu korrigieren. Dass die Fehler aufseiten seines Personalvorstandes zu suchen waren, erwähnte er nicht explizit, es war aber deutlich herauszulesen.

Die Reaktion auf dieses Verhalten ließ nicht lange auf sich warten. Pichler kam mit dem obligatorischen roten Schädel durch seine Tür geschossen, nachdem Carsten bei seinem letzten Telefonat mit ihm einfach aufgelegt und einen Rückruf von Pichler ignoriert hatte. »Was bilden Sie sich ein?«

Das Gespräch zwischen ihnen glich einem Gladiatorenkampf auf Leben und Tod. Beide drohten sich mit erhobenen Zeigefingern und bei der Nähe zueinander hätte jede ruckartige Bewegung den Verlust des Augenlichts beim Kontrahenten zur Folge haben können. Süffisant lächelnd verließ Pichler den Raum. Ob er Carstens Bluff durchschaut und das Feld vorübergehend geräumt hatte oder ob Dietmar Pichler sich wehren würde in dem Wissen, dass er die besseren Karten in der Hand hielt, blieb offen. In letzterem Fall hätte er allerdings sein Gegenüber, in diesem Fall Carsten Döring, und seine Absicht nicht richtig gelesen.

Selbst die gute Frau Müller traute sich nach dem Geschrei für den Rest des Tages nicht in sein Büro.

Ein paar Tage vor Weihnachten war es so weit. Dr. Steinmann gab einen Termin vor, der nicht diskutiert werden konnte.

Der Raum war schwach beleuchtet und die wenigen Lichtstrahlen, die von außen hineindrangen, schafften es kaum, die aufkommende Schwermut zu vertreiben. Sein Plan war aufgegangen. Es gab kein Zurück mehr. Jetzt, wo er hier seinem Chef gegenübersaß, kam eine Unruhe in ihm auf, die er so bisher nicht kannte. Steinmann bestellte ihn zu einem Gespräch und Carsten wusste, dass er seinem gesetzten Ziel nähergekommen war. Die Frage, die sich ihm stellte: War es das richtige Ziel?

In den letzten Wochen hatte er Pichler provoziert, wo er konnte. Auf nicht gerade subtile Art reizte er sein Blatt aus, bis eine Entscheidung fallen musste. Entweder Carsten verlor seinen Job oder er gewann und musste bleiben, während Pichler gehen würde. Also verlor Carsten ebenfalls. Diese Befürchtung zerschlug sich schnell. Gegen Vorgesetzte verliert man immer.

»Herr Döring, es tut mir leid, dass wir kurz vor Weihnachten dieses Gespräch führen müssen. Aber irgendwie haben Sie es darauf angelegt.«

»Ich verstehe nicht ganz, was Sie meinen, Herr Dr. Steinmann.« Carsten mimte den Unwissenden. »Mir ist durchaus bewusst, dass die ständigen Provokationen von Dr. Pichler aufhören müssen. Ich hatte gehofft, dass Sie ein solches Gespräch mit dem Opportunisten führen und nicht mit seinem Opfer.«

»Als Opfer möchte ich Sie nicht bezeichnen. Dafür sind Sie viel zu intelligent und selbstbewusst. Aber ich gebe Ihnen durchaus recht, dass es eines klärenden Gesprächs mit Herrn Dr. Pichler bedarf.« Man sah Steinmann an, dass er nicht aussprechen wollte, was gleich folgen sollte. Er und Carsten hatten immer ein gutes Verhältnis zueinander. Stets professionell und auf eine freundschaftliche Art und Weise. Steinmann war für Carsten fast ein väterlicher Freund. Oft hatte er ihn in seiner Anfangszeit zur Seite genommen und wertvolle Tipps gegeben. Steinmann wusste immer, dass er von Carsten keinen Dolch in den Rücken gestochen bekam. In dieser Führungsebene war das eher eine Seltenheit. Carsten wusste, dass er Steinmann seinen Aufstieg in der

Firma verdankte. Was nicht gerade half, sein schlechtes Gewissen abzumildern.

Wie sehr Steinmann mit sich kämpfte, erkannte Carsten an seiner Verzögerungstaktik. Vielleicht legte er sich einen Schlachtplan für das Gespräch zurecht, während er sich zum versteckten Barfach im Wandschrank bewegte. Carsten beobachtete aus seinem Sessel heraus, wie er sich und seinem Mitarbeiter einen Cognac einschenkte.

»Sie trinken einen mit, Herr Döring?«

»Ja, sehr gerne.« Um dem Vorstandsvorsitzenden entgegenzukommen und die Situation aufzulockern, stand Carsten auf und ging auf ihn zu. Steinmann streckte ihm ein Kristallglas entgegen und stieß mit Carsten an. Es klang nach, als das Aroma des leicht süßlichen Eichentons in Carstens Nase ankam.

Er spielte mit den Lichtreflexen und zelebrierte kennerhaft die Degustation, bevor der erste Schluck seine Zunge berührte. Er machte sich nicht viel aus Cognac oder anderen Spirituosen. Aber er wusste, dass sein Chef umso mehr dafür schwärmte. Mit einem für Steinmann nicht erkenntlichen raschen Seitenblick las Carsten das Etikett der Flasche.

»Ein schöner, fast goldener Farbton. Und was rieche ich? Pflaume? Eiche?« Carsten hatte von solchen Verkostungen keine Ahnung. Als Steinmann bei einem seiner letzten Besuche von seinem Lieblingscognac geschwärmt hatte, recherchierte Carsten im Internet und lernte alles darüber, was er wissen musste. Und jetzt war es an der Zeit, den Erfolg dafür zu kassieren.

»Sehr gut erkannt, Herr Döring. Mein Lieblingscognac, ein Baron Otard XO Gold und für besondere Gäste reserviert. Einer meiner Vorstandskollegen würde niemals dazu eingeladen werden. Der Banause hat auf der letzten Finanzsitzung sogar Wasser in seinen Whiskey getan. Können Sie sich das vorstellen? Wasser!«

Carsten konnte und lächelte vornehm über diese Äußerung. Ihm war das grundsätzlich egal. Aber wer etwas von anderen möchte, muss sich eben anpassen und seine eigene Meinung zurückhalten.

»Setzen wir uns wieder.« Steinmann zeigte Carsten die Richtung an, die das Gespräch nehmen würde, sowie das Tempo, das er sich dafür wünschte. Er sah Carsten lange und intensiv an, bevor er die alles entscheidende Frage stellte. »Herr Döring, was wollen Sie wirklich? Sie wissen, dass Sie einen Kleinkrieg gegen einen Vorstand nicht gewinnen können. Sogar mit meiner Hilfe nicht. Also, warum legen Sie sich mit ihm an?«

Jetzt hieß es, den Tretminen aus dem Weg zu gehen. Steinmann war sehr geschickt darin, das Gesprächstempo entsprechend zu forcieren. Mal schaltete er einen Gang herunter, um anschließend mit durchgetretenem Gaspedal zu beschleunigen. Ein anders Mal fuhr er viel zu hochtourig und drohte den Motor absterben zu lassen. Es war ein alter Fuchs, dem Carsten gegenübersaß. Gerne hätte er ihm die Wahrheit erzählt, doch das ging nicht.

»Ich stecke mein Territorium ab. Ansonsten würde mir jeder auf der Nase herumtanzen. Ich muss für die Zahlen und meine Abteilung geradestehen. Das mache ich gerne. So lange, wie ich auch alleinverantwortlich die Fäden in den Händen halte. Dr. Pichler überschreitet seine Kompetenzen und das wissen Sie auch. Falls etwas schiefgeht, sieht man diese Art von feinen Herren nicht mehr. Dann ist er beim Golfen oder versteckt sich woanders.«

War das zu viel? Carsten glaubte nicht. Bei aller Vorsicht musste er trotzdem seinen Unmut äußern. Sonst bekam er womöglich einen Unterstützer und eine zweite

Chance, sich zu rehabilitieren. Steinmann konnte seinem Vorstandskollegen nicht in den Rücken fallen. Aber wie weit war er bereit, gegen Carsten vorzugehen?

»Was machen wir jetzt mit der verfahrenen Situation?«

Rhetorisch geschickt, befand Carsten. Stelle eine offene Frage, wenn du den anderen zum Reden bringen möchtest. Das konnte er auch. »Was sagt denn Ihr Vorstandskollege? Wie möchte er denn deeskalieren?«

Steinmann gönnte sich einen weiteren Schluck, bevor er antwortete. »Wenn es nach ihm geht, werden Sie geköpft!«

»Geköpft?« Carsten hatte den Lacher dafür insgeheim geübt. Ob jetzt ›geköpft‹ oder ›gekündigt‹, war egal. Alles, was zählte, war der Umstand, dass Pichler ihn loswerden wollte. »Und wahrscheinlich will er dann seine Frau Wiesmann auf meinem Posten installieren?« Carsten schüttelte den Kopf. Auch das hatte er in seiner Vorstellung geprobt. Es sollte ja tatsächlich verwundert aussehen. »Dass die Frau keinerlei Befähigung dafür hat, ist Ihnen klar, Herr Dr. Steinmann?«

»Natürlich ist mir das bewusst. Wie hatten Sie sich letztens ausgedrückt: Da können ihre Röcke noch so kurz werden, für die Stelle brauche ich Kompetenz. Ich brauche Sie, verdammt noch mal!« Steinmann schien ehrlich aufgebracht. Dass er emotional reagierte, war untypisch für solche Unterhaltungen.

In jedem Verkaufsgespräch – und das hier war nichts anderes – gab es einen Zeitpunkt, um zuzuschlagen. Verpasste man diesen, war die Chance vorbei und man ging als Verlierer vom Feld. »Unabhängig von Ihren anerkennenden Worten für meine Arbeit, für die ich außerordentlich dankbar bin, das können Sie mir gerne glauben, geht es demnach darum, dass ich kusche oder gehen muss. Verstehe ich das richtig?« Jetzt war es ausgesprochen.

»Ich befürchte: Ja, Herr Döring.«

»Dann sollten wir uns über die Art und Weise meines Abschieds unterhalten. Denn vor Dr. Pichler werde ich sicher nicht das Kriechen anfangen.«

Resigniert beugte sich Steinmann über seinen Schreibtisch. Sein Kinn streifte fast die Tischplatte, so sehr drückte ihm der ungewünschte Gedanke seinen Kopf nach unten. Um sich ebenfalls enttäuscht zu zeigen, holte Carsten tief Luft, streckte sich und machte ein betretenes Gesicht. Natürlich einstudiert. Vielleicht sollte er anstatt Schriftsteller lieber Schauspieler werden. Man konnte ihm ein gewisses Talent nicht absprechen. Was ihn allerdings bedrückte, war der Umstand, dass er dieses Laienschauspiel vor Steinmann aufführen musste.

»Keiner verlangt, dass Sie kriechen. Aber etwas diplomatischer müssten Sie sein. Egal ob bei uns oder in der nächsten Position. Solche Typen gibt es in jeder Firma, das wissen Sie.«

»Dort würde ich mich ebenfalls meiner Position und meinem Status entsprechend benehmen.«

»Was machen wir jetzt? Wollen wir es wirklich so enden lassen?« Steinmann holte tief Luft. »ICH – möchte das nicht so enden lassen, Herr Döring.« Das Gespräch drohte zu kippen. Wenn seine Position durch das Zutun von Steinmann gefestigt werden würde, saß er weitere Jahre auf seinem Stuhl. Steinmann wollte ihn nicht loswerden, das passte nicht zu seiner Absicht. Obwohl für diese Aussage sehr dankbar, musste Carsten reagieren, sonst hätte sich sein schöner Plan in Luft aufgelöst.

Jetzt war es wichtig, dass er handelte. »Wenn Dr. Pichler das möchte, und Sie nichts machen können, dann ja. Dann werde ich meinen Platz räumen.« Ein gefährliches

Manöver, das Carsten da versuchte. Wenn Steinmann wollte, konnte er sehr wohl etwas machen. Carsten hoffte, dass ihm der Friede in der Vorstandschaft mehr am Herzen lag, als ihn zu verlieren.

Mittlerweile war es so dunkel im Raum, dass das spärliche Lämpchen der offenstehenden Bar keine Erleuchtung brachte. Weder was die Helligkeit im Raum anging noch für die Klärung in diesem Fall.

»Gibt es denn nichts, mit dem ich Sie umstimmen kann? Früher oder später würden Sie mit am Vorstandstisch sitzen. Die Karriere im Unternehmen ist für Sie vorgezeichnet. Wollen Sie das aufgeben, nur weil Sie etwas nachgeben müssen?«

»Herr Dr. Steinmann, bitte entschuldigen Sie meine Offenheit. Aber hier geht es nicht um nachgeben. Hier werden mir gerade die Eier in einen Schraubstock gesteckt. Und das von jemandem, der nicht ansatzweise Ihre Reputation oder Ihr Wissen vorweisen kann. Herr Dr. Pichler mag damit durchkommen. Ich ziehe mich lieber zurück, bevor es wehtut. Wenn ich mich irgendwann für fähig und wert erachten möchte, auf einer Position wie der Ihren zu stehen, muss ich für meine Überzeugungen geradestehen. Bei aller Diplomatie, die auf Ihrem Stuhl gefordert wird.«

In einer Biografie von Steinmann würde niemals etwas stehen, was ihn kompromittieren könnte. Er mochte den Untiefen auf dem Weg zur Spitze geschickter ausgewichen sein, als es momentan bei Carsten den Anschein hatte, allerdings war er bekannt dafür, sich integer in seiner jeweiligen Stellung zu bewegen. In allen Machtkämpfen, die er durchstehen musste, hatte er sich niemals vorwerfen müssen, dass er faule Kompromisse eingegangen war. Vielleicht war das der Grund, warum Carsten jetzt in das Gesicht eines Mannes sah, der zufrieden lächelte, obwohl er seinen Protegé verlieren würde.

Steinmann setzte sich aufrecht hin, sortierte etwas auf dem Schreibtisch und erst dann sprach er aus, was Carsten insgeheim gehofft hatte. »Na gut, Herr Döring«, eine letzte Pause, »dann müssen wir uns über einen Aufhebungsvertrag unterhalten. Was ich persönlich sehr bedauere. Das wissen Sie.«

»Ja, Sie haben meine Arbeit immer geschätzt. Sie als Chef zu verlieren, ist für mich der größte Rückschlag. Um die Arbeit geht es mir nicht. Ich werde fast wöchentlich von Headhunters kontaktiert. Aber das Wohl der Firma war mir in der Vergangenheit immer wichtig. Natürlich bin ich ersetzbar. Meine Angst geht in eine andere Richtung. Sie brauchen auf diesem Posten jemanden, der klar Stellung beziehen kann. Keinen Ja-Sager.« Jetzt tat Carsten, als überlege er sich eine Lösung für dieses Dilemma. Manche Schauspieler in Hollywood würden für diese Vorstellung vom Oscar träumen. »Ich hätte da einen Namen für Sie. Eigentlich wollte ich die Person bereits früher in die Firma holen und einen Teil meiner Aufgaben an sie übertragen. Vermutlich wäre ich nach dem Jahreswechsel diesbezüglich auf Sie zugegangen. Das Arbeitsvolumen hat in den letzten Jahren einfach überhandgenommen.«

»Wer ist diese Person? Ich weiß, dass Sie recht haben. Mich wundert es schon lange, dass Sie keine neuen Mitarbeiter angefordert haben.«

»Oh, das hatte ich. Ihr Vorstandskollege hat das immer abgeblockt. Wussten Sie das nicht?«

»Nein.« Jetzt schien der Ärger über diesen Pichler weiter zuzunehmen. »Davon hatte ich keine Ahnung. Kein Wunder, dass die Situation so eskaliert ist.« Und mit einem ehrlichen Bedauern fügte er hinzu: »Herr

Döring, es tut mir wirklich aufrichtig leid, dass ich mich nicht eher um Sie gekümmert habe. Dann wäre einiges anders gelaufen. Aber Sie waren immer die Abteilung, die funktionierte. Wir haben so viele Baustellen im Unternehmen, da war ich einfach froh, mich nicht auch um Sie kümmern zu müssen. Verstehen Sie das?«

»Ja, natürlich. Ich hätte ja auch auf Sie zukommen können. Das Ganze ist sehr unglücklich gelaufen.«

»Das stimmt. Aber das wird mir kein zweites Mal passieren. Ich werde zukünftig Herrn Pichler mehr auf die Finger schauen.«

Carsten kannte das. Wenn Steinmann ärgerlich reagierte, wurde der akademische Grad gerne von ihm ignoriert. »Wer ist denn der Favorit für Ihre Nachfolge?«

»Lassen Sie uns erst den Aufhebungsvertrag besprechen. Dann werde ich mich dazu äußern. Einverstanden?«

»Natürlich.« Das war professionell. Quid pro quo! Geben und Nehmen! Steinmann nahm einen Block und einen Stift, notierte sich Datum und Grund des Protokolls und sah zu Carsten, der allerdings nicht das Wort ergreifen wollte, bevor sein Chef anfing. Was dieser auch tat. »Dann nennen Sie mal eine Summe für eine gütliche Einigung.«

Was folgte, war das übliche Feilschen zwischen dem Wert einer Arbeitskraft und dem Willen, diese nicht weiterhin beschäftigen zu wollen. Carsten stieg hoch ein und forderte zwei Jahresgehälter. Was natürlich völlig überzogen war. Dazu eine zeitnahe Übergabe seiner Aufgaben mit unmittelbar anschließender Freistellung bis zum Jahresende. Das Arbeitszeugnis erbat er sich von Steinmann persönlich. Er wusste, dass er sich damit überall bewerben konnte. Egal ob momentan gewollt oder nicht.

Schlussendlich einigte man sich auf eineinhalb Jahresgehälter, was sogar mehr war als erhofft.

»Falls ich eine Bitte äußern darf: Die Kosten für meinen Rausschmiss sollten Sie aus dem Etat von Herrn Dr. Pichler begleichen. Dann überlegt er sich beim nächsten Mal eher, ob er den Kopf von jemanden fordert.«

»Mal sehen, was ich machen kann. Die Idee ist gut, ob sie sich allerdings umsetzen lässt, weiß ich nicht.« Damit hatte Steinmann sein übliches freundliches Gesicht zurückgewonnen. Carsten vermutete, dass Steinmann sehr wohl die Abfindung von Pichler einfordern würde. Da ging es nicht um Kleinbeträge.

»Nachdem wir jetzt das leidige Thema abschließen konnten – und ich möchte erneut betonen, wie sehr ich es bedaure –, kann ich vielleicht etwas anderes für Sie tun.«

Carsten war gespannt, was neben der üppigen Zahlung an ihn herausspringen würde. Seinen Firmenwagen brauchte er nicht. Der stand die meiste Zeit in der Garage. Eine lange Kündigungsfrist über den ersten Januar hinaus war nicht gewünscht. Das würde seinen Umzug nach Berlin verzögern. »Sie haben sich mir gegenüber großzügig gezeigt, was möchten Sie drauflegen? Eine Abschiedsfeier, bei der Herr Dr. Pichler eine Laudatio auf mich hält?«

Steinmann lächelte, als er ›großzügig‹ hörte, nickte aber verständnisvoll und zeigte, wie sehr er Carsten und seine Arbeit zu schätzen gelernt hatte. »Nein, die müssen Sie selber organisieren. Was ich meine, geht etwas weiter.« Wieder eine dieser Pausen, um sich die Worte zurechtzulegen. »Sie wissen, dass ich beste Beziehungen in Österreich, in der Schweiz und nach Deutschland habe. Deshalb biete ich zu gerne an, Sie an ein Top-Unternehmen im DAX- oder MDAX-Bereich zu vermitteln. Die könnten sich alle glücklich schätzen, wenn Sie sich für einen von ihnen entscheiden. Was sagen Sie dazu?«

Carsten war sprachlos. Das war ein riesiges Kompliment von Steinmann, mit dem er niemals gerechnet hatte. Von einem Mann, der in der Hierarchie und Reputation um einige Stufen höher stand als er.

Auf einer Veranstaltung für Führungskräfte hatte er in einem schwachen Moment einmal erwähnt, dass er bislang allen lukrativen Abwerbungsversuchen von befreundeten Vorständen namhafter Unternehmen widerstehen konnte. Dass er jetzt ihm diese Tür offenhielt, war ein Freundschaftsdienst, der gar nicht hoch genug gewürdigt werden konnte. Und, ja, eine Verbeugung vor seiner geleisteten Arbeit.

»Das ist womöglich das größte Kompliment, das ich jemals erhalten habe, Herr Dr. Steinmann. Ich bedanke mich ganz herzlich dafür.« Mit jeder Silbe, die er ausgesprochen hatte, meinte Carsten das ehrlich.

»Ach, keine Rede. Das haben Sie sich verdient.«

Jetzt hieß es höflich abzulehnen. Wie konnte man eine solche Geste der Hochachtung ausschlagen, ohne das Gegenüber vor den Kopf zu stoßen? »Die Ereignisse der letzten Zeit, im privaten und geschäftlichen Bereich, haben mich viel Kraft gekostet. Sie wissen es nicht, aber meine Verlobte und ich haben uns getrennt. Ein weiterer Punkt, der zu meiner kleinen Sturheit führte.« Carsten dachte nach, wie er weiter vorgehen wollte. »Durch den gerade beschlossenen Aufhebungsvertrag und diese Trennung ergibt sich für mich aber die einmalige Gelegenheit, eine Pause einzulegen und etwas Kraft zu tanken. Meinen Sie, ich könnte zu einem späteren Zeitpunkt auf Ihr tolles Angebot zurückkommen? Ich denke, ich brauche diese Auszeit. Muss mich neu organisieren und den Fokus neu ausrichten.«

»Das wusste ich gar nicht. Tut mir leid zu hören.«

»Es ist erst wenige Wochen her. Sie hat eine Gelegenheit für einen Karrieresprung in Amerika bekommen. Nachdem ich nicht mitwollte, haben wir unsere Beziehung hinterfragt und festgestellt, dass es so besser für uns beide ist. Und nachdem mein Job jetzt gleichfalls weg ist, muss ich auf die Schnelle eine neue Wohnung suchen. Das war das nächste offene Thema.« Unser Apartment wäre für mich alleine viel zu groß. War sogar für zwei Personen zu groß.«

»Da kommt ja gerade einiges auf Sie zu. Dann verstehe ich natürlich, dass Sie erst zur Ruhe kommen müssen. Selbstverständlich können Sie jederzeit bei mir anrufen. Mein Angebot bleibt unbegrenzt bestehen. Ich meine, solange ich die Möglichkeit dazu habe. Versteht sich.«

»Natürlich! Ich werde einen kleinen Tapetenwechsel vollziehen. Eine längere Reise, Freunde besuchen und die Welt kennenlernen. Aber in ein paar Monaten könnte Sie mein Anruf überraschen.«

»Wird er nicht. Ich freue mich darauf.«

Um das Gespräch zu einem Abschluss zu bringen, erwähnte Carsten erneut den Vorschlag für seine Nachfolge. »Herr Dr. Steinmann, ich schulde Ihnen noch den Namen für eine Nachfolge. Bitte glauben Sie mir, den bringe ich mit voller Überzeugung vor, was die Befähigung und Qualifikation für die vakante Stelle betrifft. Ich würde an Ihrer Stelle mit Frau Christine Gass aus Zürich reden. Sie arbeitet dort in unserer kleinen Niederlassung fast in gleicher Position. Nur eben mit kleineren Zahlen. Ich habe sie und ihre Zuarbeit bei den Abschlüssen sehr zu schätzen gelernt. Sie ist kompetent, teamfähiger als ich«, das sagte Carsten mit einem Lachen auf den Lippen, »und belastbar. Frau Gass könnte ohne große Einarbeitungszeit den Laden schmeißen. Sie ist sehr sympathisch. Was ebenfalls für sie spricht: Ihr Lebensgefährte arbeitet freiberuflich online, irgendetwas mit Informatik. Das hat sie mir bei einer Geschäftsreise letztes Jahr anvertraut. Und ihre beiden Kinder sind im Vorschulalter. Wäre also ebenfalls kein Problem.«

»Das klingt sehr vielversprechend. Den Namen hatte ich gar nicht auf dem Schirm.«

»Sie kommt nicht aus Zürich. Soll heißen, sie ist grundsätzlich ihrer Stadt nicht mit dem Herzen verbunden. Bei einer guten Möglichkeit für einen Aufstieg sagt sie bestimmt nicht nein.« Carsten war froh, sich für all die Komplimente, die er erhalten hatte, zumindest etwas revanchieren zu können. »Wenn Sie möchten, stelle ich den Kontakt her. Allerdings würde das Ansinnen, wenn Sie persönlich anrufen, höher gewertet werden.«

»Da haben Sie recht. Vielleicht können Sie mir ein paar Daten und die Kontaktadresse zusammenstellen.« Carsten versprach das für den nächsten Tag. Bald war Weihnachten. Also blieb nicht viel Zeit, wenn eine Übergabe bis Neujahr erfolgen sollte.

Die Verabschiedung dauerte länger. Steinmann schüttelte Carstens Hand unablässig, als wollte er ihn nicht gehen lassen. Selbst seine unübliche herzliche Umarmung war nicht peinlich, sondern der Respekt, den Carsten niemals für sich erwartet hatte.

Auf dem Heimweg überkam ihn dann die Schwermut. Das gesteckte Ziel war erreicht, das Arbeitsverhältnis zu seinen Gunsten beendet. Während der Fahrt fragte er sich permanent, ob er die Zielsetzung für sein zukünftiges Leben richtig ausgegeben hatte. Es machte ihm keine Angst, dafür stand er zu fest im Leben. Etwas Unsicherheit erlaubte er sich. Es gab schließlich kein Zurück.

Verlobte weg, Wohnung weg, Job weg – andere in dieser Situation dachten an Selbstmord. Carsten dachte an Stefanie. Die ebenfalls aus seinem Leben verschwinden würde.

Nach der Trennung das erste Mal im Stehen pinkeln, verbuchte Carsten als besonderes Highlight. Er stellte sich vor, wie Claudia reagieren würde, wüsste sie, dass er seine neugewonnene Freiheit schäbig ausnutzte. Trotzig hob er die Brille nach oben und ließ seinem Verlangen freien Lauf. Es fühlte sich gut an, dass er sich nicht länger den Zwängen einer Frau unterwarf.

Sein pubertäres Benehmen löste Heiterkeit bei ihm aus. Was ihm guttat, um sich nicht von den Ängsten übermannen zu lassen. Er grübelte bereits zu lange über ›Was wird aus mir?‹ oder ›Habe ich alles richtig gemacht?‹. Er schloss die Augen und versuchte alles aus sich herausfließen zu lassen, alles, was ihn bedrückte. Fertig mit dem männlichen Gehabe, bemerkte er, dass es durchaus Sinn ergab, sich bei diesem Geschäft hinzusetzen. Er wischte die Klobrille sauber und nahm sich für die Zukunft vor, gewisse Konditionierungen weiter beizubehalten.

Zurück am provisorisch aufgebauten Schreibtisch schrieb er in Gedanken eine To-do-Liste und hakte Punkte ab. Die meisten Aufgaben waren erledigt. Bevor er nach Berlin aufbrechen wollte, blieb ein letzter schwerer Gang.

Seit Tagen hatte er sich den Kopf zermartert, wie er es anstellen konnte. Was für Möglichkeiten er hatte. Er gestand sich ein, dass er nicht genug Fantasie besaß, sich eine Alternative auszudenken.

Mit schweißnassen Händen verließ er die Wohnung und ging die wenigen Meter durch das Treppenhaus. Eine zentnerschwere Eisenkugel an seinen Füßen verlangsamte jeden seiner Schritte. Als hielte ihn Amor persönlich zurück, diesen Weg zu beschreiten. Vor ihm lag der Bogen mit gebrochenem Pfeil des Liebeshelden und er trat ihn zur Seite – dieses Symbol des Scheiterns.

Er hörte bereits hinter verschlossener Tür ihre Schritte, und wie sie mit sich rang zu öffnen. Carstens Herz schlug ihm bis zum Hals. So sehr er den Moment herbeigewünscht hatte, so stark war seine Angst davor. Die Zeit des Abschieds war gekommen und er wollte Klarheit schaffen. Ein offenes Gespräch, dass sie sich als Freunde trennen konnten. Egal, wie stark die Gefühle waren. Ihrer beider Gefühle waren echt. Sie waren leidenschaftlich und kamen tief aus ihren Herzen. Aber anscheinend nicht stark genug für eine gemeinsame Zukunft.

»Hey!« Mit gesenktem Blick stand Stefanie vor ihm, an die Haustür gelehnt, als müsste sie sich festhalten und um Fassung bemüht. »Tut mir leid, dass ich dich ignoriert habe. Ich konnte und wollte mich damit nicht beschäftigen. Ist mir allerdings nicht gelungen. Sorry!«

Als er ihre müden Augen sah, begriff er schnell, dass sie sogar mehr als er unter der Situation litt. Er war durch die Trennung von Claudia, den bevorstehenden Umzug und die Probleme in der Arbeit abgelenkt von seinen schweren Gedanken. Sie musste eben allein eine Lösung für sich finden. Und sie hatte sich dafür entschieden, so zu tun, als wäre es nie geschehen.

»Kann ich kurz mit dir reden. Ich wollte mich von dir …«, er korrigierte sich, »ich meine von euch verabschieden.« Er suchte nach Geräuschen in ihrer Wohnung, die die Anwesenheit von Frederik andeuteten.

»Komm rein! Es wird Zeit, dass wir reden. Frederik ist nicht da.« Sie ging vor ihm in die Küche und überließ es ihm, die Eingangstür zu schließen. »Was heißt, du möchtest dich verabschieden?« Er folgte ihr mit weichen Knien.

»In meinem Leben gibt es gerade eine Hundertachtzig-Grad-Wendung. Es ist so viel passiert, dass ich mich kaum daran erinnere, wie es vor einigen Wochen ausgesehen hat.«

»Bin ich daran schuld?« Ihre Bewegung stockte.

»Nein!« Das Nein kam schnell, klar und deutlich und voller Überzeugung. »Vor unserem …« Carsten wollte nicht Seitensprung sagen, fand aber keinen passenderen Begriff.

Stefanie nahm ihm die Entscheidung ab. »Sag es ruhig: Fehler!«

»Ich wollte Seitensprung sagen. Es war eine Vielzahl an Bedingungen, die gleichzeitig vorhanden waren. Ein Fehler war es sicher nicht.« Stefanies Körper verkrampfte sich. »Vor diesem Tag war ich komplett unzufrieden mit mir und jede Faser meines Körpers wollte einen Umbruch. Wollte ausbrechen aus dem Korsett, das mich zuschnürte und mir die Luft nahm. Du hast mich an einem Punkt gefunden, der für dich sehr ungünstig war und das, was geschehen ist, heraufbeschwor. Zu einem anderen Zeitpunkt wäre es nie so weit gekommen.«

Stefanie nickte stumm. Weil keine weiteren Reaktionen von ihr kamen, redete er weiter. »Claudia ist nach Amerika und wir haben uns getrennt.« Endlich drehte sie sich um.

Ihre Augen waren aufgerissen und der Mund stand offen. »Ihr habt euch getrennt? Und das soll nichts mit dem, was passiert ist, zu tun haben?«

»Gar nichts. Sie weiß nicht, was passiert ist. Ich wollte es ihr beichten, doch bevor ich es konnte, platzte ihre Neuigkeit dazwischen. Sie hat dem Lockruf eines tollen Angebots nachgegeben. Deshalb behielt ich es für mich.

Dich hätte ich sowieso nicht erwähnt. Ich gebe nur mir die Schuld daran. Hätte eine erfundene Gelegenheit vorgeschoben. Aber dich hätte ich herausgehalten.« Es war nicht alles gelogen.

»Ich habe Frederik auch nichts gesagt. Habe mich nicht getraut. Vielleicht ahnt er etwas. Seit zwei Wochen gibt er sich richtig Mühe. Kommt pünktlich nach Hause, fragt, wie es mir geht.« Stefanie zählte keine weiteren Punkte auf, welche positive Wendung ihr Leben genommen hatte.

Das versetzte ihm einen kleinen Stich. Um daran nicht zu verbluten, setzte er wieder an. »Darum bin ich nicht hier. Ich wollte dir erzählen, wie ich mein komplettes Leben umbauen werde. Und um Tschüss zu sagen.«

Störrisch hantierte Stefanie an der Kaffeemaschine und holte die Tassen aus dem Schrank. Während sie mit dem Rücken zu ihm Kaffee einschenkte, beschrieb er ausführlich, wie sein Leben in letzter Zeit auf den Kopf gestellt wurde. Er beschrieb die Abreise von Claudia nach Amerika und seinen provozierten Jobrausschmiss, um den Bildband fertigzustellen. Unablässig erwähnte er, dass dies nichts mit ihnen beiden zu tun hatte. Bei seiner Erzählung der Geschehnisse führte er mehrfach aus, wie unzufrieden er mit sich war. Er wollte sich ändern. Mehr zu dem Menschen, der er war oder zumindest immer sein wollte. Carsten versuchte alles, um nicht den Hauch eines Vorwurfes an sie in seine Worte zu legen.

Von der Seite sah er, wie sie die Augen schloss, einmal heimlich schnell eine Träne von der Wange wischte. Am liebsten wäre er aufgestanden und hätte sie in den Arm genommen. Wie an diesem Tag, der sein Gefühlsleben ins Chaos gestürzt hatte. Mit all seiner Kraft stemmte er sich dem Versuch entgegen. Ein zweites Mal würde ihn zerbrechen – und sie auch.

Die Tassen dampften neben ihr, sie stand aber weiterhin mit dem Rücken zu ihm. Als er von dem glücklichen Umstand mit der Wohnung in Berlin erzählte, war es um ihre Fassung geschehen. Sie drückte ihre Stirn an den Hängeschrank und griff mit aller Vehemenz mit beiden Händen in die Arbeitsplatte. Carsten sah das Weiß der Fingerknochen aufleuchten. Sie unterdrückte ein Schluchzen und Carsten hörte auf, ihr wehzutun. Jedes seiner Worte schmerzte sie. Jeder seiner erbärmlichen Erklärungsversuche verursachte bei ihr eine Verkrampfung.

Es war in der Küche gespenstisch ruhig geworden. Während der ganzen Zeit hatte sie keinen Ton von sich gegeben. Sie hatte ihn nicht unterbrochen oder Fragen gestellt. Die Minuten verstrichen und er traute sich weder zu atmen noch durch seine Worte weiteres Leid aufkommen zu lassen. Carsten empfand eine Hilflosigkeit wie niemals zuvor in seinem Leben. Zu gerne hätte er sie an sich gedrückt. Sie in die Arme genommen. Es waren jetzt genau vierundfünfzig Tage seit ihrem Ausrutscher vergangen. Diesem Fehler, den sie beide begangen hatten.

Endlich gestand Carsten es sich ein. Erst nach dieser Zeit konnte er das erste Mal zugeben, dass es ein Fehler war. Keinesfalls ein Wink des Schicksals, dass sie beide zusammengehörten. Dass alles Folgende dazu diente, dass sie zusammenkamen. Was solche Schmerzen auslöste, war falsch. Frauen reden sich gerne ein, dass es eine Seelenverwandtschaft gab, ein energetisches Band, was sie mit ihrem Liebsten verband. So etwas gab es eben nicht, sonst wären sie ein Paar. Sie würden sich in die Arme fallen und ihre Zukunft gemeinsam gestalten. In einem anderen Leben wären sie glücklich. Stattdessen sah er eine gebrochene Frau vor sich und sie beide kämpften mit ihren Tränen.

Er hatte in einem einzigen Moment der Schwäche Stefanie vor große Probleme gestellt. Hatte sie in eine Situation gebracht, an der sie zu verzweifeln drohte. Weil er im Leben unzufrieden war. Es tat ihm weh, sie so zu sehen. Es schmerzte im ganzen Körper, sie leiden zu sehen. Er bereute so sehr, was er ihr angetan hatte. Carstens Augen wurden feucht. Vorsichtig stand er auf. Wollte sich nähern, zögerte aber. Er wollte sie in die Arme nehmen und sich entschuldigen. Traute sich aber nicht. Er war ein Feigling, der mit der Situation nicht klarkam.

Stefanie wischte mit dem Handrücken über ihr Gesicht und ohne sich umzudrehen, sagte sie: »Bitte geh jetzt.« Ihre Stimme war brüchig. »Bitte glaube mir, dass ich dir für die Zukunft von ganzem Herzen alles Gute wünsche.« Wieder das Zögern in der Stimme. »Aber bitte geh jetzt und lass mich alleine.«

Carsten wollte sie nicht verlassen. Er wusste, dass sie sich niemals wieder begegnen würden, wenn er erst abgereist war. Er wollte einfach stehen bleiben, bis er eine Lösung für sie gefunden hatte.

Er schluckte den Frust über seine Hilflosigkeit herunter und mit ihm sein letztes Aufkeimen von Hoffnung. Er wollte ein letztes Mal in ihre Augen sehen. Stefanie hielt sich aber weiter von ihm weggedreht. Seine Worte erreichten sie nicht.

Mit gesenktem Kopf verließ er ihre Wohnung. Als er die Eingangstür hinter sich zuzog, hörte er zum Abschied aus der Küche ein leises Schluchzen. Hier begriff er, dass er sie für immer verloren hatte.

Juli 2023

»Ein Abschied mit Tränen! Die Frauen werden es lieben und den Mistkerl verfluchen, dass er nicht mehr um sie gekämpft hat. Hoffentlich gibt er sich bei der Nächsten mehr Mühe. Oder die Leserinnen verzeihen ihm, weil er eine schwere Zeit durchmacht. Das kann man nie vorhersagen.« In seinem Kopf liest er die zukünftigen Amazon-Rezensionen seiner Kundschaft. »Ich stelle eine gewagte Hypothese auf. Keine, die einer wissenschaftlichen Analyse standhält oder beweisbar wäre. Ich behaupte, dass diese besondere Kraft im Universum existiert und uns Aufgaben im Leben stellt, die wir bewältigen sollen. Nur mit diesem Wissen können wir alt und glücklich werden.«

»Müssen wir nicht langsam zum Ende kommen? Hast du keine andere Arbeit?« Ich schaue Peter an und hoffe, dass er mich endlich entlässt.

»Bist du verrückt, Carsten? Wenn ich nach Hause komme und meiner Frau nicht erzählen kann, wie deine Geschichte weitergeht oder endet, schlafe ich heute Nacht auf dem Sofa.« Wir beide müssen lachen. Peter liebt seine Frau und das Einzige, was größer als seine Zuneigung zu ihr ist, ist die Angst, sie zu verärgern.

»Also, wie lassen wir die Geschichte ausklingen?« Kaum, dass ich es ausgesprochen habe, explodiert mein Verleger.

»Ausklingen? So etwas Langweiliges brauchst du mir nicht vorzusetzen. Es muss einen Knall geben. Gut oder schlecht. Egal! Aber es muss knallen.« Peters Faust schnellt nach oben und ich weiche unmerklich zurück.

Da war er, der Druck, den Wünschen des Lesers nachzugeben. Knallen muss es. »Und wie? Lass mich einfachen

Schreiberling von deiner Erfahrung in solchen Dingen profitieren.«

»Ich hätte Vorschläge, aber die gibt es zuhauf. Ich hoffe ja, dass du etwas Episches bringst. Damit ich endlich wieder an das Gute im belletristischen Bereich glauben kann. Ich kann dir gar nicht sagen, was ich von den vielen unaufgefordert eingereichten Manuskripten halte. Es hat einen Grund, warum der Selfpublisher-Markt so explodiert. Den Mist kann man als Profi nicht drucken. Keiner hat mehr Interesse daran, sich konstruktive Kritik anzuhören und seinen liebgewonnenen Roman zu korrigieren. Dann lieber die technischen Möglichkeiten nutzen und die niedrigen Druckkosten selber tragen. Vielleicht sogar nur als eBook? Alles ist einfacher, als sich zu hinterfragen.« In seinem Gesicht macht sich Verzweiflung breit. »An jedem Wort, in jeder Zeile klebt das Blut ihrer Seelen. Jedes Kapitel kommt einer Mehrfachgeburt gleich. Und wir Verleger sind nur zu blöd oder ignorant, das zu erkennen.« Jetzt schüttelt Peter sein in Ehren ergrautes Haupt. »Wenn ich eine weitere Geschichte lesen muss von jungen gutaussehenden Vampiren, die sich in ein schüchternes Menschenkind verlieben, oder von einer Frau, die nach einem beruflichen Rückschlag in ihrem Heimatort Erholung sucht und dabei ihre Gefühle für ihre Jugendliebe wiederentdeckt – Handlungsort Cornwall, einer der Kanalinseln oder New Hampshire und vorangegangener Streit inklusive –, schule ich zum Asphaltierer bei einer Baufirma um. Da sind selbst die zwölfhundert Versionen von diesem Shades-of-Grey-Mist intellektuell anspruchsvoller.« Jetzt sinkt seine Stirn kurzfristig auf die Tischplatte. Mit seinem nächsten Satz fängt er sich und streckt seinen Körper über die Papierstapel. »Gott, bin ich froh, dass ich keine neue Elizabeth George unter meinen Autoren habe.«

»Braucht man dafür ein IHK-Zeugnis? Ansonsten bin ich dabei. Wäre eine willkommene Abwechslung zur Schreibtischtätigkeit.«

»Was meinst du? Ach, den Asphaltierer. Vergiss es! Erst wenn du, sagen wir, fünf Romane in der Bestseller-Liste hattest, gebe ich dir dafür meinen Segen.«

»Außerdem heißt das, glaube ich, Asphaltbauer und nicht Asphaltierer.« Ich schmunzle bei der Vorstellung, einem Lektor Paroli zu bieten.

»Klugscheißer! Es existieren beide Begriffe. Möchtest du einem Profi widersprechen? Bist du so einer geworden?«

Abwehrend halte ich meine Hände vor mich. Ich wollte natürlich keine Widerworte geben. Hauptsächlich, um einer unnötigen Diskussion auszuweichen. »Würde dir eine Schnulzenschriftstellerin nicht eine gute Auflage bescheren? Du hast selber gesagt, dass sich Herzschmerz gut verkaufen lässt. Zum Redigieren könntest du sie an deine LektorInnen abtreten. Deine Aufgabe wäre es, den Gewinn zu zählen. Und das Auszahlen der Tantieme.«

Er ging nicht darauf ein. Tantiemen waren immer mit heißen Diskussionen verbunden. »Themenwechsel! Meine Frau möchte wissen, ob du die hübsche Frau in der Story niemals wiedergesehen hast?«

»Sie meint bestimmt, ob der Protagonist die verlorene Geliebte wiedergetroffen hat? Wieso darf deine Frau überhaupt ein unfertiges Manuskript lesen?«

Peter lacht mich aus. Und ich lache zurück. »Genau! Das meinte sie. Weil sie mein Chef ist. Darum!« Er wiederholt seine Frage. »Und? Hast du, ich meine, hat er?«

Januar 2015

Nach ein paar Wochen in Berlin war die erste Welle der Euphorie verflogen. Alles, was blieb, waren unzählige Versuche, einen Mann darzustellen, der er offenkundig nicht war. Unzählige Versuche, Gedanken in Worte zu fassen und sie durch Bilder zu untermalen. Unzählige Versuche, die zerknüllt aus dem übervollen Papierkorb quollen. Das Blatt hatte sich gegen ihn gewendet. Wo er in der Vergangenheit stets eine Lösung für seine Probleme gefunden hatte, klaffte nun ein Loch, das ihn zu verschlingen drohte.

Genervt und um aus seinem Gedankenkarussell herauszukommen, stieß er sich energisch von der Spüle ab, schnappte sich sein Wasserglas und ging zurück zu seinem Kinderschreibtisch. Gerne hätte er dafür das Zimmer gewechselt, nur um die Chance auf eine andere Wandfarbe oder ein variiertes Tapetenmuster zu bekommen. ›Zwei Zimmer, Küche, Bad‹ entsprachen bei einer Studentenbude in Berlin auch eher einem Zimmer mit Durchgang zum Schlafbereich und kleiner Kochnische mit Vorhangabtrennung. Und in die angegebenen fünfunddreißig Quadratmeter hatte man mit Sicherheit einen Teil des Gemeinschaftstreppenhauses eingerechnet. Vor ein paar Tagen hatte er aus Langeweile die Wände vermessen und war auf siebenundzwanzig Quadratmeter gekommen. Großzügig aufgerundet. Gott, wie er seine alte Wiener Wohnung vermisste! Diese komplette Sozialbauwohnung hätte in das Wohnzimmer in Wien gepasst.

Wie es ihr wohl ging? Seit ihren Silvestergrüßen hatte er nichts mehr gehört. Sein Unmut darüber war gering, schließlich musste er sich eingestehen, dass er sich nach seinem Umzug ebenfalls nicht mehr gerührt hatte.

Was gegen Claudia sprach, war die Tatsache, dass heute sein Geburtstag war. Selbst die liebe Frau Müller hatte ihm am Vormittag eine E-Mail-Nachricht geschickt. Sie betonte erneut, dass sie gerne für ihn gearbeitet hatte und ihn und seine lockere Art vermisste. Frau Gass mache ihre Sache gut. Nur anders und es dauere, sich an die neuen Gegebenheiten zu gewöhnen. Außerdem hatte sie ihn wissen lassen, dass Frau Wiesmann bei seiner Nachfolgerin bereits ein paar Negativpunkte gesammelt hätte.

Mit Paps Anruf, der ihn für heute Abend in ein österreichisches Lokal einladen wollte, um sein Heimweh zu kurieren, waren es zwei Geburtstagsgrüße. Zwei! Niemand schien ihn noch zu kennen. Als hätte er die letzten Jahre in einer Blase gelebt, die ihn vor der Außenwelt abgeschirmt hatte.

Unter Umständen war es so. Carsten versuchte, sich an Geburtstage von Menschen aus seinem früheren Umfeld zu erinnern. Er kannte nur Paps, der vierzehnte März. Oder war es der fünfzehnte? Er sah auf seinem Smartphone nach. Vierzehnter März stimmte. Stolz ballte er die Faust. Dann war da Claudias zwölfter August. Für andere Daten nutzte er die Outlook-Datenbank, die ihm zuverlässig im jährlichen Rhythmus einen Wink gab.

Wenn er bereits das Telefon in der Hand hielt, konnte er gleich bei ihr anrufen und einen Hinweis geben, was sie vergessen hatte. Er rief ihre neuen Kontaktdaten auf und wollte gerade das Hörersymbol drücken, als ihm einfiel, dass es eine Zeitverschiebung von sechs Stunden gab. Erleichterung kam in ihm hoch, sie hatte ihn nicht vergessen. Vermutlich schlief sie noch, stand gerade im Bad und schminkte sich oder war auf dem Weg zur Arbeit. Er würde sie später zum Lächeln bringen, indem er von seiner neuen Behausung erzählte. Mehr als eine solche Bezeichnung würde anderen Wohnungen nicht gerecht werden, die größer als eine Doppelgarage waren.

Zumindest passte die Miete. Anstelle von Paps Freund würde er sicher keine Zwischenvermietung nutzen, um seine Reise nach Südamerika zu finanzieren. Die geringen Einnahmen rechtfertigten niemals den Aufwand und Ärger, den man sich mit Untermietern einhandeln konnte.

In einer anderen Phase der Prokrastination hatte er ausgerechnet, dass er mit seinem Ersparten ungefähr tausend Monate nicht Gefahr laufen würde, in Zahlungsverzug für die Miete zu kommen.

Sein Telefon klingelte. Verdutzt sah er Claudias Bild aufleuchten, bevor ihr Antlitz ihm ein Lächeln abverlangte. Sie hatte ihn nicht vergessen.

»Hallo, schöne Frau! Danke, dass du an mich gedacht hast.«

Claudia lachte am anderen Ende. »Dem Kalender sei Dank!«

Es fühlte sich gut an, mit ihr zu reden. Ihre Stimme und ihr Lachen zu hören. »Wie läuft es in Atlanta? Liegen dir die Amis ehrerbietig zu Füßen und huldigen deinem Charme?«

»Eher nicht. Im Vergleich zu den Barbiepuppen auf der Straße komme ich mir richtig fett und untrainiert vor.«

»Spinn nicht rum! Du hast Idealmaße. Zumindest für Europäer.«

»Kaum, dass ich verschwunden bin, kann der Herr Komplimente machen? Du übst wohl fleißig bei den Autorengroupies?«

Ihre Anspielung hob seine Stimmung weiter. »Bist du etwa eifersüchtig?«

Claudia antwortete nicht sofort. Am anderen Ende konnte man deutlich ein unterdrücktes Lachen hören. »Na ja, vielleicht etwas. Wer möchte denn so schnell ausgetauscht werden? Etwas vermisse ich dich und Wien, das gebe ich zu. Die Stadt mehr als dich, falls du einen Anflug von Arroganz bekommst.«

»Geht mir genauso. Das mit der Stadt meine ich. Dich natürlich genauso. Es war aber richtig, oder?« Carstens Stimme drückte keine Zustimmung aus. Deshalb schob er nach: »Hör nicht hin. Ich habe gerade eine Schaffenskrise und trübe Gedanken. Wir haben jetzt getrennte Ziele, die wir verfolgen. Das ist alles.«

»Haben wir die? Oder lebst du gerade einen Spleen aus? Dass du dein Buch machen wolltest, kann ich verstehen. Und was kommt danach? Hast du deiner Ausbildung und Karriereplanung abgeschworen? All die Jahre des Studiums und auf der Karriereleiter hinter dir gelassen?«

»Anderes Thema! Ich weiß es nämlich nicht. Sind denn alle Sachen im Container heil geblieben?«

Claudia schien ebenfalls dankbar für den Themenwechsel. Ihre Stimme änderte sich von tief besorgt um sein Wohl zu hell erfreut über ihren neuen Lebensabschnitt.«

»Ja, hatte ich gar nicht erhofft. Der Umzug lief reibungslos. Mittlerweile stehen die Möbelstücke alle auf ihrem Platz. Kleinigkeiten sind nicht perfekt platziert, aber alles nicht so schlimm. Ich werde bestimmt weiter umstellen oder austauschen. Wird sich ergeben.«

Sie erzählte von ihrer Nachbarschaft und dem Viertel, in dem sie wohnte. »Ich habe eine tolle Vierzimmerwohnung in Peachtree im Süden des Zentrums mit Blick auf die Skyline.«

»Anscheinend hast du keine Zeit verschwendet und dich bereits komplett eingelebt.«

»Nein, natürlich nicht! Wird dauern. Das ganze Leben hier ist völlig anders als in Wien. Ich werde mich daran gewöhnen müssen.« Dann wurde die Stimmlage schriller. Wie immer, wenn sie sich nicht beherrschte und über etwas aufregen musste. »Hier ist alles sündhaft teuer. Dagegen waren die Wiener Lebenskosten für sozial Schwache erschwinglich. Der Kaffee kostet bei Starbucks fast sieben Dollar! Kannst du dir das vorstellen? Sieben Dollar!« Sie wollte sich nicht beruhigen und verglich weitere Preise aus der alten Welt. Carsten hörte aufmerksam ihren leidenschaftlichen Unmutsäußerungen zu und fühlte ein Stück altes Leben zurückkommen.

Irgendwann stoppte er sie. »Du konntest ja der europäischen Armut entfliehen und verdienst jetzt genug. Da kann man sich auf alle Fälle Kaffee leisten, der so viel wie ein Kurzurlaub in Niederösterreich kostet.«

Claudia lachte. »Und wie läuft es bei dir? Unterbrichst du deine schweißtreibende Arbeit und feierst heute? Wie sieht deine Wohnung aus?«

»Über die Wohnung möchte ich nicht reden. Wir streiten gerade. Und den Sarkasmus bezüglich eines entbehrungsreichen Autorenlebens überhöre ich.« Trotzdem witzelten sie weiter über Schriftsteller und stereotypes Verhalten, wie es in zahlreichen Filmen beschrieben wird. Gegen Mittag aufstehen, ungewaschen ein paar Zeilen zu Papier bringen und anschließend auf den Abend vorbereiten, wo ein älterer weiblicher Mäzen sich im Glanz seines Ruhmes badete.

Nachdem Claudia nachgehakt hatte, erzählte Carsten ihr von seiner Hobbit-Behausung, wie er sein Lebensdomizil letztens scherzhaft genannt hatte. Ihr erster Impuls war, dass er sich eine neue Wohnung suchen sollte. Der zweite allerdings folgte mehr einer philosophischen Betrachtung, bei der ihr eine gewisse Askese mit den entsprechenden Entbehrungen durchaus für einen Literaten ohne durchbrechenden Erfolg richtiger erschien. Sie lachten und alberten herum wie in der Anfangszeit ihrer Beziehung. Was Claudia als Erstes auffiel.

Als ihr Lachen verstummte, wusste Carsten, dass da etwas folgen würde. »Irgendwie haben wir gut zusammengepasst. Findest du nicht auch? Warum hat es nicht geklappt?«

Jede Antwort, die er geben würde, lief Gefahr, dass sie verletzt oder die Antwort gelogen wäre. Es gab sicherlich viel, was zur Trennung geführt hatte. Sollten sie das jetzt hier am Telefon aufarbeiten?

»Vermutlich war es das Resultat vieler kleinerer Fehler. Ich denke, wir hatten eine schöne Zeit und haben versäumt, daran zu arbeiten. Hast du dich denn immer wohlgefühlt? Gab es nichts, was du hättest anders haben wollen?«

»Sicher gab es Wünsche, die unerfüllt blieben oder Sachen, die mich gestört haben. Keine Ahnung!«

»Welche Wünsche, was hat dich gestört? Jetzt kannst du sie aussprechen, ohne dass ich dir vor Ärger etwas an den Kopf werfe.« Was lustig klingen sollte, schien Claudia zu hemmen. Carsten wusste nicht, ob er die Wahrheit hören wollte. Jetzt war es zu spät, die Frage leider ausgesprochen.

Sie zögerte, aber irgendwann gab sie ihrem inneren Drang nach. »Wir hatten zum Beispiel kein gemeinsames Hobby. Ich bin zum Yoga oder Joggen und du hast lieber gelesen oder wolltest kochen. Daran hatte ich überhaupt kein Interesse.«

»Wir sind ab und an ins Kino oder waren in Restaurants.«

»Das sind keine Hobbys. Und im Kino waren wir letztes Jahr wie oft? Zwei Mal! Beim ersten Mal warst du sogar zu spät.«

»Da kann ich dir nicht widersprechen. Sonst noch etwas?«

»Ich hätte mir mehr Interesse an meiner Arbeit und Karriere gewünscht. Klar, deine Position war höher angesehen und du warst auf der Karriereleiter ein, zwei Sprossen über mir. Irgendwie hast du dich nie tiefer für meine Firma interessiert.«

»Das stimmt nicht. Ich habe immer nachgehakt, was du gerade machst oder bei deinen wichtigen Terminen auf das Ergebnis gewartet.«

»Das meine ich nicht. Eher, dass du nachgefragt hast, nachdem ich dir von gewissen Situationen erzählt hatte. Nie von dir aus! Ich weiß nicht, wie ich es dir anders erklären kann.« Dann fiel es ihr ein: »Du warst immer höflich aufmerksam.«

»Das tut weh.«

»Das wollte ich nicht. Nur, wenn so vieles stimmt und es einem gut geht, wünscht man sich halt mehr. Irgendwie ist man nie mit dem zufrieden, was man hat. Vergiss, was ich gesagt habe, die meisten Frauen würden mir einen Vogel zeigen, wenn sie von meinen Beschwerden hören. Oft können Frauen froh sein, wenn sie nach dem Essen ein kleines Kompliment bekommen, dass zumindest die Portion groß genug war. Ich hatte Glück mit dir!«

»Aber irgendetwas hat gefehlt.« Ihre versteckten Vorwürfe ließen ihn nicht los. Gerne wollte er mehr erfahren, wie der perfekte Mann für eine Frau aussah. Claudia unterließ es, weiter Öl ins Feuer zu gießen.

Ob sie bemerkte, dass die nächste Äußerung nicht weniger verletzend war? »Weißt du, vorgestern ist mir ein Gedanke durch den Kopf geschossen: Weil ich jetzt hier alleine sitze, werde ich niemals Kinder haben. Bis ich jetzt jemanden finde und eine gefestigte Beziehung für den Rest meines Lebens habe, bin ich weit über vierzig. Ist irgendwie beklemmend. Anscheinend tickt meine biologische Uhr lauter, als ich mir eingestehen wollte.«

Carsten glaubte, sich verhört zu haben. Claudia war diejenige, die Kinder ablehnte. Sie war es, die ihren Lebensstil nicht ändern oder ihren Alltag nicht mit Windelwechseln und Stillen füllen wollte. »Du wolltest nie Nachwuchs. Ich wäre liebend gern Hausmann geworden und Papa von wunderbaren Kindern.«

»Das hast du nie geäußert. Du hast zwar immer von Kindern gesprochen, doch ich habe mich mit Kopftuch und Schürze in der Küche sitzen sehen.«

Nach einem Moment des Schweigens hörten beide auf, solche Themen breitzutreten.

»Ist schwierig am Telefon. Lass uns deinen Geburtstag anders bestreiten. Triffst du dich am Abend mit Pap?«

Carsten war froh, dass Claudia ihn nicht weiter mit solchen Überlegungen bedrängte. Es war zu spät und brachte nur schlechte Stimmung. »Ja, wir gehen österreichisch Essen. Kennst du das Ottenthal?«

»Nein, wenn ich beruflich nach Berlin musste, habe ich die gute, deutsche Küche genossen. Ich war ja meistens nur einen oder zwei Tage dort und das war zu kurz, um etwas Kulinarisches zu vermissen.« Anschließend sprachen sie über den Stand seines Buchprojekts und wie es Pap ging.

Viel mehr Unverfängliches gab es nicht. Ein paar Belanglosigkeiten und das gegenseitige Versprechen, das jeweilige Leben schnell zu ordnen, damit die rastlosen Seelen bald heilen konnten.

Das Telefonat beschäftigte Carsten den kompletten Tag. Es waren keine Vorwürfe, die ihm ein Messer in den

Rücken stachen. Claudias verschlüsselte Botschaften zeigten aber sehr deutlich, dass man hätte öfter reden müssen. Vieles wäre anders gelaufen.

»Als Vorspeise hätte ich gerne das Carpaccio vom Jungbullen- und Büffelfilet und als Hauptspeise nehme ich das Wiener Schnitzel vom Kalbsrücken. Dazu trinke ich den Chardonnay ›Exklusiv‹ von Pfaffl. Und eine Flasche stilles Wasser für uns beide. Vielen Dank!«

Pap wählte den gesottenen Tafelspitz und versprach, ab und an von Carstens Carpaccio zu naschen. Sie saßen in dem gemütlichen Restaurant in der Kantstraße, damit er sein Heimweh bändigen konnte, wie Pap sich ausdrückte. Die vielen Eindrücke aus dem südlichen Nachbarland aufzunehmen, hellte Carstens Stimmung tatsächlich auf. Die Bedienung schien aus der Alpenrepublik zu kommen und die Abendkarte beinhaltete nur Spezialitäten der gehobenen österreichischen Küche. Dass das Kalb wahrscheinlich aus Deutschland stammte, wollten die beiden Gäste großzügig ignorieren.

Pap und Carsten wurden von Pärchen flankiert, die sich an den Nebentischen mit grüßendem Kopfnicken hingesetzt hatten. Jeweils ein älterer Herr mit seiner Tochter. Vielleicht auch mit dem Gspusi oder seiner Sekretärin. Doch der Umstand, dass Carsten mit einem gut aussehenden Schwarzafrikaner ebenfalls diese Hochpreisburg des kulinarischen Genusses betreten konnte, unterschied Berlin von anderen Städten in Europa. Hier störte sich niemand daran, ob man lediglich befreundet oder ein homosexuelles Pärchen war. In dieser Stadt spielte es keine Rolle. Selbst in Wien wäre man Gefahr gelaufen, trotz der leer stehenden Tische abgewiesen zu werden. Vermutlich entschuldigend, jedoch bestimmt – am heutigen Abend sei man ausgebucht.

Noch bevor das Essen serviert wurde, erzählte Carsten von dem Telefonat mit Claudia. Er schwankte zwischen Belustigung und schockiertem Entsetzen und mit jedem Wort wurde seine Stimme ein paar Dezibel lauter.

»Du solltest dem Ganzen nicht so viel Beachtung schenken. Sie macht gerade eine schwierige Zeit durch. Sie ist jetzt alleine in einer fremden Stadt in Übersee, mit neuen beruflichen Herausforderungen und den damit einhergehenden Verunsicherungen. Ich begleite ja nach der Vermittlung von Führungskräften die Menschen eine Zeit lang und kenne das.« Papis schaffte etwas Platz vor sich und legte die kunstvoll drapierte Serviette an die Seite.

»Mag alles sein. Aber ich bin ebenfalls Single in einer fremden Stadt und die Sprache verstehe ich auch nicht. Mein Englisch ist besser als das Berliner Deutsch oder die vierundsiebzig anderen Fremdsprachen.« Pap verstand und lächelte Zustimmung.

»Mich wundert es nur, dass sie mir indirekt vorwirft, meinetwegen sei für sie der Zug mit den Kindern abgefahren. Das fand ich ziemlich frech. Als wollte ich nie welche. Dabei haben wir vor Kurzem erst darüber geredet und sie hat von sich aus das Kinderkriegen abgelehnt. Warum tun Männer und Frauen sich das mit den Beziehungen an?«

»Warum Partnerschaften überhaupt so oft funktionieren, ist mir schon lange ein Rätsel.«

»Wahrscheinlich wegen des regelmäßigen Sex.« Pap nickte und Carsten sah verstohlen an die Nachbartische, wo einer der gut situierten Männer seiner Begleitung gerade aufmerksam die Hand hielt. Ob er bemerkt hatte, dass seine holde Angebetete Pap ab und zu unverhohlen angrinste? Carsten bekam dafür die Aufmerksamkeit der

Frau zu seiner Linken geschenkt. Hier war der Sugardaddy souverän genug, es nicht zu beachten.

»Lass uns von etwas anderem reden. Wie läuft das Buch? Hängst du noch immer? Kann dir der Verleger nicht helfen?«

»Geht langsam voran. Ich habe viele nützliche Tipps bekommen. Die Gliederung ist abgeschlossen und an Paul Kehlschneider geschickt. Der scheint sehr zufrieden. Ich habe nur immer das Gefühl, dass etwas fehlt. Ein bisschen Spannung oder unerwartete Wendungen. Verstehst du, was ich meine? Das Salz in der Suppe eben.« Sein Freund verstand ihn. Er begriff immer, selbst wenn Carsten seinen eigenen Gedanken nicht mehr folgen konnte. Und es war nicht so eine oberflächliche Zustimmung. Pap wusste, wie Carsten tickte. Was in seinem Kopf vorging und was er neben dem Gesprochenen eigentlich ausdrücken wollte. Meist bevor Carsten selbst begriff, was er meinte.

»In einem Bildband gibt es eben keine Geschichte mit Wendungen«, und das stimmte. »Vermisst du noch etwas? Ich meine, außer der größeren Wohnung und Kindern?«

»Was meinst du?«

»Ich meine, gibt es etwas, was du mir erzählen möchtest? Von einer neuen Frau oder einer alten Liebe?«

Da war erneut dieses Thema, was Carsten nur zu gerne abhaken wollte. Was ihn unentwegt beschäftigte und leider ablenkte. Vor fünf Wochen hatte er sich verabschiedet und das letzte Band zwischen ihnen durchschnitten. Mochte sein, dass es eine große, unerfüllte Liebe war, vielleicht nicht. Aber es war intensiv. Mehr als er es jemals zuvor gespürt hatte. Ihm war klar, dass er viel mehr über Stefanie nachdachte als über Claudia und sein altes

Leben. Beides war vorbei und er musste nach vorne blicken.

Und genau das sagte er seinem Kumpel. Der nickte. Pap verstand, was Carsten ausdrücken wollte: Er vermisste Stefanie so sehr, dass es wehtat.

Wie schrieb man Courage? Die Zeit nach dem Abschied von Stefanie hatte ihm verdeutlicht, wie einsam er war. Und das lag weder an der Trennung von Claudia noch daran, dass er zu Weihnachten allein im Dunkeln auf dem kalten Boden seiner ausgeräumten Wohnung schlief. Auch nicht daran, dass er den Geruch von Farbe und Reinigungsmitteln bei den Renovierungsarbeiten inhalierte. Ebenso wenig am unpersönlichen Hotelzimmer, aus dem er an Silvester die freudeheischenden Raketen am Himmel betrachtete. Allein – wenn man von dem Zimmernachbarn absah, der seine Einsamkeit mit zu viel Alkohol und einer volksmusikartigen Silvestershow überstehen wollte. In seinen Erinnerungen waren die Feiertage der Vergangenheit ebenfalls keine Offenbarung an Glückseligkeit gewesen. Deshalb hatte er dem Alleinsein keine große Beachtung geschenkt. Es war das Fehlen von Stefanie, mit dem er zum Jahreswechsel zu kämpfen hatte.

In den letzten Wochen hatte sich nicht viel zum Besseren gewandt. Immer noch saß er alleine im Dunkeln und ihm fiel kein Geistesblitz ein, wie er die Situation verbessern konnte. War das der Grund, warum Hemingway seine Inspiration in Paris suchte und nicht in Berlin?

Sein Frühstück gestaltete sich wie immer: Er starrte auf sein Smartphone, checkte ein paar E-Mails und las die Schlagzeilen des Morgens. Auf dem harten Holzstuhl trank er eine Tasse Kaffee und wartete auf die ferngebliebene Motivation, um weiter an seinem Projekt zu arbeiten. So wie jeden Tag der vergangenen Woche.

Jede Energie musste irgendwo herkommen. Durch Transformation aus anderen Kraftquellen. Das war ein physikalisches Grundgesetz. Ob in einem Becher Kaffee genug Anschub für den Rest des Tages enthalten war, bezweifelte er. Wieder strich er über das erloschene Display.

Es fehlte der Mut, es fehlte die Kraft und Entschlossenheit, endlich bei ihr anzurufen. Für einen Abschluss, den sie beide verdient hatten, den er sich wünschte. Wäre da nicht der letzte Funke verzweifelte Hoffnung, sich auf ihre Bitte hin in den nächsten Flieger setzen und ihr in die Arme fallen zu müssen. Aber das würde nicht geschehen. Also doch ihre Tränen als den Schlussstrich ansehen?

Es wollte ihm nicht einleuchten, dass zwei Menschen, die so viel füreinander empfanden, nicht zueinander finden konnten. Er wollte mit ihr zusammen sein und sie war offensichtlich in ihrer Partnerschaft nicht glücklich. Trotzdem lebte sie Hunderte – genau sechshundertsiebenundachtzig – Kilometer entfernt mit Frederik.

Aber war sie unglücklich? Es gab bis auf diese Unstimmigkeiten, die zum Sex mit ihm geführt hatten, keine größeren Anzeichen, die zu einer Lösung führen könnten. Im Gegenteil, wann immer er sie vor dem Seitensprung gemeinsam antraf, schien ihnen die Harmonie aus dem Arsch zu leuchten. Selbst in der Hochphase seiner Partnerschaft mit Claudia gab es ab und an Verstimmungen. Bei Stefanie und Frederik war das zumindest nach außen hin nicht erkennbar. Wenn sie ihm gestern wenigstens einen kurzen Geburtstagsgruß geschickt hätte. Irgendein Zeichen, dass sie ebenfalls an ihn dachte.

Es war jetzt kurz vor zehn. Stefanie war bestimmt zu Hause und arbeitete an einem Projekt. Oder sie hatte ein Kundengespräch vor Ort. Aber dann war ihr Smartphone ausgeschaltet. Er rief seine Bildergalerie auf und suchte den Schnappschuss, bei dem sie auf seinem Sofa saß und herzhaft über irgendeinen Blödsinn von ihm lachte. Es war kein besonders witziger Moment, sondern eher Situationskomik, die durch die Umstände lustig wirkte. Das Gesagte, in Verbindung mit einem dümmlichen Gesichtsausdruck. Oder eine selbsterfüllende Prophezeiung, die man vermeiden wollte. Carsten wusste nicht mehr, um was es gegangen war. Aber ihre Reaktion darauf würde er nie mehr vergessen. Gott sei Dank hatte er das Smartphone griffbereit. Traurigerweise war es das einzige Foto, das er von ihr besaß. Stefanie war weder auf Facebook noch auf Instagram oder anderen Social-Media-Plattformen. Selbst auf ihrer Business-Webseite, auf der sie um Neukunden warb, gab es kein Profilbild von ihr. Nur von einem professionellen Model, das sich von spezialisierten Fotografen in günstiger Pose hat ablichten lassen. Alles, was ihm blieb, war dieser Schnappschuss ihres Halbprofils und seine Erinnerungen, die bald verschwimmen würden.

Wäre das ein Grund, sie zu kontaktieren? Sie zu bitten, für sein imaginäres Poesiealbum ein paar unverfängliche Bilder von sich zu schicken? Von seinen eigenen Gedanken genervt, ließ er das Telefon unsanft auf den Tisch fallen.

Er musste arbeiten. Hart arbeiten und auf andere Gedanken kommen. Er stand auf und schlurfte die paar Schritte zu seinem Schreibtisch. Dankbar, dass die Zeit für den Bootvorgang ihm ein paar Sekunden mit den süßen, melancholischen Gedanken an Stefanie ließ.

»Hey, Neuberliner. Was macht die Kunst?«

»Woher soll ich das wissen? Hier ist sie auf alle Fälle nicht.« Carsten hoffte, dass er Pap nicht zu sehr angeschnauzt hatte. Aber irgendwo musste er seinen Frust loswerden.

»Klingt nach einer Schreibblockade. Etwas früh, aber das kann man sich ja bekanntlich nicht aussuchen. Was hältst du von Party heute Abend? Damit du auf andere Gedanken kommst.«

»Pap, deine Partys kenne ich. Du lädst einen Haufen Freunde ein und eine halbe Stunde nach Erscheinen seid ihr alle so bekifft, dass ihr euch darüber unterhaltet, wer welche Frau ins Bett bekommt. Obwohl keiner mehr in der Lage für Sex ist.«

Sein Lachen half Carsten, kurzfristig auf andere Gedanken zu kommen. Trotz aller Überredungsversuche seines Freundes lehnte er weiterhin ab. Gelegentlich einen Joint fand Carsten ganz nett, aber wenn er anfing, regelmäßig zu kiffen, und weiterhin so Trübsal blies, könnte ihn das vom rechten Weg abbringen.

Irgendwann gab Pap auf und Carsten erzählte, wo er gerade ins Stocken gekommen war. Die Auswahl der Bilder hatte er nach Rücksprache mit Verleger Kehlschneider getroffen. Zumindest dieser war von den Fotos begeistert – und von den Geschichten, die Carsten dazu erzählte. Momentan rechnete man mit rund 125 Hochglanzseiten im Querformat. Allerdings würden die Druckkosten dafür nicht unerheblich sein, und möglicherweise, hatte Paul Kehlschneider gesagt – nur möglicherweise –, würden ein paar Seiten dem Rotstift zum Opfer fallen. Je nach Qualität der Texte. Und genau da hing er fest.

Seine bisherigen Schreibversuche und literarischen Weiterbildungen waren hauptsächlich im Bereich Belletristik angesiedelt. Fotodokumentationen sollten anders klingen. Weniger blumig, nüchterner, da die Geschichten von den Bildern erzählt werden.

»Warum schreibst du dann keinen Roman darüber, wenn dir die Texte dafür in den Schoß fallen?«

Carsten hatte bereits einige Notizen und eine grobe Gliederung für eine ganze Geschichte. Doch davon hatte er bisher niemanden erzählt. Der Plot handelte vom Leben eines Entwicklungshelfers – wie konnte es auch anders sein – mit seinem schwarzafrikanischen Freund aus dem Senegal.

»Das klingt klasse. Kann ich dieser Freund sein? Bitte! Ich würde gerne als Inspiration für diese Figur dienen.« Natürlich war er der Hampelmann, mit dem er die skurrilsten Geschichten erlebt hatte. Genau die, die er niederschreiben wollte.

»Mal sehen. Erst mache ich den Bildband. Und wenn mir bis dann kein anderes Gesicht vor meinem geistigen Auge erscheint, werde ich wohl oder übel auf dich zurückgreifen müssen.«

»Und vergiss nicht, meine Mama zu erwähnen. Die den weißen Lümmel immer mit Nahrung versorgen musste, damit er nicht vom Fleisch fällt.«

»Das würde ich niemals wagen.«

Dann wurde es ernster. »Wie geht es dir sonst, mein Freund? Wir haben uns schon fünf Tage nicht gesehen und da warst du eher deprimiert. Vermisst du dein altes Leben?«

Er wusste es nicht. Wenn, dann würde er es vermutlich nicht zugeben, um sich keine Blöße zu geben. Aber er wusste es ehrlich nicht. Wem er nicht hinterhertrauerte, war sein alter Job. Noch immer sah er das gehässige Grinsen von Dr. Pichler und seiner Ziehtochter, dieser Wiesmann, als er das Büro geräumt hatte. Es nagte an ihm, wenn er an ihre Selbstgefälligkeit dachte, und er nahm sich vor, es ihnen irgendwann aufs Tablett zu legen. Mit einem Dank an die Idioten für ihre Mithilfe bei der

Umsetzung seines Plans. Nur um ihr dümmliches Grinsen zu ersticken. Innerlich hatte er bei seinem Weggang ausgerechnet, wie lange die Abfindung sein neues Leben finanzieren würde. Dazu etwas Wehmut, weil er ein paar treue Weggefährten, vor allem Frau Müller, zurücklassen musste. Das war eben der Preis. Seine Wohnung vermisste er wegen des Platzes, den er darin hatte. Bei der Wohnungseinrichtung war er froh, dass er sie endlich losgeworden war. Sollte Claudia sich in Übersee daran ergötzen. Freunde ließ er keine zurück. Die hatten niemals Platz im Hamsterrad der Karriere. Was ihm einen schmerzenden Stich versetzte, war der Abschied von Stefanie.

»Nein, ich vermisse nichts. Nur etwas mehr Platz in den vier Wänden. Hattest du nicht gesagt, dass es zwei Zimmer sind?«

»Zwei Zimmer in Berlin sind anderswo ein oder eineinhalb Zimmer. Dafür darfst du jetzt in der coolsten Stadt Deutschlands leben.«

»Ein Jahr und keinen Tag länger.«

»Du denkst bereits an Abschied?« Sorge lag in der Stimme seines Freundes.

»Nach der ersten Nacht auf dieser Matratze hatte ich schon Abwanderungsgedanken. Da haben wir ja im Waisenhaus zwischen den Kakerlaken besser geschlafen.«

»Notier dir das für den Roman, ja? Sonst vergisst du die vielen tollen Erinnerungen an unsere gemeinsame Zeit im Elend. Wäre doch schade.«

»Habe ich natürlich gemacht. Und selbstverständlich werde ich dich nicht mit deinem wirklichen Charakter darstellen, sondern dir mit künstlerischer Freiheit ein paar positive Charakterzüge andichten.«

»Dafür bin ich dir sehr dankbar, mein Freund. Jetzt störe ich nicht weiter und bereite den Abend vor. Du weißt ja, falls du möchtest, bist du ein gern gesehener Gast in unserer Mitte. Brauchst auch kein Geschenk mitzubringen. Ihr armen Buchautoren lebt ja angeblich von der Hand in den Mund.« Mit einem für ihn typischen, blöden Spruch verabschiedete er sich.

Vielleicht sollte er wirklich hingehen. Die Abwechslung täte gut und würde ihn auf andere Gedanken bringen.

Eine junge Frau mit blonden Dreadlocks öffnete ihm. Bei den bisherigen Gelegenheiten war ihm ihr Gesicht nicht aufgefallen. Vermutlich eine dieser Multikultidamen, die sich mit afrikanischen Freunden schmücken wollten. Aber sie war hübsch, das musste er zugeben. Zu jung, vielleicht Mitte, Ende Zwanzig, aber hübsch. Sie trug eine für ihre dünne Gestalt vorteilhafte Baggyhose und einen einfarbigen Baumwollpullover, der mindestens eine Nummer zu groß schien.

Bevor mehr des süßlichen Qualms in den Hausflur entweichen konnte, machte er die Tür hinter sich zu. Eine Schlagzeile, dass er von der Polizei wegen Drogenmissbrauchs verhaftet worden war, bräuchte er frühestens nach seinem dritten oder vierten Roman. Solche Gazetten Geschichten – egal ob negativ oder positiv – halfen, seinen Bekanntheitsgrad und damit die Absätze der Bücher zu steigern. Vor seinem ersten Bildband waren sie aber unbrauchbar.

Das junge, hübsche Ding war bereits teilweise ins Land der Träume entflogen. Sie nahm Carsten an die Hand und zerrte ihn zum Gastgeber. »Carsten, mein Freund! Schön, dass du es einrichten konntest.« Paps weiße Zahnreihe blitzte auf und dankbar für die freundliche Geste seines weiblichen Gastes, gab es zum Dank einen Kuss für sie. »Das ist Kyra! Ist das nicht ein schöner Name?«

Die Rauchwolke, die unter der Zimmerdecke schwebte, beeinträchtigte Carstens Reaktionsfähigkeit. Darum konnte er dem Kuss dieser Schönheit nicht ausweichen, als sie unvermittelt ihre Arme um ihn legte und ihre Lippen auf seine drückte. Halb fiel sie, halb rutschte sie ab und ging an ihm vorbei in Richtung einer kleinen Gruppe, die es sich in der Küche gemütlich gemacht hatte. Carsten setzte sich zu Pap und zog an seinem Joint. Ohne den gleichen Level an Delirium war der heutige Abend nicht zu überstehen.

Überall im Raum waren bekannte und unbekannte Gesichter, die Carsten, als er seinen Blick schweifen ließ, willkommen hießen. Carsten ließ sich nach dem ersten Rundgang in eines der gemütlichen Sitzkissen nach hintern sinken. Er versuchte, ein paar Rauchringe zu formen, was völlig misslang.

»Du musst deinen Mund mehr spitzen. Ungefähr so.« Kyra war zurück. Mit spitzen Lippen brachte sie formvollendete Ringe zustande. Danach grinste sie und setzte sich ungefragt auf Carstens Schoß. Sie schmiegte sich an ihn. Er zog sie an sich, legte seinen Arm um sie und genoss ihre Nähe. Wen störte es, dass sie zu jung war? Damit er nicht von seiner Toleranz gegenüber jungen Menschen abwich, zog er kräftig an der Zigarette. Er reichte sie Pap zurück. Dann hob er mit Daumen und Zeigefinger ihr Gesicht und blies ihr den Rauch zu. Dafür dankbar, schenkte sie ihm einen weiteren Kuss. Der letzte Gedanke, bevor er sein Gedächtnis verlor, galt einem verstorbenen Schreibkollegen. So musste sich Ernest Hemingway auf Kuba gefühlt haben. Nur ohne Joint und mit mehr Alkohol. Doch mit dem gleichen Gefühl auf seinem Schoß.

Als er am nächsten Morgen aufwachte, versuchte die Sonne sich gerade über den Horizont zu quälen. Er lag noch immer in dem Sessel. Nur Kyra hatte ihre Position verändert und sich eingerollt wie ein Fötus, welcher die Nähe zum Herzen der Mutter genoss. Sex hatte er demzufolge nicht gehabt. Auf alle Fälle trug er seine Klamotten und auch Kyra war nicht entblößter als am Vorabend an der Tür. Ihr frech ausgeschnittenes T-Shirt gewährte ihm einen kurzen Blick auf die kleinen, aber sehr ansprechenden Brüste. Er begrüßte die Frau, mit der er die Nacht verbracht hatte, mit einem Kuss auf die Stirn. Als er sich zu ihr beugte, schmerzte der Rücken. Das Sitzkissen war nicht zum Einschlafen gedacht. So viel hatte er verstanden. Er nahm das süße Geschöpf hoch und versuchte ungelenk, ohne Hände aufzustehen. Anschließend legte er Kyra sanft zurück in das Kissen.

Der Tag hatte definitiv noch nicht begonnen. Carsten sah sich um und versuchte, seinen Kopf freizubekommen. Frei von wirren Gedanken an Sex und mehr hin zu einer Tasse Kaffee. Einige der Gäste waren geblieben und lagen teilweise auf dem Boden, andere hatten wegen der fehlenden Schlafmöglichkeiten das Weite gesucht. Auf dem Weg Richtung Küche bemerkte er, dass dankenswerterweise ein schmaler Durchgang zur Kaffeemaschine freigelassen worden war.

Er füllte Wasser auf und spülte sich den Mund aus. Der Geschmack der Zigarette klebte auf der Zunge und Carsten schüttelte sich. Gerade als er den Knopf der Maschine drückte, stand Kyra im Türrahmen oder, besser ausgedrückt, lehnte sich daran, damit sie nicht umfiel. Sie öffnete mit letzter Kraft ihre Augen. »Machst du mir auch einen?«

Selbst, wenn sie die hässlichste Frau der Welt gewesen wäre, mit einem Auge und drei Ohren, diesem süßen

Lächeln hätte niemand einen Wunsch abschlagen können. Sie schaffte es, ein Auge zu öffnen und einen der Mundwinkel zu einem Lächeln hochzuziehen. Stolpernd kam sie auf Carsten zu und fiel an seine Brust. Es war ein wunderbares Gefühl. Den letzten Körperkontakt dieser Art hatte er, als Stefanie auf ihm gelegen war und nach einem Kondom gefragt hatte. Die Abschiedsumarmung von Claudia galt für ihn nicht. Sie war im wahrsten Sinne des Wortes – verwässert.

»Gerne, mit Milch und Zucker?«

»Nur Milch, danke! Was Süßes habe ich ja im Arm.« Dabei hob sie ihren Kopf und ihre Zähne spielten mit ihrer Unterlippe. Sie stellte sich auf die Zehenspitzen und begrüßte den Morgen mit einem Kuss für Carsten. »Ich gehe schnell ins Bad, um mir den komischen Geschmack im Mund auszuspülen.« Sie war bereits um die Ecke verschwunden, als unvermittelt ihr Kopf erneut im Türrahmen auftauchte. Sie bog in unnatürlicher Haltung ihren Rücken und lehnte sich so weit zurück, dass Carsten kurz davor war, hinzuspringen, um ein mögliches Umfallen zu verhindern. »Dann schmecken meine Küsse besser.«

»Kann es kaum erwarten.«

»Du bist der Schriftstellerfreund von Pap.« Halb artikulierte Kyra es als Frage, halb als Feststellung.

»Hat er mich erwähnt?« Verdutzt sah er sie an, während sie am Kaffee nippte und ihre Lebensgeister langsam erwachten.

»Ja, er ist stolz, dass du Berlin als deinen Ort für den Durchbruch als Schriftsteller auserkoren hast. Sagt man das so? Gott, ich muss erst wach werden.«

»Warum bist du denn schon aufgestanden?«

»Weil du nicht mehr bei mir gelegen hast. War plötzlich so kalt.«

Das war wohl eines der schönsten Komplimente, die er je von einer Frau erhalten hatte. »Dann hätte ich dich besser zudecken sollen. Ich habe etwas gesucht, aber nichts gefunden. Sorry!«

»Du hättest nicht aufstehen und mich alleine lassen sollen.« Wieder dieses unverschämt süße Grinsen.

Er musste sich unbedingt ablenken. Sie war viel zu jung für ihn. »Du weißt also etwas über mich. Erzähl, was du so treibst.«

»Ich habe Kunstgeschichte studiert und mich auf Restauration von Skulpturen spezialisiert. Jetzt bin ich auf Jobsuche. Sieht ganz gut aus. Es gibt ein paar Stellen, die ich bekommen kann.« Glücklich sah sie bei ihrer Aufzählung nicht aus. Der Ernst des Lebens stand vor der Tür. Der Übergang vom Studentenleben mit seiner Lockerheit hinein in die Welt der Spießer. Das drückte bei vielen auf die Stimmung. Carsten kannte das von einigen BWL-Studenten, die sich bei ihm beworben hatten. Nicht alle waren so karrieregeil wie er gewesen.

»Ich denke darüber nach, vorher eine Lehre bei einem Steinmetz zu machen, damit ich nicht nur über die Dinge reden kann, sondern auch selber restaurieren.« Da war ihr Hintertürchen, das sie sich offenhielt. »Und du? Seit wann bist du Schriftsteller?«

»Seit sechs Wochen.«

»Na ja, jeder fängt mal an. Es gibt also noch nichts zu lesen von dir.«

»Nein, und mein erstes Werk wird nur ein Bildband. Der Roman zu den Begebenheiten auf den Bildern existiert bisher nur in meinem Kopf. Aber er wird kommen. Papis macht gehörig Druck. Er erhofft sich eine Hauptrolle darin.« Sie beide lächelten über diesen Gedanken, als Pap ebenfalls die Küche betrat.

»Hallo, guten Morgen. Warum seid ihr schon wach?«

»Mir tat der Rücken weh, diese Sitzkissen sind nicht bequem. Und Kyra hat gefroren.« Sie lachte, erklärte aber nicht, warum ihr kalt war.

»Ihr zwei saht süß aus, so eng umschlungen. Ich habe ein Foto von euch gemacht.«

»Ehrlich? Zeig mal!« Kyra war urplötzlich wach und freudig erregt wie ein kleines Kind, das kurz vor dem Einschlafen erfährt, dass es morgen in den Zoo geht.

Pap nahm das Smartphone aus der Hosentasche und rief das Foto auf.

»Oh ja, schickst du mir das?« Nachdem Pap genickt hatte, hielt sie Carsten das Display entgegen.

»Süß ist nur eine von uns. Der andere sieht aus, als käme gleich der Sabber aus dem Mundwinkel heraus.«

»Rede keinen Blödsinn. Wir sind niedlich. Da hat Pap recht.«

»Süß habe ich gesagt. Ich würde nicht so weit gehen und euch niedlich nennen. Dafür fehlt eine Ecke.«

Sie tranken ihren Kaffee und Pap und Carsten erzählten Kyra von ihrer gemeinsamen Vergangenheit. Mit jeder Einzelheit wurde das Lachen in der Runde lauter.

Und am lautesten lachte Kyra. »Carsten, du musst diesen Roman schreiben. Versprich es mir!« Kyra war Feuer und Flamme für diese Idee. Pap auch. Nur Carsten zögerte mit der Einwilligung.

»Ich arbeite daran. Aber ich möchte das erste Projekt vorher abschließen.«

Zum Abschied fragte Kyra ihn: »Sehe ich dich wieder?«

»Möglicherweise auf einer meiner Lesereisen für den Roman?«

»Früher nicht?«

»Das wäre natürlich schön.« Carsten gab ihr einen Kuss zum Abschied. Er wusste, dass es keine Beziehung mit Zukunft gäbe. Aber er wollte sie wiedersehen. Mit frischem Atem, damit ihre Küsse noch besser schmeckten.

»Herr Döring, ich bin begeistert von den Entwürfen. Ich habe schon vorsichtshalber im Verlag den Bildband auf Priorität gesetzt. Ich möchte spätestens im zweiten Halbjahr in den Druck. Die Zeit ist superpassend. Die ganze Republik möchte mehr über Afrika und die dortige Not erfahren. Warum all die Menschen die gefährliche Reise nach Europa antreten.«

Paul Kehlschneiders Augen glänzten, als er die Ausdrucke nach und nach genauer unter die Lupe nahm. Bei den vielen Eindrücken, die diese hinterließen, war es schwer, all die offenen Fragen zu formulieren. Bei einem Teil verwies Carsten darauf, dass er darüber gerne einen Roman schreiben wollte. Was den Verleger sehr erfreute und dazu veranlasste, gleich Interesse zu bekunden, diesen ebenfalls in das Verlagsprogramm aufzunehmen.

»Aber so weit bin ich noch nicht. Vielmehr hätte ich gerne weitere Tipps von Ihnen, wie ich die Texte umformulieren kann.«

»Machen Sie sich darüber keine allzu großen Gedanken. Der Vortext ist wichtig und der wurde ja mit Ihnen durchgegangen. Die Bildunterschriften werden üblicherweise von den Lesern nur am Rande wahrgenommen. Viel wichtiger ist die Qualität der Bilder. Sie ziehen einen in den Bann. Wenn wir jetzt das eine oder andere Bild mit einem längeren Text versehen, sind wir durch. Schaffen Sie das innerhalb von vier Wochen?« Carsten fühlte bei seinen Worten keinen großen Druck und sagte zu. Irgendetwas würde er formulieren, um ihn zufriedenzustellen. In seiner Firma waren die Deadlines und damit verbundene Arbeiten weitaus härter verfasst.

»Machen Sie die nicht zu lang. Eine Viertelseite mit Andeutungen reicht. Der Rest soll in den Köpfen der Leser entstehen.« Dann nahm Kehlschneider ein Bild auf und tippte mit dem Finger darauf. »Das hier zum Beispiel: Hier möchte man mehr erfahren.« Er beugte sich nach vorne und legte ein Blatt vor Carsten, das ihn und Pap zeigte. Gerade waren sie mit den geklauten Mopeds am Waisenhaus angekommen und überreichten voller Stolz die Medikamente, die sie besorgen konnten. Was man nicht sah, war die Angst davor, wie sich die Rückgabe der Maschinen gestalten würde. Carsten lachte vor sich hin, was auch dem Verleger nicht verborgen blieb.

»Sehen Sie, ich möchte wissen, warum Sie jetzt lachen. Schreiben Sie einen kurzen Abriss darüber. So etwas möchte man lesen. Nicht bei allen Bildern, nur bei jedem vierten oder fünften. Verstehen Sie? Machen Sie die Leser neugierig! Die müssen umblättern wollen, bis sie alles gesehen haben.«

»Aber eben keinen Roman, richtig?«

»Genau! Entweder ein Bildband mit Kurzinformationen oder eine lange Geschichte. Dazwischen gibt es keinen Spielraum.«

Nachdem Carsten das Verlagshaus verlassen hatte, machte er sich auf in die Innenstadt. Er war mit Kyra verabredet. Zum wiederholten Mal in den letzten drei Wochen. War das schon eine Beziehung? Vermutlich nicht und Kyra hatte ja darauf hingewiesen, dass sie eher an einer Freundschaft Plus interessiert war.

Das kam Carsten ganz gelegen. Eine weitere Partnerschaft, die von vornherein zum Scheitern verurteilt war, würde er nicht verkraften. Er genoss es, wenn sie unverbindlich zusammen Zeit verbrachten. Sie war nicht nur sehr hübsch, sondern lustig und erfrischend anders. Dass sie ebenfalls sehr klug war, half bei den Gesprächen, die sich nicht nur um die Arbeit drehten. Kyra verstand, dass es immer eine Kehrseite gab. Egal wie gut und richtig sich eine Sache anfühlte, war da immer ein Schatten, wenn diese gegen die Sonne gehalten wurde. Für sie beide gab es nicht nur einhundert Prozent oder gar nicht, an oder aus, weiß oder schwarz – nein, sie beide sahen die Farbnuancen dazwischen.

Gelegentlich gingen sie gemeinsam zu Veranstaltungen oder trafen Pap, der ebenfalls vorübergehend sein Singleleben aufgegeben hatte. Kyra und Carsten sahen für ihn darin keine Zukunft, weil er gehörig unter dem Pantoffel stand. Seine legendären Feten waren erst einmal ausgesetzt, seine äußere Erscheinung dem elitären Leben angepasst, das sich seine Freundin wünschte, und der Blick auf eine große Zukunft gerichtet. Kyra gab ihnen maximal vier Wochen. Carsten konnte sich kaum den Namen dieser Frau merken und sagte: Zwei. Bis der Hormonhaushalt, der durch die aufkommenden Frühlingsgefühle aus dem Ruder gelaufen war, sich normalisiert hatte. So lange würde er es mit ihr aushalten.

Kyras Begrüßung war wie immer herzlich. Sie umarmte Carsten und küsste ihn innig. »Ich habe mich etwas länger in die Mittagspause verabschiedet. Irgendwelche Ideen, wie wir die freie Zeit gestalten wollen?«

»Wir können ins Deutsche Historische Museum gehen oder wir füttern im Park die Enten. Oder wir gehen zu mir und sehen, welche Talkshow am Nachmittag im Fernsehen kommt.«

»Nein, nein und nein! Wollen wir Sushi essen gehen? Ich lade dich ein.«

»Du hast vor zwei Wochen deinen ersten Job angefangen und dein Gehalt noch nicht ausgezahlt bekommen.

Möchtest du nicht wenigstens darauf warten? Ich lade dich ein.«

»Und noch mal nein. Du hast letztes Mal gezahlt. Heute bin ich dran. Ich habe ein paar Groschen übrig und die hauen wir jetzt auf den Kopf.« Sie küsste ihn kurz und zog ihn dann hinter sich her. So wie sie es gerne machte, wenn der ›alte Mann‹ etwas zögerlich wirkte.

Carsten folgte brav und lachte, als er dieses Energiebündel von der Seite betrachte. Dann zog er sie kräftig an sich und stoppte ihren Drang. Er küsste sie erneut und legte anschließend seinen Arm um ihre Taille. Mit einer gewissen Verliebtheit schlenderten sie weiter.

Er mochte es ihr zuzuhören. Wenn sie über ihr erstes Restaurationsprojekt redete und mit viel Leidenschaft die Feinheiten erwähnte. Erzählte, dass sie das erlernte Wissen oftmals vergessen konnte und sich neue Techniken aneignen musste.

Beim Running Sushi fütterten sie sich gegenseitig und Carsten erinnerte sich an seine Zeit als Teenager, wo so etwas bereits als Zeichen für die ewige Liebe gedeutet wurde. Mit Kyra war alles anders. Nicht peinlich, wenn man sich von den Erwachsenen beobachtet fühlte oder die Angst aufkam, irgendwann dieses Mädchen gegenüber vielleicht zu verlieren. Carsten und Kyra waren kein Paar und keiner dachte an die Zeit danach. Sie genossen den Augenblick und würden sehen, was die Zukunft ihnen brachte. Ganz sicher keine Hypothek für ein Eigenheim oder zwei, drei Kinder im frischgemähten Vorstadtgarten.

»Sag, wie lief das Gespräch beim Verlag? Sind alle so begeistert wie ich?«

»Irgendwie habe ich das Gefühl. Was mir allerdings etwas Sorgen macht: In vier Wochen soll ich fertig sein. Und ich brauche auf die Schnelle mindestens acht, neun

Shortstorys, damit sich der gemeine Leser in das Buch verliebt.«

Kyra zuckt nur mit den Schultern. »Das machst du mit links.« Sie beugte sich zu ihm und küsste ihn flüchtig. Zur Bestätigung ihrer Zuversicht tätschelte sie ihm seine Wangen und fing anschließend lauthals an zu lachen.

»Danke, Mami. Ich bin schon groß. Das weißt du doch.«

»Ja, aber für Mami wirst du immer ihr Kleiner bleiben.«

Die beiden alberten herum, bis Kyra erschrocken das Treiben unterbrach.

Carsten sah sie fragend an. »Was hast du?«

»Mir ist etwas eingefallen, was mir Sorge macht.« Ihr Gesichtsausdruck war eine Mischung aus Angst und Erkenntnis. Kyra nahm seine Hände in ihre. »Ist dir klar, was das bedeutet?«

Carsten schüttelte den Kopf. »Nein, ich verstehe dich nicht. Was bedeutet was?«

Kyra legte ihren Kopf an seine Brust und umfasste ihn. Zog ihn dicht an sich heran.

»Jetzt rede schon! Was meinst du?«

»Carsten, verstehst du nicht?« Mit fragender und verständnisloser Miene ausgestattet, schüttelte sie den Kopf. Carsten verstand gar nichts mehr und bekam ein beklemmendes Gefühl in der Magengegend. »Du …«, wieder unterbrach sie. »Du hattest Sex mit deiner Mama!«

»Du blöde Kuh.« Carsten stieß ihre Hände spielerisch von sich und fing lauthals an zu lachen. Kyra krümmte sich. Nie zu vor hatte Carsten einen Menschen mit so viel Unbekümmertheit lachen sehen. Es dauerte Minuten, bis sie sich beruhigt hatte und Carsten sich in den Griff bekam.

Er begleitete sie zurück zur Arbeit, zog sie dann zu sich und küsste ihre Stirn. »Du bist total verrückt. Weißt du das?«

»Ja, das weiß ich.« Wieder umfasste sie ihn. Dieses Mal etwas fester. Gemeinsam liefen sie eng umschlungen weiter.

»Du weißt aber auch, was das für uns bedeutet?« Jetzt war es an Carsten, in das Spiel einzusteigen.

»Nein, was denn?«

»Dass wir zukünftig keinen Sex mehr haben werden!« Er versuchte so seriös zu wirken, wie es unter diesen Umständen für ihn möglich war. Viel war es nicht. Sein Widerstand bröckelte schnell und erneut lachten sie beide über diese absurde Idee. »Aber etwas Kuscheln geht noch!«

»Kuscheln? Mein Großer entdeckt wohl gerade seine feminine Seite?«

»Ich bin immer noch ein knallharter Typ.«

Kyra streckte sich und küsste ihn. »Und womit untermauerst du deine Aussage?«

Da musste Carsten nicht lange überlegen. »Okay, zuerst haben wir Sex und erst dann kuscheln wir. Einverstanden?«

»Einverstanden!«

»Außerdem wird meine Mutter in diesem Zusammenhang nie wieder erwähnt. Können wir uns darauf einigen?«

»Können wir.« Kyra strahlte ihren Freund an und Carstens Augen fingen an zu glänzen.

Vor Kurzem hatte Kyra von ihrer WG erzählt. Ihre Mitbewohnerinnen hatten sich bei ihr beschwert, dass sie so oft Sex hatte. Dass der Neid sie womöglich entzweien würde. Auf die Frage, ob sie mit ihnen teilen würde, um dieses Problem aus der Welt zu schaffen, streckte sie ihnen nur die Zunge heraus und rannte lachend in die Arme ihres Sexualpartners, der geklingelt hatte. Die neidischen Blicke prallten hinter ihr an die zugeschmissene Haustür. Deshalb kam sie öfter zu ihm als er zu ihr.

Am späten Abend lagen sie erneut nackt in seinem Bett und genossen jeweils die Wärme des anderen. »Wollen wir noch einmal? Ich könnte immer mit dir schlafen.« Kyra liebte es, ihren Kopf auf seine Brust zu legen und zärtlich über seinen Körper zu streichen.

»Du musst einem alten Mann Gelegenheit geben, neue Kraft zu tanken.«

»Stell dich nicht so an! Nach dem Sex ist vor dem Sex. Ich kann dir ja etwas helfen.« Wann immer Kyra ihn so anstrahlte, konnte er schwach werden. Nur war er jetzt zu erschöpft.

»Nein, denke an mein schwaches Herz. Vielleicht morgen Abend? Hast du etwas vor?«

»Unsere Treffen werden ziemlich regelmäßig. Findest du nicht?«

»Du meinst, wir sind auf dem Weg zu einer Partnerschaft?«

»Nein, du weißt, dass ich das nicht will.« Kyra vergrub ihre Nase in seiner Halsbeuge. »Partnerschaften sind immer der Tod für Gefühl und Leidenschaft.«

»Aber wie geht es weiter mit uns?« Zärtlich streichelte Carsten ihren Rücken.

»Ich habe eine Idee.« Kyra war aufgesprungen und setzte sich auf Carstens Brust. »Gar nicht. Ich meine: Wir sollten uns jedes Mal neu treffen. Solange wir wollen und wir Spaß haben.«

Carsten gefiel der Gedanke. »Können wir zumindest so tun, als ob wir uns bereits kennen? Sonst muss ich mir immer Gedanken machen, wie ich dich anspreche!«

Kyra boxte ihn. »Blödmann! Wir tun immer so, als wäre es unser drittes Date?«

»Wieso gerade das dritte?«

»Weil es beim dritten Date das erste Mal Sex gibt!«

»Wir hatten beim zweiten Treffen Sex.«

»Weil du dich nicht an eine unumstößliche Regel des Universums gehalten hast! Zukünftig gibt es das nicht mehr.«

»Da kann ich ja von Glück reden, dass wir uns immer zum dritten Date verabreden. Gibt es bei jedem dritten Treffen Sex?«

»Nur wenn du dir Mühe gibst.«

Dann rutschte sie auf ihn nieder. Ihre Körperwärme drang durch ihn hindurch und stärkte seine Lebensgeister. Eins musste er aber noch ansprechen. Etwas, was ihn nicht losließ. »Macht es dir nichts aus, dass ich so viel älter bin als du?«

»Nein, warum? Zwei, drei gute Jahre hast du noch, und die möchte ich von dir haben.«

Carsten gefiel ihre Antwort. Um ihr nicht kampflos das Feld zu überlassen, gab er eine Retourkutsche: »Außerdem weiß man ja, dass Frauen schneller und auf unschöne Art und Weise altern. Du holst mich bald ein. Da mache ich mir keine Gedanken.« Die Kissenschlacht, die auf seine Aussage folgte, verlor er. Er hatte keine Chance gegen sie.

Als die Situation sich beruhigt hatte, schlief Kyra ein. Carsten lag wach und grübelte. War es normal, neben einer wunderbaren Frau zu liegen und an die letzte Kissenschlacht in Wien zu denken? Carsten drehte sich auf die Seite und zeichnete, während sie mit dem Rücken zu ihm lag, mit seinem Finger Kyras Herz nach. Danach küsste er ihren Hals und schmiegte sich dann an sie. Als ihr Hintern sich hin und her bewegte, war er sofort erregt.

Im Halbschlaf versunken, fragte Kyra ihn: »Möchtest du jetzt Sex? Wecke mich dabei bitte nicht auf.« Ihre Stimme wurde von ihrem Kissen erstickt.

»Nein, meine Süße. Schlaf weiter. Das war nur ein letztes Aufbäumen.« Mit den Gedanken in Wien, fielen Carsten die Augen zu.

Beim letzten Gespräch vor dem Erstdruck ging es nicht um Feinheiten, die korrigiert werden mussten. Das war zu diesem Zeitpunkt nicht mehr möglich. Die Druckerei hatte den fertigen Satz erhalten. Vielmehr wollte man zum Abschluss einer Reihe von Treffen die Gelegenheit nutzen und sich für die gute Zusammenarbeit mit einem kleinen Umtrunk bedanken.

Neben Verleger Kehlschneider, der den Bildband aus dem Senegal kurzerhand zur Chefsache erklärt hatte, waren der von Pap vermittelte kaufmännische Leiter des Verlags, Paul Kliemt, dessen Namensähnlichkeit mit dem berühmten Maler, oft zu lustigen Wortspielen oder Wortanspielungen verleitete, anwesend und die Cheflektorin Elisabeth Laadner, die ungenaue Formulierungen und Grammatik- sowie Rechtschreibfehler gefunden und überarbeitet hatte.

Vor Kehlschneider lag ein Probeexemplar von Carstens Erstlingswerk. Und der war stolz, wie ein Überraschungssieger bei Olympischen Spielen. Das Leuchten seiner Augen verriet ihn.

Ehrfurchtsvoll hatte er das Hochglanzcover inspiziert, vorsichtig die ersten Seiten umgeschlagen. Hatte über die weißen Blätter gestrichen, die Konturen auf den Bildern mit den Fingern nachgezeichnet. Einige waren von Profis nachbearbeitet worden, das konnte man am Ergebnis erkennen. Ob Farben besser zur Geltung kamen oder unnötige Ablenkungen im Randbereich der

Fotografie beschnitten worden waren – jedes der Bilder nahm den Betrachter an die Hand und lenkte die Aufmerksamkeit auf die entscheidenden Details.

Am Ende wendete er den Bildband von links nach rechts und zurück. Vorsichtig, wie ein unersetzbares Artefakt eines ausgestorbenen Urvolkes, legte er ihn zurück. Auf seinen zugewiesenen Platz, wo er wie die Unabhängigkeitserklärung der Vereinigten Staaten im National Archives Museum auf einem Pult thronte. Ob Thomas Jefferson die gleichen Gefühle durchlebt hatte, bevor er sein Werk dem Kongress vorlegte? Die gleiche Ehrfurcht, aber auch die Unsicherheit empfand, wie die Delegierten respektive die Leser darauf reagieren würden?

»Das Probeexemplar ist im Digitaldruck. Die Auflage wird im Offsetdruck produziert. Dadurch geht der Glanz etwas zurück, aber die Lesbarkeit und Erkennbarkeit von Details werden verbessert. Was die Gesamtqualität weiter anhebt.« Kehlschneider schien belustigt über die Reaktion seines Autors.

Carsten war jetzt ein Autor. Zwar nur von einem Bildband, doch die Idee zu einem Roman hatte bereits Früchte getragen. Er feilte mittlerweile an einem Exposé und hatte sogar schon eine Grobeinteilung der Kapitel erstellt. Die Figuren kannte er in- und auswendig und musste nur die wahren Freunde in der Darstellung etwas verzerren und so unkenntlich machen.

Die Formulierung ›Roman‹ war sehr hoch gegriffen. Vielmehr wollte Carsten Anekdoten in zeitlicher Abfolge schreiben, die mehr als ein paar Zeilen unterhalb der Bilder umfassten. Eine Ansammlung von lustigen Erlebnissen mit seinem Kumpel Pap und anderen Mittätern. Ein solches Episodenbuch könnte man kurz nach der Veröffentlichung der Dokumentation folgen lassen.

Davon hatte er bisher nur Kyra und Pap erzählt, die Feuer und Flamme für diese Idee waren. Und jetzt auch Kehlschneider. Danach würde ein Roman mit gleichem Thema kommen. Mit der Veröffentlichung eines Romans würde aus einem Autor ein Schriftsteller werden.

Er stünde dann mit den Großen in der literarischen Welt auf einer Stufe. Nicht qualitativ oder quantitativ – doch mit der gleichen Leidenschaft ausgestattet. Das neue Ziel war ausgegeben und durch das Engagement der kleinen Verlagsgesellschaft befeuert. Diese Möglichkeit trieb ihn seit geraumer Zeit voran und lenkte ihn entsprechend oft von seinem Erstlingswerk ab. Doch wenn man so von einer Idee gefangen war, ließ sich dieser Gedanke eben nicht einfach vertreiben. Ernest Hemingway, Edgar Allan Poe, Mark Twain, Paulo Coelho und Carsten Döring in einem Kontext ausgesprochen.

»Mir gefällt es ausgesprochen gut. Ich bedanke mich von ganzem Herzen für euren Einsatz und die Zeit, die ihr für mich aufgebracht habt.«

»Das war nicht so schwer.« Elisabeth hob ihr Glas in seine Richtung. »Es gibt Autoren, die um jedes Wort kämpfen, das gestrichen gehört. Mit dir würde ich als Lektorin jederzeit ein neues Projekt starten.« Ihre beiden Chefs nickten zustimmend und stießen zum wiederholten Mal mit ihm an.

»Der Erscheinungstermin ist am Fünfzehnten, aber die Werbung im Katalog und auf der Webseite läuft auf Hochtouren.« Aufgeregt suchte Kehlschneider etwas auf seinem Schreibtisch. Als er es fand, hielt er es mit fester Hand in die Luft. »Die ersten Vorbestellungen des Großhandels sind gestern eingegangen. Der Vertrieb macht ebenfalls einen tollen Job.« Kehlschneider trat zu Carsten. »Du wirst sehen, das wird ein großer Erfolg. Davon bin ich überzeugt.« Erneut erfüllte das Geräusch des Kristallklangs den Raum.

Carsten erinnerte sich an dieses Gespräch vor zwei Monaten, als wäre er vorhin erst aus Kehlschneiders Büro gegangen. Wie hätte er auch ahnen können, welche unglücklichen Abläufe auf ihn zukamen und welche Folgen das hinter sich herziehen würde? Was einen kleinen Eindruck vermittelte, mit wie vielen Stolpersteinen das Leben eines Literaten gepflastert war. Hindernisse, die sich ohne erkennbare Andeutung erbarmungslos vor ihnen auftürmten und denen es zu trotzen galt. Seinen Weg unbeirrt fortzufahren.

Vor ihm auf dem Tisch lag der förmliche Brief des Verlages Kehlschneider. Sie drückten ihr Bedauern aus, doch könne man die nächste Auflage des Dokumentationsbestsellers nicht zeitnah in Auftrag geben.

Jetzt wartete Carsten auf Paps Rückruf, der mit seinem Bekannten Paul Kliemt Rücksprache führen wollte, um herauszubekommen, was geschehen war. Carsten lief von einer zur anderen Wand. Er stoppte in Gedanken die Zeit. Obwohl er kleine Schritte machte und seine Bewegung eher einer Zeitlupe glich, schaffte er die Strecke in unter sieben Sekunden. Im Sprint könnte eine handelsübliche Stoppuhr womöglich nur die zweite Stelle hinter dem Komma mit einer Zahl ausgeben.

Er lebte jetzt seit mehr als einem halben Jahr sein Poststudentenleben in Berlin und hatte Frieden mit der sogenannten Zweizimmerwohnung geschlossen. Nachdem er ein paar Möbelstücke ausgetauscht und die Originale in einer Selfstorage-Anlage verstaut hatte, machte es ihm sogar Freude. Das Leben musste nicht pompös und glamourös sein. In seiner jetzigen Form, mit Fokus auf das Wesentliche, hatte er in kurzer Zeit mehr Spaß gehabt und mehr neue Freunde getroffen, als in sieben Jahren mit Claudia in dem Luxus-Apartment in Wien. Ganz zu schweigen von den Vergnügungen im neuen Doppelbett, die er bis vor Kurzem noch mit Kyra hatte.

Carsten schmunzelte bei der Erinnerung an das letzte Gespräch der beiden. Bevor Kyra nach Paris umgezogen war. Nach dem Sex, als sie eng umschlungen im Bett gelegen hatten und sich darüber unterhielten, wer sie während ihrer Abwesenheit vertreten sollte.

»Aber keine dieser links-grünen Emanzen, die ständig ihren geistigen Dünnschiss verbreiten und dich umerziehen wollen.« Carsten setzte das grimmigste Gesicht auf, das er zur Verfügung hatte.

»Nein, auf keinen Fall. Mit so einer lasse ich dich nicht zurück. Man muss nicht gleich im untersten Genpool nach den Abfällen fischen.« Kyra schüttelte energisch den Kopf

Dann fuhr er fort: »Auch keine Lehrerin oder Erzieherin, die einen Mann wie einen ihrer kleinen Schüler behandeln. Wie du weißt, bin ich dafür zu alt.« Um das Gegenteil zu beweisen, gab Kyra ihm einen Kuss. Carsten sortierte weiter aus: »Frauen, die man erst fesseln und schlagen muss, damit sie überhaupt etwas empfinden, möchte ich ebenfalls nicht.«

»Aber ein bisschen Bondage ist okay, oder? Stell dir vor, wenn sie gefesselt und willenlos vor dir liegt und du machen kannst, was du möchtest!«

Carsten prustete los. »Das klingt wie viel Arbeit! Aber kann man versuchen!«

»Noch weitere Ausschlusskriterien?«

»Veganer! Ich liebe ein gutes Stück Fleisch! Alleine ihr Gesichtsausdruck, wenn ich genüsslich ein Steak essen möchte. Da vergeht einem ja der Appetit.«

»Immerhin sind die Vegetarierinnen noch in der Auswahl!«

»Die haben meist eine höhere Toleranzschwelle, was Fleischverzehr betrifft. Bio aus tiergerechter Haltung akzeptieren sie bei ihrem Partner. Und ich esse öfter vegetarisch. Mit den richtigen Zutaten und Gewürzen kann man da schön zaubern.«

Kyra legte ihre Stirn in Falten. »Aber emanzipiert und klug muss sie sein.«

»Natürlich! Sie darf gerne stärker und ein besserer Mensch sein als ich. Jemand, zu dem ich aufschauen und mit dem ich wachsen kann.« Kyra und er sinnierten weiter über Frauen, die nicht zur Auswahl stünden. Weder für ihn noch konnte er erwarten, für solche Vertreter des weiblichen Geschlechts in Betracht gezogen zu werden.

»Viele Möglichkeiten bleiben da nicht übrig! Wenn man jetzt noch körperliche Anziehung in Betracht zieht und den Umstand, dass du dem Gegenüber auch gefallen musst! Wird schwieriger als gedacht!«

Carsten gab Kyra einen leichten Klaps auf den Po, den sie mit frechem Grinsen quittierte. »Ganz schön unverschämt!«

»Zumindest klappt der Anfang mit dem BDSM schon. Vielleicht brauchst du nur etwas Übung. Und du wirst lachen, ich kenne eine, die würde verdammt gut zu dir passen.«

»Deine Mutter?«

»Nein, du Blödmann.«

»Warum? Sie muss ein toller Mensch sein. Schließlich bist du ihr ziemlich gut gelungen. Und stell dir vor, wie du einmal Papa zu mir sagen darfst.« Den Schlag auf seine Brust hatte er nicht kommen sehen.

»Nein, nein. Hände weg von meiner Mama!« Sie schmiegte sich enger an ihn. »Ich lass dich ungern zurück. Wahrscheinlich bist du ohne mich völlig aufgeschmissen. Versprich mir, dass du alleine klarkommst!«

Carsten küsste sie mit aller Zärtlichkeit. Wäre Kyra nur zehn Jahre älter, würde er mit ihr zusammen nach Paris gehen. Beziehung hin oder her. Sie war eine der emanzipiertesten und stärksten Frauen, die er jemals kennenlernen durfte und die jeder Mann sich an seiner Seite wünschte. Nur leider viel zu jung. »Mach dir keine Sorgen. Nach der Zeit mit dir brauche ich sowieso erst einmal Erholung und dann finde ich schon jemanden.«

In seinen Ohren erklang der Aufschrei der links-grünen Emanzen: »Du bist viel zu alt, Arschloch!«

Er dachte in liebevoller Erinnerung an seine junge Ex-Freundin, was sich in einer Erektion manifestierte. Carsten hatte nie an eine dauerhafte Beziehung denken können, der Altersunterschied war einfach zu groß. Doch seine Muse, wie sie sich gerne selbst titulierte, genoss genau wie er die Zwanglosigkeit, die dieser Umstand mit sich brachte.

Keine Vorgaben oder Ziele, keine langfristigen Pläne oder Druck, dem anderen um jeden Preis gefallen zu müssen oder seine eigenen Bedürfnisse hintanzustellen. So schön Partnerschaften waren, konnte der Alltag die größte Harmonie bombardieren. Kyra und er trafen sich, wenn auch exklusiv und mit dem Versprechen, keine anderen Geschlechtspartner in der Freundschaft-Plus-Beziehung zu haben, ausschließlich für die vergnüglichen Stunden. Sie gingen Essen oder ins Kino, spazierten in Parks, was ihnen so manchen neidischen und missbilligenden Blick einbrachte.

Einmal standen Kyra und er bei einem Besuch im Pergamonmuseum vor einer riesigen Wandtafel und sie erklärte ihm mit Händen und Füßen, welch ein großer

Meilenstein der hellenistischen Kultur hier zu sehen war, und wie aufwendig sie restauriert worden war. Ihre leidenschaftliche Würdigung des Kunstwerks unterbrach sie gelegentlich für Zuneigungsbekundungen für Carsten, indem sie sich an ihn schmiegte oder ihn flüchtig küsste. Carsten verstand keine ihrer Erklärungen, was das Material oder die Bedeutung der Darstellung anging.

Was er richtig interpretierte, waren die barschen Blicke einer älteren Dame, die ihn für sein schändliches Verhalten maßregelten, weil er eine solch junge Frau an seiner Seite hatte. Carsten lachte die Frau aus und nahm Kyra in seine Arme. Was Kyra wiederum falsch auffasste und als Einladung ansah, ihn erneut zu küssen. Sie scherte sich nicht um das Geschrei anderer oder deren kleingeistige Erziehung. Carsten genoss diese Unbeschwertheit und Loslösung von der Erwartungshaltung oder Prüderie. Es war keine Liebe, vielmehr eine Verliebtheit, die sie beide verspürten. Eine Zuneigung für den anderen und eine Liebeserklärung an das Leben. Das machte eine lockere Partnerschaft erheblich unbeschwerter und die unvermeidliche Trennung erfolgte mit weniger Bedauern. Was Carsten zugeben musste, jedoch genauso tränenreich. Er vermisste nicht nur sie, sondern auch das, wofür sie stand.

Kyra zog nach Paris. Bereits nach wenigen Monaten in ihrem Job war ein Bildhauer, der sich auf die Restaurierung von Skulpturen spezialisiert hatte, auf sie aufmerksam geworden. Er hatte sie angesprochen und sie war von der Idee begeistert, sich bei ihm weiter ausbilden zu lassen. Der Rest ist Geschichte. Davon hatte sie immer geträumt. Ein Mentor mit entsprechender Reputation, der sie an die Hand nahm und aus ihr eine Spezialistin machte.

Leider lebte der gute Mann mit exzellentem Ruf in der Branche in Frankreich. Was eine Fortführung ihrer ungleichen Beziehung nicht erlaubte. Carsten wollte sie längst besuchen, gab den Gedanken aber auf. Für das Wohl seiner jungen Freundin war es besser, wenn sie sich von der Altlast in Berlin verabschiedete.

Als er sich selbst als ›Altlast‹ bezeichnete, rügte er sich. Von Kyra hatte er gelernt, dass es nicht darum ging, nur an die Zukunft zu denken, die in seinem Fall natürlich kürzer war als bei ihr, sondern eben im Hier und Jetzt zu leben. Die Zeit zu genießen. Und das taten sie, solange es gut war.

Ab und an telefonierten die beiden oder schrieben sich. Kyras Begeisterung, die aus jeder Beschreibung ihrer jetzigen Tätigkeit herauszuhören war, bestätigte Carstens Meinung. Sie hatte alles richtig gemacht und er wünschte ihr von ganzem Herzen viel Spaß und Erfolg.

Was ihn tröstete: Pap hatte viele weibliche Freunde und die eine oder andere hatte darauf gewartet, dass Kyra endlich das Feld räumte.

Ob sein junger Vermieter nach seiner Südamerika-Spritztour das Bett behalten wollte? Oder sollte er es wegen der süßen Erinnerungen mitnehmen? Wegen des temporär angedachten Einsatzes hatte Carsten nicht die allerbeste Qualität gekauft. Vielleicht hielt es der Beanspruchung gar nicht bis Jahresende Stand? Er wackelte kurz am Gestell und war zufrieden mit ihm. Die letzten Monate würde es halten und dann konnte man weitersehen.

Das Telefon klingelte endlich. All die offenen Fragen, die er hatte, würden jetzt eine Antwort erhalten. Zumindest hoffte er es.

»Tja, mein Freund, viel kann ich nicht berichten.« In Paps Stimme klang keine Zuversicht mit, was leider ebenfalls eine Form von Antwort war.

Pap erzählte von Gerüchten um Kehlschneider. Keines davon war bestätigt oder hatte ein Anrecht auf Richtigkeit oder Vollständigkeit. Paul Kliemt war selbst erschüttert, weil die eigene Zukunft auch an einem seidenen Faden hing. Der Verlag war nicht pleite. Aber Kehlschneider hatte Geld aus der Firma gezogen, um Schulden zu begleichen. Das hatte einen Liquiditätsengpass verursacht. Rechnungen konnten nicht bezahlt werden und wenn Druckereien kein Geld sahen, wurden offene Aufträge nicht bearbeitet. So einfach war das. In Kürze würde sich entscheiden, ob eine Insolvenzverschleppung vorlag und Anklage von Gläubigern eingereicht würde.

Es ging das Gerücht um, dass Kehlschneider spielsüchtig wäre und Außenstände mit Firmengeldern beglichen hatte. Jetzt kämpfte er um einen Zahlungsaufschub bei den Kreditoren und versuchte, Geld zu beschaffen. In diesem Geschäftsbereich kannte Carsten sich aus. Als Prokurist seiner Firma war er mit solchen Abläufen bestens vertraut gewesen.

»Wie geht es jetzt mit dem Bildband weiter? Hat Kliemt diesbezüglich auch eine Aussage getroffen?«

»Nicht direkt. Der Verlag könnte versuchen, Buchrechte an andere Verlage zu verkaufen. Das würde deine abgetretenen Rechte mit betreffen.« Kurz wurde es still und Pap sortierte sich. »Carsten, ich muss dich aber bitten, niemandem davon zu erzählen. Wenn das herauskommt, wäre es ein Dolchstoß in Kehlschneiders Rücken. Jeder andere Verlag, der Interesse an Printrechten hätte, würde den Preis drücken. Ich glaube, mein Schützling hat mehr ausgeplaudert, als er wollte. Er ist als kaufmännischer Leiter sofort unten durch und vielleicht haftbar, wenn er Firmeninterna nach außen trägt. Du kennst dich im Compliance-Bereich oder bei Due-Diligence-Abläufen doch bestens aus, oder?«

»Klar. Verlass dich darauf. Niemand erfährt etwas.«

»Mein Schützling hat schnell bereut, dass er sich mir so geöffnet hat.«

»Kann ich mir vorstellen. Das kann im schlimmsten Fall Gefängnis bedeuten. Falls du ihn sprichst, sage ihm: Er kann sich auf mich verlassen.«

»Nein, ich werde vorläufig nicht weiter nachbohren.«

»Ich danke dir für die Infos. Wie es momentan aussieht, kann ich nicht mehr machen als abzuwarten, wie sich die Situation entwickelt.«

»Brauchst du Hilfe? Soll ich dir etwas Geld leihen?« Typisch Pap! Er würde Carsten immer zur Seite stehen.

»Blödsinn! Ich halte ein paar Jahre durch. Aber danke für das Angebot. Glaubst du, ich wäre dieses Abenteuer Berlin eingegangen, wenn ich nicht vorgesorgt hätte?«

»Egal, du weißt auf alle Fälle, bei mir gibt es immer eine warme Suppe für dich. So wie bei meiner Mama früher. Unsere Familie ist es gewohnt, den verwöhnten reichen Europäer vor einem ungewissen Schicksal zu beschützen.« Pap lachte sich am anderen Ende schlapp. Und Carsten stimmte mit ein.

»Wie sieht es mit Fleisch aus? Zwei, drei Mal pro Woche hätte ich gerne Fleisch. Suppe alleine reicht da nicht.«

»Bist du verrückt? Weißt du, wie die Lebensmittelpreise in den letzten Jahren gestiegen sind? Ein Steak oder einen Braten gibt es nur sonntags. Oder nur jeden zweiten Sonntag.«

»So kenne ich dich. Sparen was das Zeug hält, damit du deinen Rauch bezahlen kannst.«

Die schlechte Stimmung bei Carsten war schnell verflogen. Sie flachsten herum und zogen sich gegenseitig auf.

Am Ende des Telefonats war zwar nicht erkennbar, ob Carsten jemals Tantiemen für sein Werk erhalten würde, doch dieser Umstand geriet in Vergessenheit. Carsten machte sich weniger wegen der Verluste Sorgen. Vielmehr wünschte er dem Verlagshaus und den netten Mitarbeitern, die ihn so sehr unterstützt hatten, dass ihre Probleme nicht zu groß würden. Den Job zu verlieren und einer ungewissen Zukunft entgegenzusteuern ohne den finanziellen Spielraum, eine Durststrecke einfach auszusitzen – das konnte jemanden zerbrechen.

In der Vergangenheit war es für ihn eine der unangenehmsten Aufgaben, Mitarbeiter zu entlassen oder gar ganze Abteilungen aufzulösen. Die Reaktionen der Betroffenen reichten von ungebändigter Wut über Angst und Trauer bis hin zu aggressivem Verhalten gegen ihn. Die meisten Menschen suchten Sicherheit und Stabilität in ihrem Leben. Nahm man ihnen diese, konnte das ihre schlechtesten Seiten zum Vorschein bringen oder eine Abwärtsspirale auslösen.

»Alles Gute, mein Freund! Mögen all deine Wünsche in Erfüllung gehen.« Carsten prostete Pap zu. »Ich will dir deinen Geburtstag nicht vermiesen, aber einen kleinen Wermutstropfen gibt es heute.« Pap stellte sein Glas ab und studierte die Speisekarte. »Ich werde dich verlassen!« Carsten legte so viel Ehrlichkeit in seine Stimme, wie es für ihn möglich war.

Sein Gegenüber stutzte kurz, fand aber schnell die Fassung wieder. »Warum? Liebst du mich nicht mehr?« Pap unterbrach das Studium der Menüvorschläge nur für einen flüchtigen Moment und las weiter.

Die beiden saßen, wie zu Carstens Geburtstag, im österreichischen Restaurant Ottenthal. Es war ein lieb gewonnenes Ritual zu Feierlichkeiten. Obwohl dieser schöne Brauch erst das dritte Mal zelebriert wurde. Seine Buchveröffentlichung war der zweite Grund.

Als Pap sein Essen ausgesucht hatte, schlug er die Abendkarte zu und legte sie akkurat zur Seite. Am Montagabend waren nur wenige Tische besetzt und die drei Angestellten warteten geduldig hinter der Theke, bis die beiden bestellen wollten oder weitere Gäste das Lokal betreten würden.

Carsten nippte an seinem niederösterreichischen Chardonnay. Trotz der vielen Jahre in Wien und des Genusses landestypischer Qualitätsweine wunderte er sich noch immer, warum in Österreich bessere Weine produziert wurden als in Deutschland. Während sein Gaumen die frische Frucht und Würzigkeit im Abgang genoss, bewunderte er die strohgelbe Farbe des Weins. Er spielte mit seinem Glas vor der Kerze und bei jedem aufblitzenden Reflex wünschte er sich etwas, als wären es Sternschnuppen. Irgendwann bemerkte er, wie Pap ihn dabei belustigt beobachtete, und unterbrach sein Tun.

»Amüsiert dich etwas?«

»Deine Träumereien und dein Spruch von eben. Was bedeutet das? Dir ist klar, dass wir in keiner Beziehung sind, die du verlassen kannst?« Pap wartete, ob Carsten die Frage verstand.

»Deine ständige Meckerei, seit ich nach Berlin gezogen bin, ist wie die einer alten, hysterischen Ehefrau. Das kann man durchaus als eheähnliche Beziehung betrachten.«

»Klingt plausibel. Dafür entschuldige ich mich. Aber mich gleich verlassen? Ist das nicht eine übertriebene Reaktion auf eine so kleine Charakterschwäche?« Pap machte eine Handbewegung, die ausdrückte, dass Carsten erzählen sollte, was ihn bedrückte. Und das tat er.

»Ich fühle mich in Berlin nicht richtig aufgehoben. Job getan, Kyra weg und die Wohnung ist beim letzten Unwetter vor Angst weiter geschrumpft und hat vergessen, sich wieder auszudehnen.«

»Nimm dir eine größere Wohnung. Du hast genug Geld. Selbst wenn du die Tantiemen für dein Erstlingswerk vielleicht niemals sehen wirst.«

Carsten dachte an den Brief von Kehlschneider, der vage andeutete, dass er seine Karriere auf Sand gebaut hatte. Dabei ging es Carsten nicht um das verlorene Geld. Vielmehr ärgerte es ihn, den Menschen Kehlschneider mit seinen Schwächen und Fehlern nicht durchschaut zu haben. Das konnte er in der Vergangenheit besser. Vermutlich war einfach die Aussicht eines Neulings auf einen Verlagsvertrag zu verlockend, um vorher gewisse Erkundigungen einzuholen. In seinem alten Job war das die übliche Vorgehensweise bei jedem neuen Businesspartner. Gerade um solche unliebsamen Überraschungen zu vermeiden.

»Zumindest hat er den Vorschuss überwiesen und so, wie es aussieht, wird er die ausstehenden Zahlungen ebenfalls leisten. Dein ›Schützling‹ hat mich vorgestern angerufen. Kehlschneiders Frau kommt aus einer wohlhabenden Familie und schießt was dazu. Hast du gewusst, dass er die Rechte für den Bildband verkaufen möchte?«

»Nein, viel wird das auch nicht bringen.«

»Vermutlich nicht. Ein alter Freund von Kehlschneider, ein Exil-Berliner, der in München ebenfalls einen Verlag betreibt, hat sich dafür interessiert. Er möchte meine Kontaktdaten. Er plant irgendetwas. Der kaufmännische Leiter hat um Erlaubnis gebeten und deshalb angerufen.«

Pap zog erfreut seine Augenbrauen nach oben. »In der Haut von Kehlschneider will ich nicht stecken. Der wird zukünftig sicher mehr unter Beobachtung stehen.«

Das Gespräch entwickelte sich vielversprechend und Carstens schlechte Laune besserte sich mit jedem weiteren Schluck Wein. Als die beiden sich ausmalten, wie der Verlagsbetreiber zukünftig unter der Knute seiner Frau leiden muss, wurde das Treffen immer heiterer. Der Nachbartisch hatte ebenso viel Spaß an dem Gelächter zweier Freunde und stimmte oftmals beim Lachen ein. Obwohl sie nicht alles verstanden. Lachen war ansteckend, man sollte es viel öfter tun.

In einem ruhigeren Moment fragte Pap: »Carsten, wie kann ich dir helfen? Selbst in deiner kleinen Krise geht es dir besser als neunundneunzig Prozent der Bevölkerung.«

»Ich kann es nicht erklären.« Seit Wochen, seit er die Leichtigkeit von Kyra nicht mehr neben sich spürte, trieb ihn etwas um. Er konnte es nicht erfassen oder erklären. Vielmehr war es eine imaginäre Kraft, die ihn vorantrieb. »Entgegen anderslautenden Meinungen finde ich Berlin nicht aufregend oder inspirierend. Die Stadt hat kein Flair wie Wien oder die Gemütlichkeit einer Provinzgroßstadt wie München. Ich fühle mich irgendwie am falschen Ort. Die kleine Wohnung ist nicht das Problem. Eher diese oftmals aufgesetzte Multi-Kulti-Einstellung. Alle zwanzig Meter eine andere Kultur in Form von Fresstempeln oder ramschigen Souvenirshops mit Trödel, der angeblich von einem anderen Kontinent stammt – das alles ist nicht meine Welt.«

»Und jetzt? Willst du zurück nach Wien? Vermisst du dort etwas?«

»Nein, ich werde zurück nach Bayern ziehen. Wien ist Geschichte. Ein toller Lebensabschnitt, der aber zu Ende ist.«

»Du willst nicht etwa einen alten Bauernhof in Bayern kaufen und den eigenhändig restaurieren, oder? Das machen alte, ausgebrannte Männer angeblich öfter. Dazu eine Katholikin vom Land, die sich die Beine nicht rasiert und vor dem Essen betet. Sex nur zu Fortpflanzungszwecken. Ich mache mir ernsthaft Sorgen um dich.«

»Blödsinn! Bevor ich so ein selbst ernannter Öko-Bauer werde, gehe ich zurück zu Mama Sadio oder mache ein Big-Game-Fishing-Center in Dakar auf. Kannst du dir mich in Latzhose vorstellen, wie ich Kühe melke oder mit selber angepflanztem Gemüse rede, damit es schneller wachsen kann? Nein, ich werde das Angebot meines Vaters annehmen und seine leerstehende Wohnung in München übernehmen.«

»Mit Latzhose? Nein! Genauso wenig wie mit einer Angelrute. Hat dein Sinneswandel etwas mit deinen Eltern zu tun? Ich freue mich, dass du mit ihnen endlich wieder Kontakt hast. Familie ist wichtig, Mann!«

Carsten hatte ein, zwei Wochen zuvor in einem seiner Trübsalsanfälle einfach zum Hörer gegriffen und seine Eltern angerufen. Pap war seinem Freund viele Jahre damit in den Ohren gelegen. Hatte all seine Argumente und Ausflüchte für nichtig erklärt und ihn aufgefordert, über seinen Schatten zu springen.

Nach so langer Zeit wusste Carsten nicht mehr, warum er damals den Kontakt abgebrochen hatte. Da waren Vorwürfe vonseiten des Vaters und versteckte Beschuldigungen gegen seinen undankbaren Sohn. Doch das rechtfertigte vermutlich nicht, dass Carsten mit seiner Familie gebrochen und allein hinaus in die Welt gezogen war, nachdem er ihnen so viel zu verdanken hatte.

Der letzte Kontakt war über zehn Jahre her und im Laufe der Zeit war die Hürde sich zu melden höher und höher, der Stolz größer und größer und der Weg zurück weiter und weiter geworden.

Claudia hatte ihn nie gedrängt. Weil sie ihn gut verstand und selber nur sporadisch mit ihren Eltern sprach. Sie lebten in der Steiermark. Carsten hatte sie, während sie ein Paar waren, nur zwei Mal getroffen. Wahrscheinlich hätte er sich nicht einmal gewundert, wenn sie bei der Hochzeit ihrer Tochter nicht gekommen oder gar nicht erst eingeladen gewesen wären.

Beim ersten Telefonat mit seiner Mutter wurden seine ehrlich gemeinten Entschuldigungen für sein Verhalten permanent von ihren Weinanfällen unterbrochen. Und als er ein paar Tage später leibhaftig bei ihnen zu Hause aufschlug, wollten sie ihn anschließend kaum gehen lassen. Es war anstrengend, doch es war ebenfalls befreiend. Die Tatsache, jemanden zu treffen, der ihn nicht verlassen, sondern ausnahmsweise an sich binden wollte, war eine willkommene Abwechslung. Die Umarmung seines Vaters war ein weiterer Schritt beim Abarbeiten seiner vielen Baustellenprobleme.

»Nein, das hat nichts mit meinen Eltern zu tun. Oder vielleicht doch. Es ist ein Antrieb, den ich nicht erklären kann. Ich könnte überall neu anfangen. Ob in Deutschland oder im Ausland. Also warum nicht in München? Meine Eltern leben auf dem Land in Oberbayern und ich könnte sie öfter besuchen. Und doch weit genug entfernt, dass ich mein eigenes Leben habe. Etwas Bequemlichkeit ist natürlich dabei. Mein Vater hat eine Wohnung, ich suche eine und dabei spare ich mir die aufwendige Recherche oder einen Makler. Ich bin nicht sicher, ob das mein letzter Umzug sein wird. Wer weiß, vielleicht treibt es mich in ein paar Jahren weiter.«

»Aber dann mit dem Segen deiner Eltern. Versprich mir, dass du so einen Blödsinn nicht wieder machst und ein guter Sohn sein wirst.«

»Versprochen! Irgendwann stelle ich sie dir vor. Ich habe viel über dich erzählt und sie wollen dich unbedingt bald kennenlernen. Jetzt halte die Klappe und genieße dein Essen.«

Pap lachte und erhob sein Glas auf die Vernunft und auf gute Söhne.

Bevor sie an diesem Abend auseinandergingen, stellte Pap eine nicht unwesentliche Frage: »Wie geht es jetzt bei dir weiter? Suchst du dir einen neuen Job? Ich könnte mich umhören.«

»Danke, Kumpel, aber: Nein, danke.« Carstens Blick wanderte über die Straße und folgte dem Treiben dieser ruhelosen Stadt. »Ich werde einen Roman schreiben. Wie ich es von Anfang an vorhatte. Mit dir und mir in den Hauptrollen. Was hältst du davon?«

»Bekomme ich etwas von den Tantiemen ab?«

»Sicher nicht. Vielleicht springt eine warme Mahlzeit für dich heraus.«

»Egal! Ich bin dabei. Vergiss nicht, meine Mama zu erwähnen.«

»Wie könnte ich? Du erinnerst mich ständig daran.«

Mit der Verabschiedung begann in seinem Kopf bereits die Planung für den Umzug nach München.

Vor der Tür stand der gemietete Kleintransporter, den Carsten für seinen Umzug in das Bundesland seiner Geburt brauchte. Er verschloss die letzte Kiste und sah sich um. Das große Chaos wie in Wien blieb aus. Die paar Habseligkeiten passten in vier große Umzugskartons und drei Reisekoffer.

Erneut zwang ihn seine Ruhelosigkeit, die Zelte abzubrechen, neu zu beginnen. Es war kein Neustart für den Rest seines Lebens, wie vor einem Dreivierteljahr. Es war die Fortsetzung des eingeschlagenen Weges mit leichter Kurskorrektur.

Was dieses Mal anders schien, war das Fehlen von Unsicherheit. Was einige Monate freigeistiges Leben alles ändern konnten! Während Ende letzten Jahres die Ungewissheit die Oberhand behielt, machte diese jetzt Zuversicht und Vorfreude Platz.

Carsten hatte die schöne Zeit in Berlin genossen und er würde vieles aus der pulsierenden Hauptstadt vermissen. Allem voran seinen besten Freund Papis Guamba Niasse. Ihm verdankte er einiges. Angefangen von seiner Wohnungsvermittlung, seiner Gastfreundschaft in der Übergangszeit, seiner Hilfe bei der Verlagssuche – obwohl es Schwierigkeiten gab – bis hin zu einigen seiner stadtbekannten Abendveranstaltungen. Bei einer davon hatte er Kyra kennengelernt.

Jetzt ging es zurück in das vergleichsweise provinziell anmutende München. Weniger weltoffen, weniger Glamour, dafür mit mehr Selbstbewusstsein ausgestattet. Dort war man seit jeher auf den erbrachten Spagat zwischen moderner Großstadt und Tradition stolz. Und das zurecht.

Berlins eigene Identität litt unter den Folgen des Zweiten Weltkrieges, bei dem es völlig zerstört worden war und anschließend als Enklave ein Schattendasein führen musste. Die Stadt hatte zwar Geschichte, meistens eine dunkle, doch keinerlei Traditionen mehr, die gerettet werden konnten. Es sei denn, sie wurden von Migranten importiert. Ob es besser war, Fremdkulturen zu assimilieren oder adaptieren, anstatt seine eigenen auszuleben, darüber wollte er sich kein Urteil erlauben. Sein Blick war nach vorne gerichtet, auf eine glückliche Zukunft.

Carsten wartete auf Pap, der ihm beim Ausräumen Hilfe angeboten hatte. Mehr eine gut gemeinte Geste als eine benötigte Unterstützung. Vor Kurzem hatten sich die beiden über die Anzahl der Kartons Gedanken gemacht. Dabei wurde die Zahl permanent nach unten korrigiert. Bei der Wahl des Umzugsfahrzeuges nahm die Heiterkeit überhand, als man von Sprinter zunächst auf Berlingo downgradete und am Ende bei einem Smart oder Mini mit Dachgepäckträger landete.

Das Bett hatte er seinem Vermieter geschenkt, der sich dafür in seiner letzten E-Mail herzlichst bedankt hatte. Und andere Möbelstücke gab es nicht.

Das Telefon klingelte.

»Bitte, wer ist am anderen Apparat?« Zuerst war Carsten abgelenkt, aber die männliche Stimme am anderen Ende gewann rasch seine Aufmerksamkeit.

»Mein Name ist Peter Langenbach. Ich bin Verleger in München und ein alter Freund von Herrn Kehlschneider, Ihrem jetzigen Verleger.«

»Hallo, freut mich. Man hat Ihren Anruf angekündigt. Was kann ich denn für Sie tun? Wenn es um das Buch geht, müssen Sie mit Herrn Kehlschneider reden, der hat die Rechte übertragen bekommen.«

»Ich weiß, ich weiß. Nein, ich wollte mit Ihnen reden.«

Was folgte, war ein Mix aus rechtlichen Abreden und Zustimmungen. Die zwar nicht nötig waren, doch eine gewisse Rechtsunsicherheit von vornherein ausschlossen.

Carsten, der ansonsten bei Vertragsvereinbarungen zumindest in den Grundsätzen rechtlich versiert war, verstand nicht alle Details, hörte jedoch aufmerksam zu.

Allerdings vermied er, den Redeschwall des anderen zu unterbrechen. Dafür klang es zu gut.

Nach gefühlten zehn Minuten Monolog von Herrn Langenbach und mehrere Glücksgefühlsausbrüche später endete das Telefonat. Man verabredete sich für die kommende Woche zu einem persönlichen Treffen.

Carsten atmete tief ein und presste die Luft aus seinen Lungen. Aus dem Augenwinkel sah er Pap durch die offene Wohnungstür treten und ging auf ihn zu. Er klopfte an, obwohl Carsten ihn direkt anblickte. »Hallo, mein Freund. Ich hoffe, du bist fertig. Ich schwitze nicht gerne von der Arbeit.« Und auf Carstens dümmlichen Gesichtsausdruck verweisend: »Hast du einen Geist gesehen? Dein Blick verliert sich ins Leere.«

»Ich weiß, du hast nie gerne gearbeitet. Deshalb musste ich ja immer für dich mitschuften.« In Gedanken bei dem Gespräch mit Langenbach, drehte er sich von Pap weg und legte sein Smartphone auf das Fensterbrett. »Du wirst nicht glauben, was ich gerade für ein seltsames Telefonat hatte.«

»Ich glaube alles. Bin ein einfältiger, gutgläubiger Geselle.«

»Das war ein Berliner in München, der die Rechte an meinem Bildband übernehmen und die zweite Auflage herausgeben möchte. Er ist ein alter Freund von Kehlschneider und hat dafür ein paar Euro springen lassen. Außerdem ist er von meiner Idee begeistert, einige Anekdoten in einem Episodenbuch herauszugeben.«

»Klingt, als meinte das Schicksal es gut mit dir. Vielleicht hast du ja genug Karma-Punkte gesammelt, um auf meine Sonnenseite des Lebens zu wechseln.«

Beide lachten und klatschten ab. Ob sein Karma genug Punkte hatte oder das Universum es gut mit ihm meinte, vermochte er nicht zu sagen. Die Vorfreude auf eine erfolgreiche Fortführung seiner Schriftstellerlaufbahn war dennoch groß.

Und irgendwo aus der Ferne rief ihm Ernest Hemingway zu: »Siehst du, Kollege. Willkommen in der Welt der Literaten!«

Juli 2023

»Als ich dein Manuskript fertiggelesen hatte, habe ich mich gefragt, ob ich jemals den Mut gehabt hätte, mein Leben umzukrempeln. Wer weiß, was aus mir geworden wäre?« Peter Langenbach steht vor seinem Regal und zieht ein Buch heraus. Mein erstes Buch oder vielmehr meinen ersten Roman. ›mimus vitae – Das Possenspiel des Lebens‹.

»Bekomme ich ein Autogramm von dir? Ich habe bisher immer vergessen zu fragen.«

Ich nehme ihm das Hardcover aus der ausgestreckten Hand und fahre vorsichtig über den Schutzumschlag. Behutsam blättere ich die ersten Seiten um, bis ich die offizielle Widmung am Anfang lesen kann.

In Dankbarkeit für die vielen wertvollen Momente und Erfahrungen, die ich mit dir machen konnte.

Danke, mein Freund Papis Guamba Niasse
(und danke an deine Mama Sadio Sow,
die mich mit durchgefüttert hat).

Ich sehe zu Peter, der womöglich eine ähnliche Dankbarkeit erwartet wie bei meinem besten Freund. Ich überlege kurz und greife dann nach dem Füller meines Verlegers. Der blickt angespannt und neugierig über die Brille hinweg zu mir. Versucht aber unbeholfen, dem ganzen Treiben keine Beachtung zu schenken. Ich muss nicht lange überlegen, um den passenden Wortlaut zu finden.

Für den größten Klugscheißer,
den großartigen Lektor und Verleger,
ohne den ich als Schriftsteller niemals das
geworden wäre, was ich heute bin!

Für einen lieb gewonnenen Freund.
Danke dir, Peter

Ich habe beim Schreiben die Zeilen mit meiner freien Hand verdeckt und anschließend blase ich kurz darüber, damit die Tinte trocknet – seine Ungeduld wachsen kann. Ich spüre seinen Blick auf meinen Händen und genieße die Macht über ihn, die mir dieser Moment bietet. Er hat mich in der Vergangenheit so oft gequält, dass ich mich bei dieser Gelegenheit einfach revanchieren muss. Nickend lese ich, was ich geschrieben habe. Danach mache ich das Buch zu, stehe auf und stelle es zurück in das Regal.

Wie lange kann er der Versuchung widerstehen?

Als überhaupt keine Reaktion kommt und ich bereits zweifle, ob er eine Widmung oder nur das Buch durch handschriftliche Kritzeleien entwerten wollte, steht er endlich auf und liest, was ich geschrieben habe. Mit dem Griff in das Bücherregal wandern seine Mundwinkel nach oben. Lange hat es ja nicht gedauert.

»Klugscheißer, ja? Na ja, der Rest ist ganz nett.« Wir müssen lachen und es fühlt sich gut an, ihm damit eine Freude gemacht zu haben.

»Ich habe dir viel zu verdanken, das weiß ich. Herzlichen Dank dafür.« Ohne ihn wäre ich nicht hier. Neben meinem Selbststudium im Bereich literarisches Schreiben habe ich hauptsächlich durch seine professionellen Anmerkungen und Notizen zu den eingereichten Kapiteln gelernt, was nicht in den Lehrbüchern steht. Oft haben wir darüber gestritten, warum ich so hartnäckig an Formulierungen festhielt oder dies und jenes partout nicht streichen wollte. Andere Punkte wiederum habe ich abgelehnt, obwohl ich wusste, dass der Leser oder die Leserin nur zu gerne mehr darüber erfahren wollte. Er hat mir nie Druck gemacht und wenn seine Argumente nicht stichhaltig oder ausreichend waren, akzeptierte er meine Version. Meistens allerdings habe ich von seinen Erfahrungen und Vorschlägen profitiert und mich ihnen unterworfen. Schriftsteller sind ein komisches Völkchen und ich bin froh, dass ich mich nicht als Lektor mit ihnen abgeben muss.

»Vermisst du die Zeit als Entwicklungshelfer?«

Meine Antwort kommt prompt und knapp. »Nein!« Und tatsächlich weine ich den Entbehrungen oder den Schicksalsschlägen keinesfalls nach, die ich im Senegal erfahren musste. Das Positive überwiegt nicht. Für jedes Kind, das wir retten konnten, sahen wir Dutzende, die es nicht geschafft haben. Aber das Schlimmste war das Wissen, dass wir nichts ändern würden. Andere Kulturen, andere Menschen, andere Lebensweisen. Im Gegensatz dazu die Arroganz der westlichen Industriestaaten, man könne allen seinen Lebensstil aufzwingen und dafür sorgen, dass die gleichen Werte hochgehalten werden. Das ist eher peinlich als bewundernswert. Und da mache ich mir nichts vor. Sobald feststeht, dass die EU aus diesem Land keinen Nutzen in Form von Rohstoffen oder anderen Ressourcen ziehen kann, wird ein Engagement schneller beendet, als der Wüstenwind Beduinengeschichten über die Sahara wehen kann. Allerdings ist jedes gerettete Kind ein Grund, niemals aufzugeben.

»Ich hatte viel Freude in der Zeit, aber mit jedem Kilogramm Körpergewicht, das ich verlor, verschwand ein Teil meiner Naivität, an das Gute im Menschen zu glauben. Fast möchte ich sagen, dass ich damals schneller erwachsen geworden bin, als es mir gutgetan hat.« Es gab kleine Episoden, die ich für immer im Gedächtnis behalten werde. Einige von ihnen sind in der Anthologie niedergeschrieben und haben einige Leser berührt. Vermissen tue ich das Leben bestimmt nicht.«

»Immerhin hattest du genug Eindrücke, um mit mir deinen ersten Roman erfolgreich zu platzieren!« Mit übertriebenem Stolz nickt Peter sich selbst Anerkennung zu.

Er wird ernster. »Weißt du, was ich nicht verstehe, Carsten?« Es folgt eine dieser gedankenschwangeren Pausen, denen Menschen oft ein großes Zitat oder wahrhaft epische Worte folgen lassen möchten. Die sich aber oftmals nur als Banalität oder bestenfalls Binsenweisheiten entpuppen. Ob Peter anders ist? »Als ich dein neues Manuskript gelesen habe, habe ich mich anfänglich gewundert, warum jemand seinen erfolgreich eingeschlagenen Pfad, in deinem Fall als Doku- und Sachbuchautor, verlassen und anschließend im herkömmlichen Belletristik-Markt Fuß fassen will.«

Weil es keine Frage ist, unterlasse ich es, eine Antwort zu geben. Also setzt er fort: »Dein erster Roman war lebendig und voller Poesie. Bei deinem zweiten habe ich …« Er setzt erneut an: »Ich war vom ersten Kapitel an überzeugt, du verarbeitest eine erlebte Geschichte. Und darum frage ich mich, wieso du das Ende nicht einfach mit aufgeschrieben hast? Das Ganze ist jetzt Jahre her und die Begebenheiten sind vorbei. Wieso tust du dich so schwer damit?«

Peter hat recht. Ich stelle mich an wie ein Halbwüchsiger, der das erste Mal im Leben einen heimlichen Schwarm ansprechen will. Dies gleichsetzt mit einem Heiratsantrag oder zumindest dem Wunsch, sich eine gemeinsame Wohnung zu suchen. Warum lebt man nicht einfach, nimmt die Dinge, wie sie sind, und gestaltet sein Schicksal selbst? Packt die Sachen an und wartet nicht ergeben, was sich das Universum für Wendungen einfallen lässt?

»Ich erinnere mich an einen Punkt in meinem Leben, bei dem ich ebenfalls vor der Wahl stand und einen neuen Weg einschlagen musste.«

»Und welchen Weg bist du gegangen?« Ich will nicht den Eindruck von Desinteresse an seinen offenen Worten erwecken.

»Genau darum geht es. Es war egal. Die Erde hat sich weitergedreht und ich bin auf diesem Stuhl gelandet.« Nach einem kurzen Zögern setzt er fort: »Wichtig ist, man geht weiter.«

»Dieser Gedankenschnipsel stammt vermutlich aus der Zeit deiner Jugend, wo Droschken über Kopfsteinpflaster holperten. Die Zeiten ändern sich, lieber Peter.«

Er lacht über meinen Sarkasmus. »Wieso? Was hat sich geändert?«

»Wenn man heutzutage einen falschen Weg einschlägt, kann es schnell vorbei sein. Mit der Karriere, mit der Liebe – mit allem. Ein falscher Schritt kann in einen Abgrund führen.«

»Und du denkst, das war früher nicht so?«

»Das Leben war langsamer. Man hatte mehr Möglichkeiten, einen Fehler zu korrigieren oder neue Wege zu beschreiten.«

Mein Lektor setzt sich aufrecht hin und holt tief Luft. Das ist nie ein gutes Zeichen und lässt eine allumfassende Predigt erwarten. »Zu meiner Zeit wurde ein Fehler nicht so einfach verziehen. Hatte man sich abgewandt von Menschen oder Arbeiten, bekam man keine zweite Chance. Damals war alles etwas träger. Auch die Möglichkeit, einen Fehler zu korrigieren.« Er lehnt sich in seinem Bürostuhl zurück. »Du hast heutzutage die Möglichkeit, entsprechend zu handeln. Mach es einfach! Egal ob in Wort und Schrift oder durch Taten. Du hast genug auf dem Konto, um zum Beispiel eine neue Arbeit von Grund auf zu erlernen. Und sei es nur als Asphaltierer. Wer früher die Unterstützung des Familienoberhaupts nicht hatte, landete in der Gosse oder ging zum Militär, in der Hoffnung, dass der nächste Krieg seinem Elend ein Ende setzte. Du bist frei und unabhängig. Die Chancen, die du heutzutage hast, sind groß und vielfältig. Keine Epoche zuvor bot eine solche Fülle an Gelegenheiten.«

Wenn ich ihm so zuhöre, könnte ich in Versuchung kommen, ihm zu glauben. Ist es wirklich so einfach, die eingeschlagene Richtung zu ändern? Einmal ist es mir gelungen. Sogar zweimal, wenn ich die Zeit in Afrika und die Rückkehr in die Zivilisation mitberücksichtige.

Ich verstehe irgendwann, was er mir sagen will. Es geht nicht um eine fiktive Geschichte, bei der man ein hübsches Ende sucht. Die ganze Zeit hat er mich dazu bringen wollen, dass ich mein Ende selbst schreibe. Eine Halb-Autobiografie mit wahrem Ende. Anscheinend verstärkt mein blöder Gesichtsausdruck seinen Eindruck, dass ich langsam begreife, worauf er hinauswill; deshalb lacht er mich wieder aus. Wie bereits mehrfach an diesem Vormittag.

Peter redet nicht weiter. Sieht mich nur an und wartet. Worauf? Dass ich ihm und seiner Frau ein schönes Ende schreibe. Vor allem aber mir.

Hastig schütte ich den mittlerweile kalt gewordenen Kaffee herunter und stehe auf. »Peter, sag deiner Frau, sie wird bald wissen, wie es enden wird.«

Ich reiche ihm zum Abschied die Hand. Er zwinkert mir zu und ich verlasse sein Büro. Als ich an der Tür angekommen bin, ruft er mir hinterher: »Carsten, nicht wie es endet, will ich wissen. Sag mir, wie es nach der letzten Seite im Buch weitergeht.«

Zurück in Wien

Als ich vor der Tür im dritten Stock angekommen bin, kommen Zweifel auf, ob es tatsächlich eine gute Idee war. Impulsiv und dumm wäre wohl die richtigere Beschreibung. Mein Puls beschleunigt sich. Meine Hände sind schweißnass. Ich fühle mich wie einer der Schauspieler in einem Woody-Allen-Film. Tollpatschig, ungeschickt und dusselig. Aber ich musste herkommen. Ich muss versuchen, meinen Fehler aus der Vergangenheit zu korrigieren. Sonst würde ich es für den Rest meines Lebens bereuen.

Mein Blick fällt auf die Klingel. Frederiks Name ist verschwunden! Unten an der Haustür stand er noch. Stefanie Markus und Frederik Raabe, daneben ein kleines Messingschild mit ihrem Firmennamen. Anscheinend lebt Stefanie wieder allein. Ich könnte weinen vor Glück.

Jetzt stellt sich die Frage, ob sie mich zurückhaben möchte. Oder ob sie überhaupt mit mir einen gemeinsamen Schritt machen möchte. Schließlich waren wir nie zusammen. Ich sinniere kurz über die vielen verschenkten Jahre. Wie wäre unser gemeinsames Leben verlaufen?

Es ist unsinnig darüber zu philosophieren. Ich bin hier, um genau das herauszufinden. Ich muss nur die Klingel drücken. Meinen Mut zusammennehmen und die verdammte Glocke zum Läuten bringen. Sich überwinden und nach Wien fahren, war eine große Hürde, dann sollte der Rest nicht so schwer sein, oder? Ein kleiner Schritt für den Zeigefinger, ein großer Schritt für den restlichen Menschen. Mensch, Houston, hilf mir gefälligst!

Was kann alles passieren? Alle möglichen Szenarien habe ich auf der Fahrt hierher durchgespielt. Sie freut sich so sehr, dass sie sich in meine Arme schmeißt und den Rest ihres Lebens mit mir verbringen möchte. Oder sie schmiert mir eine, spuckt mir ins Gesicht und ohne ein Wort zu sagen, schmeißt sie die Tür vor mir zu.

Wenigstens hätte ich dann Klarheit und könnte nach vorne schauen. Bis zur nächsten Tram, vor die ich mich schmeißen werde. Die facettenreichen Zwischenszenarien habe ich erfolgreich ausgeblendet.

Fast neun Jahre haben wir uns nicht mehr gesehen. Wie wird sie mich finden? Älter geworden und in den konservativen Klamotten? Die Figur ist noch passabel, aber das Haar ist schütter. Ich streiche mir darüber und drapiere es so gut es geht.

Wie hat sie sich verändert? Bestimmt ist sie genauso gutaussehend wie früher. Ihre Schönheit war nicht oberflächlich. Nicht die Figur oder der Busen hatten mich fasziniert. Es waren ihre leuchtenden, großen Augen, der Humor und ihre offene lebensbejahende Einstellung. Selbst wenn sie heute hundert Kilogramm wiegt, werde ich sie auf Händen tragen. Wenn sie mich will, wenn sie mir verzeiht, wenn sie vergessen kann, was alles falsch gelaufen ist.

Und was, wenn nicht?

Tief durchatmen. Ich läute und trete einen Schritt zurück. Ich hätte Blumen besorgen sollen! Irgendein kleines Mitbringsel, um sie versöhnlich zu stimmen. In all der Aufregung habe ich das völlig vergessen. Oder wenigstens mein Buch. Mit Widmung wäre es eine gute Ausrede für mein persönliches Erscheinen.

Nichts passiert. Keine Schritte, keine Stimme, keine Geräusche. Ich klingle ein zweites Mal. Wieder nichts. Ich drücke mein Ohr an die Tür und klopfe zaghaft an. Mein Herz rast und droht gefährlich aus dem Takt zu geraten.

Ich schaue auf die Uhr, es ist kurz nach sechs. Ob sie beim Einkaufen ist oder bei einem Kunden sitzt? Zumindest beruhigt sich meine Herzfrequenz etwas.

Mit einem Hauch Sarkasmus male ich mir aus, wie Stefanie hinter dem Türspion steht und sich über mein plötzliches Erscheinen amüsiert. Oder möglicherweise geschockt auf dem Boden kauert. Bemüht, keinen Mucks von sich zu geben, bis ich endlich verschwinde. Aber den Fehler mache ich nicht noch einmal. Zu gehen, aufzugeben und sie zurückzulassen. Wenn ich eines im Leben bereut habe, dann das. Trotzig setze ich mich hin und lehne mich an die Eingangstür.

Unten geht die Haustür auf und Stimmen dringen nach oben. Das ist sie! Ich erkenne sie sofort. Höre ihr Lachen und wie sie die Treppe nach oben kommt. Wann immer ich in den letzten Jahren an mir und meinen Texten gezweifelt habe, hörte ich sie zu mir reden. Sie munterte mich auf, spornte mich an. Legte sanft ihre Hände auf meine Schultern oder gab mir einen Kuss in den Nacken. Niemals würde ich ihre Stimme verwechseln. Sie kommt näher und unterhält sich mit einem Kind.

Mittlerweile begreife ich, wie unsinnig mein Vorhaben ist. Was habe ich mir nur gedacht? Kurz denke ich darüber nach, in das nächste Stockwerk zu flüchten.

»Carsten?« Einen Treppenabsatz weiter unten steht sie und blickt mich ungläubig an. Ein kleines Mädchen schaut abwechselnd zu mir und ihr. »Carsten, das ist ja eine freudige Überraschung! Wieso hast du nicht angerufen und gesagt, dass du kommst?« Sie lässt die Hand des Mädchens los und springt die Stufen nach oben. Als ich die Wärme ihrer Umarmung spüre, drücke ich sie fest an mich. Vielleicht ein wenig zu lange.

»Mami, wer ist der Mann?«

Stefanie geht in die Hocke und streicht ihrer Tochter durch das Haar. »Oh, das ist ein ganz lieber Freund. Er hat dort drüben gewohnt. Bis er und seine Freundin ausgezogen sind, haben wir viel Zeit miteinander verbracht.«

»Stefanie?« Von unten ruft ein Mann nach oben. »Kaum wart ihr ausgestiegen, habe ich einen Parkplatz ergattert.« Er nimmt zwei, drei Stufen auf einmal, bis er vor mir steht und stutzt. Er zögert und seine Augenbrauen ziehen sich zusammen.

»Darf ich euch bekannt machen? Michael, das ist Carsten, ein Freund, der dort drüben gewohnt hat. Carsten, das ist Michael. Und die kleine Dame hier ist Helena.«

Mehr als ein »Hallo« bekomme ich nicht heraus.

Sofort erhellt sich sein Gesicht und sein freundliches Naturell erkämpft sich die Oberhand. Michael reicht mir die Hand und ich zögere, weil ich befürchte, dass er mir die Finger quetschen könnte. Er ist groß gewachsen und sehr gut aussehend. Sein Strahlen erleuchtet den Hausflur. Der neue Frederik! »Hallo! Wie geht's?« Einer dieser immer fröhlichen, gut gelaunten Zeitgenossen, die sofort ungebeten in die Komfortzone des Gegenübers eindringen. Ich hasse ihn.

Endlich hat Stefanie die Tür geöffnet und das gibt mir die Gelegenheit, meine Unsicherheit in den Griff zu bekommen. »Warum bist du in Wien? Ach egal, schön, dass du kurz vorbeischaust. Komm, lass uns reingehen.« Sie nimmt dem Kind die Tasche und die Jacke ab und schiebt mich in die Küche. In dem ganzen Ablauf habe ich kein einziges Wort gesagt. Mein Mund ist trocken, meine Hände schweißnass. In meiner Vorstellung habe ich völlig ignoriert, dass es natürlich auch einen anderen Mann an ihrer Seite geben könnte. Frederik war ein Arsch, deshalb wundert es mich auch nicht, dass sie sich getrennt haben. Aber wie konnte ich glauben, dass sie in diesem Fall keinen anderen Mann an ihrer Seite haben würde? Wie blöd kann man eigentlich sein?

»Michael, gibst du mir ein paar Minuten mit Carsten und nimmst Helena? Wir zwei haben uns bestimmt viel zu erzählen.«

Helena antwortet für die beiden: »Ja, Mama, machen wir. Komm, Michael, ich zeige dir mein neues Puppenhaus.« Ich sehe dem kleinen Mädchen hinterher, das hüpfend in das Kinderzimmer verschwindet. Gefolgt vom grinsenden Michael, der spielerisch versucht sie zu fangen.

Endlich löst sich meine Zunge und ich komme mir nicht länger wie ein Idiot vor. Wie der unscheinbarste Typ der Klasse, der das hübscheste und beliebteste Mädchen der ganzen Schule am letzten Tag zum Abschlussball einladen möchte und die Hosen voll hat.

»Du bist also Mama geworden. Süß, die Kleine! Wie alt ist sie?«

»Helena ist sieben. Sie hat nächste Woche Geburtstag, was sie bei jeder Gelegenheit erwähnt. Wenn ich nachmittags oder abends zu einem Kunden muss, darf sie bei unseren Freunden spielen, bis ich fertig bin. Möchtest du einen Kaffee?«

Für einen kleinen Augenblick male ich mir aus, ich könnte Helenas Vater sein. Ein wunderbarer Gedanke. Carsten und Stefanie haben eine Tochter. Aber der zeitliche Ablauf passt nicht. Wenn Helena nächste Woche sieben wird, hat Stefanie sie nicht ganz zwei Jahre nach meinem Weggang bekommen. Und das wahrscheinlich mit diesem Schmock Frederik. Für Michael wäre es wohl zu früh. Hätte ich diesem ekligen Frederik gar nicht zugetraut. Insgeheim wünsche ich mir, es wäre ein Spender von der Samenbank, weil Frederik sich bei einem unglücklichen Zusammenstoß beim Firmensport seine Hoden so schwer verletzt hat, dass er impotent geworden ist.

Während Stefanie sich mit der Kaffeemaschine beschäftigt, mustere ich sie. Sie hat nach der Schwangerschaft ein paar Pfund zugelegt. Steht ihr ausgezeichnet. Sehr viel fraulicher. Sie ist jetzt ungefähr Anfang vierzig. Wunderschön. Sie war immer schön und jetzt ist sie wunderschön und hinreißender als je zuvor.

»Das Mutterdasein steht dir gut. Du strahlst richtig.« Ich unterdrücke den Drang aufzustehen und sie zu umarmen. So wie an diesem gemeinsamen Abend, als ich am nächsten Tag alles gewonnen und anschließend wieder verloren hatte. Als hätte ich sechs Richtige im Lotto gehabt und meinen Gewinn nicht abgeholt.

»Kann ich dir helfen?« Ich trete jetzt doch neben sie und schiebe sie leicht zur Seite. Wie damals in der Küche, wenn wir spielerisch das Territorium für unser Gemüsegemetzel abgesteckt haben. Ich will ihre Nähe spüren, ihren Duft atmen.

»Das bekomme ich alleine hin, mein weißer Ritter. Setz dich, du stehst nur im Weg.« Sie dreht sich zu mir und schiebt mich mit sachtem Druck auf meinen Platz zurück. Wir beide lachen darüber und die Stimmung lockert sich. So müssen sich Hundewelpen fühlen, die nicht abwarten können, bis ihr Fressen endlich im Napf vor ihnen steht. Unauffällig fasse ich mir an die Stelle, wo sie mich gerade berührt hat.

Ich löse meinen Blick von ihr und sehe mich in der Küche um. Viel hat sich nicht verändert. Am Kühlschrank hängen ein paar selbstgemalte Kinderbilder. Die Sorte, die nur Eltern als erhaltenswert erachten. Ich erinnere mich an eine spezielle Pflanze auf dem Fenstersims, die fehlt. Vermutlich ein weiterer Weggefährte, der aus ihrem Leben verschwunden ist.

»Wo ist diese eine Pflanze geblieben, die so eine einzelne, schöne Blüte hatte?«

»Witzbold, die hat mich kurz nach dir verlassen.« Autsch, das hat gesessen! Ein Stich im Herzbereich durchfährt mich. Stefanie bemerkt mein Unbehagen und versucht eine Wiedergutmachung. »Sorry, so war das nicht gemeint. Soll heißen, für sie war mein halbgrüner Daumen nicht ausreichend.« Die Kaffeemaschine macht ein paar letzte Gurgler. Ungeduldig zieht Stefanie trotzdem die Kanne hervor und die letzten Tropfen zischen auf die heiße Platte. Während sie die Tassen auf dem Tisch abstellt, schenkt sie mir ein aufmunterndes Lächeln.

»Schon gut, habe ich verdient.« Mit einem unbeholfenen Zwinkern versuche ich meine Beklommenheit zu kaschieren.

»Ich komme gleich zurück. Muss kurz nach Helena und Michael sehen.«

Selbst der Ausblick aus dem Fenster ist derselbe. Sonst gibt es keine Änderung zu meinem letzten Besuch. Nur, dass die sündhaft teure Espressomaschine Platz für ein einfacheres Modell machen musste. Mit viel zu viel Gehässigkeit in meinen Gedanken läuft Frederik in Lumpen gekleidet vor mir auf und ab. Die Geschäfte laufen nicht mehr wie früher. Oder er hat sie nach der Trennung mitgenommen. Das kann natürlich auch sein. Variante A gefällt mir besser.

Stefanie kommt zurück und ich setze mich aufrechter hin. »Jetzt erzähl, was treibt dich nach Wien zurück? Ich dachte, du lebst in Berlin.«

»Tue ich schon lange nicht mehr. Ich bin bald darauf nach München gezogen und arbeite dort hauptberuflich als Schriftsteller. Oder versuche es zumindest.«

»Ich weiß, ich habe natürlich deinen ersten Roman gelesen und der steht jetzt mit dem Bildband und dem Episodenband für alle gut sichtbar in meinem Bücherregal. Viele Romane lese ich nicht, mehr Fachliteratur und Online-Zeitungsartikel. Aber wenn ich eine Berühmtheit kenne, gebe ich natürlich damit an.« Sie zwinkert mir zu. »Der Roman hat mir gut gefallen. Ich habe dir ja immer gesagt, du musst eine Geschichte über deine Zeit in Afrika schreiben. So etwas möchten die Menschen lesen. Und die anderen Bücher sind ebenso leiwand.« Als sie mich stutzen sieht, ergänzt sie: »Großartig! Du wolltest nie den heimischen Dialekt annehmen, stimmt's?« Sie neckt mich ein wenig, doch das ist egal. Ihr freches Grinsen entschädigt mich dafür. »Hast du bereits ein weiteres Buch in Arbeit?«

»Deshalb bin ich hier. Ich recherchiere für einen passenden Schluss meines neuen Buches. Das letzte Kapitel ist offen und mein Verleger drängt mich, fertig zu werden.« Als ich merke, dass sich das Gespräch damit in eine ungewollte Richtung bewegen könnte, suche ich nach einem Themenwechsel.

Stefanie setzt sich mir gegenüber auf die andere Seite des Tisches und rührt in ihrem Kaffee. Das Sonnenlicht umspielt sie wie ein Heiligenschein einen Engel. Ihre Ausstrahlung zeugt von einer Reife, die ich in all den Jahren des Erfolgs nie erreicht habe. Stefanie hat ihr Leben im Griff.

»Um was geht es? Kannst du für neugierige Fans etwas preisgeben? Ich verspreche zu schweigen oder der Blitz soll mich beim Lesen erschlagen.« Stefanie vergräbt belustigt ihr Gesicht in ihrer aufgestützten Hand und winkt ab. »Entschuldigung. Aber du siehst, ich bin immer noch die Alte. Ungeduldig, aufdringlich und lache über die eigenen Witze. «

Und wie sehr habe ich es vermisst! »Das mochte ich immer besonders. Deine ungezwungene Art, meine ich.« Ich könnte mich ohrfeigen. Schnell versuche ich von der Äußerung abzulenken. »Ich muss dich vertrösten, ohne ein passendes Ende bleibt die Geschichte in der Schublade. Da kommt eher mein dritter Roman heraus. Außerdem möchte ich dir nicht die Vorfreude nehmen. Wenn ich fertig bin, schicke ich dir vorab ein Exemplar. Dann hast du einen Vorsprung bei den Buchbesprechungen.« Meine Äußerung amüsiert sie und mir droht mein Herz aus der Brust zu springen.

Stefanie gibt sich mit dieser Aussicht zufrieden. Zumindest wechselt sie das Thema. »Nun sag schon, wie es dir die letzten Jahre ergangen ist. Du warst so schnell weg, dass ich dich völlig aus den Augen verloren habe.«

»Du hättest auf eine meiner tausend Nachrichten antworten können.« Es sollte nicht wie ein Vorwurf klingen, das ist misslungen.

Stefanie wird unsicher und antwortet nicht gleich. »Ich weiß. Tut mir leid. Ich war so unglaublich durcheinander. Ich habe versucht zu verdrängen. Kindisch, nicht wahr?«

»Wir waren beide durcheinander. Lass uns nicht davon sprechen. Was geschehen ist, ist Vergangenheit.«

»Nein, lass uns darüber reden. Es wird Zeit.« Sie trinkt einen Schluck. »Bevor Claudia nach Amerika gezogen ist, habe ich sie einmal im Flur getroffen. Hätte sich ein Loch vor mir aufgetan, wäre ich gesprungen.« Mit einer Gedenksekunde Pause fragt sie schüchtern: »Wusste sie, was damals vorgefallen ist? Hattest du es ihr gesagt? Damals hast du es ja verneint. Aber ich muss fragen: Seid ihr deshalb auseinander? Ich habe mir all die Jahre Vorwürfe gemacht.«

Ich schüttle den Kopf. Antworten will ich nicht. Das ganze Desaster, die durchdrehenden Gefühle, mein zusammengebrochenes altes Leben – all das habe ich mit mir allein ausgetragen. Wem hätte die Wahrheit geholfen? Dass Claudia mich beim Abschied darauf angesprochen hat, spielt keine Rolle.

»Es war ganz sicher nicht deinetwegen. Ich wollte es ihr beichten, ohne deinen Namen zu nennen. Aber bevor ich meinen Seitensprung gestehen konnte, fing sie von ihrem Jobangebot an und dass sie unbedingt nach Amerika gehen wollte. Wie sich herausstellte, mit mir oder ohne mich. Sie ist alleine geflogen. Wir haben nicht allzu häufig Kontakt. Zu den Geburtstagen schicken wir uns Grüße oder telefonieren kurz. Sie hat weiter Karriere gemacht und lebt mit einem Ami zusammen. Wir hatten seinerzeit viel mehr Probleme, als wir uns eingestanden hatten. Der berufliche Erfolg hat vieles kaschiert.«

Bei Stefanie macht sich Erleichterung breit. Bevor sie reagieren konnte, kommt Helena zurück. »Mami, was essen wir heute? Ich habe Hunger.«

»Schatz, ich mache dir gleich etwas. Gedulde dich ein bisschen. Geh zu Michael, der ist bestimmt traurig, wenn du ihn alleine lässt.«

Ich sehe die kleine Helena an und fange an zu träumen. Bevor das Kind den Raum verlässt, dreht es sich um und fragt. »Bleibst du auch zum Essen? Mama kocht gut. Also manchmal, wenn sie Zeit hat.« Die Kleine muss jetzt kichern, als sie ihre Mutter ansieht. Das hat sie eindeutig von Stefanie.

»Nein, mein Schatz, Carsten muss bald los. Gib mir bitte ein paar Minuten, ja?«

»Okay, aber nicht mehr so lange.« Dann springt die Kleine zurück in ihr Zimmer.

Dieser Stich sitzt tief, ich wäre gerne geblieben. Damit Stefanie mir das nicht anmerkt, stelle ich eine weitere Frage nach Offensichtlichem: »Was ist mit Frederik? Wie geht's ihm und wie kümmert er sich um seine Tochter?«

Stefanie stockt, fängt sich dann wieder. »Ich weiß es nicht. Er ist ebenfalls aus meinem Leben verschwunden.« Sie zieht gleichgültig ihre Schultern nach oben.

»Tut mir leid zu hören.«

»Macht nichts. Ich habe ja Helena, die mein Leben bereichert. Wir kommen gut ohne ihn klar.«

»Das sieht man dir an. Du siehst großartig aus.«

»Danke!« Und ihre roten Wangen verraten, dass ihr dieses Kompliment gefällt.

»Meine ich ernst. Dein Mädchen ist hinreißend.« Um mein Grinsen zu verstecken, trinke ich einen Schluck. »Wie hast du das alles alleine gemeistert? Ich meine, ich weiß, dass du toll bist. Trotzdem – die Schwangerschaft, den Job hintanstellen, alleinerziehend sein. Das war bestimmt eine unglaubliche Herausforderung für euch. Besonders für dich.«

»Wir hatten Hilfe. Die Wohnung gehört ja meinen Eltern. Damit war die monatliche Miete kein Problem mehr. Dazu Elterngeld und weitere finanzielle Unterstützung von meinen Eltern, etwas Gespartes und, und, und – ich sagte ja, wir kommen zurecht. Wir machen keine großen Sprünge und in einer Stadt wie Wien kann man Kinder gut großziehen.«

»Ich habe dich immer für deine Kraft und lebensbejahende Energie bewundert.« Das ist jetzt vermutlich zu direkt. Schnell greife ich erneut zu meinem Kaffee. Bevor ich trinke, wird mir bewusst, dass mit der leeren Tasse mein Besuch vorbei sein kann. Schließlich muss Stefanie sich um ihre Tochter kümmern. Und um Michael.

Deshalb nippe ich nur kurz. Soll ich nach einem Wasser fragen?

»Und wie sieht es bei dir aus? Verliebt, verlobt, verheiratet? Wie ist es denn dem großen Schriftsteller ergangen?«

»Nein, nein und nein. Ist nicht viel passiert in den letzten Jahren.«

»Oh, ich dachte immer, Schriftsteller haben in jedem Hafen eine andere Braut.«

»Das waren die Seemänner. Und ja, ich habe es mehrfach versucht, fand aber immer einen Grund, es schnell zu beenden.« Ich suche nach einer Ablenkung, nach einem Thema, um meinen Besuch auszudehnen. Vielleicht ergibt sich am Ende doch eine Einladung zum Abendessen. »Was gibt es denn zu essen? Ich habe auch Hunger.« Mein Wunsch wäre es, den Besuch niemals enden zu lassen. Das behalte ich lieber für mich.

Stefanie zögert und weicht aus. Was dann kommt, trifft mich mitten ins Herz. »Carsten.« Sie zögert erneut, dreht unsicher ihre Tasse in ihren Händen und streichelt nachdenklich über den Rand. Sie sucht die passenden Worte und ich weiß, dass diese mir nicht gefallen werden. Ihre Stimme ist ganz sanft und entschuldigend. »Carsten, versteh mich bitte nicht falsch. Ich freue mich wirklich, dass du uns besucht hast. Dich zu sehen ist eine schöne Überraschung. Aber ich habe eine Tochter, um die ich mich kümmern muss, und gleich eine Telefonkonferenz mit einem neuen Kunden. Ich kann dir meine Aufmerksamkeit nicht so lange schenken.«

Ich muss schwer schlucken. Szenario zwei also. Ich habe nicht mit einer Sonderbehandlung gerechnet. Gehofft ja, aber nicht damit gerechnet. Diesen Ausgang habe ich verdrängt. »Ich weiß. Das ist der eigentliche Grund, warum ich dich besuche.« Kann ich alles auf eine

Karte setzen? Wenn ich all-in gehe, bekomme ich entweder den Jackpot oder muss als Verlierer den Platz am Final Table räumen. Dazwischen gibt es nichts.

»Ich habe gehofft, dass wir den Kontakt aufleben lassen können. Wir hatten so schöne Momente zusammen. Findest du nicht? Ich habe all die Jahre an dich gedacht. Habe dich niemals vergessen.« Es war ausgesprochen und mein Herz steht in Flammen.

»Tut mir leid, das geht nicht.« Stefanie schüttelt den Kopf und ihr Blick ist nach unten gerichtet.

»Warum nicht? Kannst du dir das nicht vorstellen oder ist es wegen Michael? Ich habe all die Jahre bereut, aus deinem Leben gegangen zu sein. Ich konnte dich nie vergessen.« Meine Stimme zittert mit jedem Wort. Aber jedes Wort war ehrlich. Dass ich mir nichts sehnlicher wünsche, als mit ihr zusammen zu sein. »Das ist der wirkliche Grund, warum ich hier bin. Ich wollte um dich werben.« Ich habe mich geoutet und hoffe auf einen versöhnlichen Ausgang. Mein Mund ist ausgetrocknet, als hätte ich Sand gelutscht. Gierig lecke ich über die Lippen. Aber was habe ich zu verlieren? Außer der Liebe meines Lebens. Wenn ich gehe, habe ich sie verloren. Jetzt versuche ich es wenigstens. Was ich schon viel früher hätte tun müssen. Dessen bin ich mir bewusst.

Stefanie reißt ihre Augen auf. Nicht vor Freude. Es ist mehr ein Mix aus Unglauben und Verständnislosigkeit. »Ist das dein Ernst? Das ist der Grund deines Besuchs?« Sie schüttelt den Kopf. »Du glaubst, du marschierst nach all den Jahren hier rein und ich falle dir in die Arme?«

Die Stimmung kippt und ich bereue sofort, was ich gesagt habe. Natürlich hat sie nicht die gleiche Sehnsucht nach mir gehabt. Ich war weg und ihr Leben ließ keine Zeit für sentimentale Erinnerungen an ein einmaliges, vergnügliches Erlebnis. Ich bin so blöd, dass ich sie damit behellige! Was habe ich mir nur dabei gedacht?

Abrupt lehnt sie sich zurück. Sie drückt sich am Tisch nach hinten ab und streckt ihre Arme durch. Sie greift so stark in den Tisch, dass ihre Fingerkuppen weiß werden. Ihre Augen sind aufgerissen und ihr Mund steht offen. Es dauert, bis sie sich beruhigt. »Das kann unmöglich dein Ernst sein. Nach all der Zeit, die du verschwunden warst, kommst du einfach vorbei und möchtest an dem Punkt anschließen, an dem du gegangen bist? Als wäre nichts geschehen? Ich glaube einfach nicht, was du da gerade gesagt hast.«

Ihr Stuhl kippt nach vorne. Als würde sie vor meiner Einfältigkeit resignieren, schüttelt sie den Kopf und steht auf. Sortiert irgendetwas auf der Anrichte. Dann bricht es aus ihr heraus. »Du verschwindest ohne große Erklärung aus meinem Leben und dann kommst du einfach vorbei und möchtest so tun, als wäre nichts passiert? Sag mal, spinnst du?« Ihre letzten Worte schreit sie förmlich heraus. In der Küche kommt eine eisige Kälte auf.

Helena öffnet vorsichtig die Tür. Hinter ihr erscheint Michael. »Mama? Warum schreist du so? Tut dir was weh?«

»Alles klar bei euch beiden?« Michael sieht aus, als würde er gleich zum Sprung ansetzen.

Stefanie bemüht sich um Haltung. »Nein, oder ja, alles ist gut. Tut mir leid, dass ich dich erschreckt habe, Kleines. Komm her, ich mache dir etwas zu essen. Möchtest du ein Käsebrot mit Tomatensalat? Oder vielleicht ein Spiegelei?«

Helena ist die Einzige in der Küche, die schnell zur Normalität zurückkehrt. Michael sieht mich böse an. Stefanie ignoriert mich und ich sitze steif auf meinem Stuhl und weiche Michaels Blick aus.

»Nein, ich möchte Pommes. Kann ich Pommes haben?« Erwartungsvoll sieht Helena ihre Mama an.

Stefanie legt ihre Hände auf Helenas Schultern und küsst ihre Stirn. »Ganz sicher nicht heute Abend. Ich liebe dich, aber ich werde dir nicht jeden Wunsch erfüllen.« Beide lachen und es ist das allumfassende Lachen zwischen einer liebenden Mutter und ihrem Kind. Eine Verbindung, die Männer niemals begreifen können. Ein Kind wächst in der Mutter heran und wird unter großen Schmerzen geboren. Sie sieht es wachsen und sich entwickeln, und obwohl sie genau weiß, dass eines Tages diese Fürsorge enden muss und das Kind seinen Weg allein weitergehen wird, schenkt sie ihm all die Liebe, die es braucht. Unmerklich rutscht meine Hand auf dem Tisch ein kleines Stück in ihre Richtung. Ich möchte die beiden berühren. Möchte sie in den Arm nehmen.

Plötzlich dreht Helena sich um und spricht mich an. »Kommst du nächste Woche zu meinem Geburtstag?«

Stefanie antwortet schneller, als ich die Frage verarbeiten kann. »Nein, Helena, das geht nicht. Carsten wohnt gar nicht in Wien und muss nach Hause zurück.« Sie reißt die Schränke auf und holt alles heraus, was sie für Helenas Abendbrot braucht. Ich sehe, wie sich ihr Brustkorb schnell hebt und senkt. Sie kocht vor Wut. Michael tritt hinter Helena und legt seine Hände auf ihre Schultern. Leicht zieht er sie von mir weg, als drohe ihr Gefahr, dass ich sie entführen könnte.

Wie konnte ich nur so naiv sein? Was tue ich hier eigentlich? Ich bringe das Leben der Frau durcheinander, die ich über alles liebe. Ich wollte sie wiedersehen. Wollte sie aus dem Leben eines anderen Mannes herausreißen. Und alles, was ich geschafft habe, ist, dass sie mich hasst.

Soll ich aufstehen und gehen? Erneut aus ihrem Leben verschwinden? Stefanie wäre in diesem Augenblick dankbar. Aber ich will nicht einfach aufgeben. Es hat lange gebraucht, um mir einzugestehen, dass sie meine Erfüllung ist und dass ich nicht länger ohne sie leben kann. Wenn ich jetzt gehe, werde ich daran zerbrechen.

»Wo wohnst du?« Als Helena mich anspricht, werden meine trüben Gedanken für den Moment zur Seite geschoben.

»Was meinst du? Entschuldige bitte, ich war abgelenkt.«

»Nicht schlimm, passiert mir manchmal auch. Sagst du mir, wo du wohnst?« Stefanie gefällt es nicht, dass ihre Tochter mit mir spricht. Trotz ihrer in Falten gelegten Stirn schweigt sie.

»Ich komme aus München.«

»Ist das sehr weit weg?«

»Nein. Etwas.«

»Dann kannst du nächste Woche doch zu meinem Geburtstag kommen. Brauchst auch kein Geschenk mitzubringen. Michael und Oma und Opa kommen auch.«

»Helena!« Stefanies Stimme duldet keine Widerrede und die Kleine verzieht schuldbewusst ihren Mund und schweigt.

»Wie alt wirst du denn? Hast du dir viele Freunde eingeladen?«

»Ich werde acht.«

»So, du gehst jetzt in dein Zimmer und wartest, bis ich dir dein Abendbrot bringe. Hast du verstanden? Michael, nimmst du sie bitte mit?«

Betrübt schleppt Helena ihren kleinen Körper nach draußen. Ihre Haltung verrät, dass ihre Mutter nicht allzu oft die Stimme erhebt. Aber wenn, dann gibt es keine Diskussionen. Michael zögert und sieht mich grimmig an. Widerwillig fügt er sich ihrem Wunsch, lehnt die Küchentür jedoch nur an, anstatt sie zu schließen. Würde ihm Stefanie die Erlaubnis erteilen, bekäme ich Probleme.

Ruhe kehrt in die Küche zurück. Ich löse meine Verkrampfung und lehne mich zurück. Bis bei mir der Groschen fällt und ich aus dem Stuhl hochschnelle. Helena wird nicht sieben, sondern acht!

Anstatt direkt den Heimweg anzutreten, laufe ich völlig motivationslos und ohne richtiges Ziel vor Augen durch die nahe gelegene Grünanlage. Wie der Schultrottel, der viel zu spät und chancenlos die zukünftige Ballkönigin nach einem Date fragen möchte. Und ich würde Stefanie so gerne fragen: »Gehst du mit mir zusammen zum Abschlussball?«

Rückblickend hat alles, was mir im Leben widerfahren ist, zu ihr hingeführt. Jede Krise, jeder Erfolg war nur ein Prelude für das Hauptstück mit ihr. All die Jahre war mein Leben erfolgreich, aber nicht ausgefüllt. Ich habe Wien verlassen, alles auf links gedreht und bin meiner Bestimmung gefolgt. Was besser gelaufen ist, als ich es mir erträumt hatte. Und doch fühle ich mich leer. Ich fühle mich vom Leben einer Chance beraubt, die den Glanzpunkt gesetzt hätte.

Ich stehe vor einer Weggabelung im Park und keine der Richtungen scheint für mich bestimmt zu sein. Am liebsten würde ich mich auf den Boden fallen lassen und wie ein kleines Kind anfangen mit Händen und Füßen zu strampeln. So viel Hoffnung lag in diesem Besuch bei Stefanie. So viel Zuversicht. So viel Reue.

Seit ich in München aufgebrochen bin, habe ich mir eine gemeinsame Zukunft in den schönsten Versionen ausgemalt, mir vorgestellt, wie sich mein sehnlichster

Wunsch erfüllt. Wie das fehlende Puzzleteil für mein vollkommenes Glück aussehen würde. Doch meine große Liebe hat sich gegen mich entschieden. Verdenken kann ich es ihr nicht. Ich fühle keine Wut oder Aufgebrachtheit oder verletzten Stolz. Alles, was ich fühle, ist Leere.

Neun Jahre war ich verschollen, habe ich mich nicht gemeldet. Und alle Erklärungen erscheinen wie Ausreden.

In meinen Gedanken sehe ich Stefanie vor mir. Wie sie vor Helena kniet, ihr die Schuhe bindet und sie für die Schule anzieht. Wie sie gemeinsam zu Abend essen oder die Hausaufgaben durchsprechen. Sie spielen im Park und genießen die Sonne. Genießen das Leben, als gäbe es kein Morgen. Und ich stehe versteckt im Dunkeln und kann sie nur beobachten. Ich bin nicht Teil dieses Glücks.

Wie hat sie das eigentlich alles meistern können? Als alleinerziehende Mutter. Sicherlich gab es viele Situationen, die sie an den Rand der Erschöpfung gebracht haben. Und ich war nicht da, um sie zu unterstützen. Ich habe ihr keine Kraft schenken können. Ich habe sie allein gelassen, ohne um sie zu kämpfen. Ob sie manchmal an mich denken musste? Hat sie sich vielleicht sogar gewünscht, dass ich an ihrer Seite bin?

Ich frage mich, ob ich hartnäckiger hätte sein müssen. Natürlich habe ich nach dem Seitensprung versucht Kontakt zu bekommen. Das kann mir keiner vorwerfen. Aber danach bin ich kopflos weggerannt und habe nicht um unser gemeinsames Glück gekämpft. Danach gab es viele Weggabelungen und die eine oder andere, die ich genommen habe, entpuppte sich als falsch. Keine hat mich zurückgebracht.

Das ist zu einfach, viel zu eindimensional gedacht. Es war kein Fehler oder frevelhaftes Verhalten. Auch kann mir keiner hinterhältige Absicht unterstellen. Das, was zwischen uns passiert ist, war eine Reihe von Verkettungen, die sich in einem gemeinsamen Höhepunkt bündelten. Bei dem Begriff Höhepunkt muss ich hämisch schmunzeln. Treffender kann man einen solchen Begriff nicht zweideutig benutzen. Der Schlusspunkt war meine Flucht nach vorne und weg von Stefanie.

Ich gehe weiter. Entscheide mich für den rechten Weg. Wie kann er falscher sein als der andere? Egal wohin sie führen – beide werden für mich in einer Sackgasse enden.

Habe ich Verständnis, dass sie mir unser gemeinsames Kind verschwiegen hat? Natürlich! Wir hatten lediglich einen einmaligen Fehltritt. Dass daraus dieses süße kleine Geschöpf entstand, war ein Zufall, den niemand vorhersehen konnte. Und ich war ja nicht da. Ich war abgehauen, um irgendwo neu zu beginnen.

Ein wenig enttäuscht bin ich und es macht sich Wut in mir breit. Doch die richtet sich mehr gegen mich selbst. All die gemeinsame Zeit, die wir verschenkt haben. Die verstrichene Gelegenheit, ihr zu beweisen, dass ich der Richtige für sie und Helena sein könnte. Ich wäre ein guter Vater gewesen.

Die Sehnsucht nach den beiden wunderbaren Wesen lässt mich den Groll vergessen. Zurück bleiben nur Erschöpfung und die Erkenntnis, dass sich trotz all der Hoffnung kein hollywoodreifes Happy End einstellt.

Unter einer alten Kastanie steht eine Parkbank und ich setze mich. Mit dem Gewicht der Trostlosigkeit auf meinen Schultern waren die paar Schritte anstrengend. Jeder Meter, der mich von Stefanie und Helena fortbrachte, war eine Qual. Als wolle mich etwas nicht loslassen und zöge mich, wie an einem Gummiband gefesselt, zurück.

Ich erspähe eine Widmung und lese die Worte des Gönners: ›Für meine große Liebe, mit der ich in dieser grünen Oase viele wunderbare Stunden verbringen durfte. Möge sie auch für andere ein Hort des Glückes sein.‹

Mein Zeigefinger fährt über das Messingschild. Die untergehende Abendsonne, die sich durch die Blätter ihren Weg kämpft, ruft teilweise skurrile Reflexe hervor, während ein anderer Teil des Schildes sich bereits auf die Dunkelheit einstellen muss. Genau wie mein Herz.

»Du bist so schnell verschwunden, da konnte ich mich für meinen Ausraster gar nicht mehr entschuldigen. Darf ich mich zu dir setzen?«

»Stefanie?« Von ihrem Erscheinen überrascht, rutsche ich zur Seite und deute neben mich. »Du musst dich nicht entschuldigen. War schon ein freches Stück, einfach aufzutauchen, oder? Ich sollte um Verzeihung bitten.«

»Nein, mein Ausraster war unberechtigt. Das weiß ich auch. Ich bin ja zumindest ein Stück weit selbst schuld. Bitte glaube mir, ich habe mich sehr gefreut, dass du gekommen bist. Ehrlich! War anscheinend etwas damit überfordert. Bevor ich es vergesse: Ich soll dich von Helena schön grüßen und dich an ihren Geburtstag erinnern.« Stefanie lächelt in Gedanken verloren vor sich hin.

»Sie ist meine Tochter, stimmt's?«

Stefanie zögert einen Augenblick mit ihrer Antwort. »Nein, meine. Aber du bist ihr Vater.« Ihre Worte beinhalten keinen Groll oder Zorn. Auch keine Ablehnung oder Vorwurf.

»Da habe ich mir all die Jahre ein Kind gewünscht und ein einziger Seitensprung …« Den Satz vollende ich nicht. »Wie hast du mich gefunden?«

»Ich habe dich vom Fenster aus beobachtet. Michael hat mich überredet herzukommen und das Gespräch mit dir zu beenden.«

»Er scheint ein feiner Kerl zu sein. So einen hast du verdient. Diesen Frederik fand ich immer scheiße.«

Sie lacht über meine Aussage. »Ja, warum ich es so lange mit ihm ausgehalten habe, weiß ich nicht.«

»War deine Schwangerschaft der Grund für eure Trennung? Wusste er, dass er nicht der Vater ist? Oder hast du es ihm gesagt?«

»Bei uns war es ähnlich wie bei dir und Claudia. Nur dass er süffisant gelächelt hat, als ich ihm von dem Seitensprung erzählen wollte. Gerade als ich ansetzte, fiel er mir ins Wort.«

Als Stefanie ihre Schwangerschaft bemerkte, hatte sie mit Frederik reden wollen. Er wusste, dass er nicht der Vater sein konnte und ließ sie gar nicht ausreden. Er warf ihr vor, ihn betrogen zu haben und erzählte ihr, dass er bereits vor ihrer Beziehung eine Vasektomie, eine Sterilisation, hatte durchführen lassen. All die Jahre hatte er Stefanie im Glauben gelassen, eines Tages mit ihr eine Familie gründen zu wollen. Nichts davon hatte gestimmt. Er hatte sie belogen und manipuliert. Frederik hatte niemals vor, Kinder zu bekommen, wollte Stefanie dennoch behalten.

»Das passt zu ihm, diesem Drecksack. Allerdings war ich auch nicht besser. Schön, dass Michael kein Problem damit hat. Wie lange seid ihr schon zusammen?«

Ihr Lächeln wurde zu einem breiten Grinsen. »Michael und ich sind kein Paar. Er ist der Mann meiner besten Freundin, bei denen Helena ab und an auf mich warten muss. Sarah würde mir den Kopf abreißen, wenn ich mich an ihn heranschmeißen würde. Und wir sind Geschäftspartner. Er kann besser programmieren als ich und ich bin besser, wenn es um Akquise und Kundenbindung geht. Bei den Ausarbeitungen und Ideenfindungen ergänzen wir uns gut. Das Kundentelefonat, von dem ich dir vorhin erzählt habe, bekommt er allein hin. Ich möchte mich lieber mit dir unterhalten.«

»Und jetzt schickt er dich zu mir, damit wir uns endlich aussprechen können. Als er auf der Treppe aufgetaucht ist, wollte ich ihm ins Gesicht spucken. Sorry!«

»Ja, er meinte: Wenn du all die Jahre an den Typen gedacht hast, solltest du ihn nicht einfach gehen lassen.«

»Ein guter Tipp.«

Dann begreife ich, was sie gerade gesagt hat. »Was hast du gerade …? Ich meine, du hast mich auch nicht vergessen können?«

»Nein! Helena hat mich ja immer an dich erinnert.«

Ach so, richtig! Der Typ, der sie schwängerte und sich dann verpisste. »Ich werde euch natürlich zukünftig unterstützen. Hätte ich nur früher gewusst, dass ich ein Kind … Ich meine, dass du schwanger warst. Du hättest mir Bescheid geben sollen.«

»Ich sagte dir ja: Wir kommen gut zurecht. Mach dir keine Sorgen. Uns fehlt es an nichts.« Dann schickt sie hinterher: »Vielleicht an einem Vater. Aber daran arbeite ich schon.«

Erneut kommt Frust in mir auf. Ich würde alles geben, um Helena ein guter Vater zu sein. Was habe ich all die Jahre nur verpasst?

»Falls du den Wink nicht verstanden haben solltest: Du bist hiermit herzlich eingeladen, nächste Woche auf die Geburtstagsfeier zu kommen.«

Ich schrecke auf. Sie erlaubt mir, Teil von Helenas Leben zu werden? Mein Herz rast und ich atme so schnell, dass ich kurz vor dem Hyperventilieren stehe. »Ich komme gern. Danke! Du wirst es ganz sicher nicht bereuen. Ich werde mich gut benehmen und …! Was darf ich ihr denn schenken? Hat sie Wünsche?«

»Nur, dass du kommst!«

»Eine Kleinigkeit, die ihr eine Freude bringt?«

»Nein, wirklich. Du brauchst nichts mitzubringen. Hat sie betont. Sie hat ja alles, bis auf einen Vater.«

Ich zucke nach vorne und möchte Stefanie um den Hals fallen. Sofort beuge ich mich zurück. »Entschuldige! Du weißt gar nicht, welche Freude ich gerade verspüre.«

»Warum? Was wolltest du denn machen?«

Ich schäme mich für mein Verhalten. Ich wollte sie küssen. Mit meinen Küssen ersticken und ihr meine Liebe schenken. Ich wollte …! Immer ich! Aber es geht nicht um mein Verlangen. Hier und jetzt zählt nur, was Stefanie und Helena brauchen.

»Hallo? Carsten! Bist du noch hier?« Stefanie amüsiert sich über mein unsicheres Verhalten.«

»Ja, ich habe geträumt.«

»Von was?«

Wie soll ich jemandem erklären, dass ich in all der Zeit von den Tagträumen mit ihr verschlungen wurde? Mir an jedem einzelnen Tag bewusst war, dass ich meine Liebe hinter mir lassen musste. Bei den vielen Buchlesungen hoffte, ihr Gesicht in der Menge zu sehen. Jede meiner Protagonistinnen mit ihr verglich.

»Hallo, Cary Grant!« Ihre Augen blitzen auf.

Nun ist es an mir zu lachen. »Das weißt du noch?«

»Natürlich! Auch das mit dieser Pamela Anderson.«

Sofort steigt Röte in meinem Gesicht auf. »Das hast du mir nicht verziehen, oder?«

»Niemals! Das werde ich dir bis an dein Lebensende nachtragen. Das mit Deborah Kerr fand ich schön. Ist mein Lieblingsfilm geworden. Helena mag ihn auch. Muss sie auch, denn wir schauen den sehr oft an. Wir machen uns Popcorn und Helena zündet eine Kerze an. Das hat sie sicher nicht von mir! Außerdem darf sie dann etwas länger aufbleiben und wir kuscheln auf dem Sofa. Dann träumen wir vom richtigen Mann in unserem Leben.«

Vor mir entsteht ein wunderschönes Bild der beiden. Allerdings wächst meine Unsicherheit. Cary Grant und Deborah Kerr in ›Die große Liebe meines Lebens‹. Ich wollte immer wie Cary Grant sein. Nicht so schleimig, aber so galant und auf dieses eine Ziel hinarbeitend. Genau den Weg einschlagen, der mich zu meiner Liebe führt. Nach all der Zeit, die wir durch die Umstände getrennt waren.

»Hast du es immer noch nicht begriffen? Ich liebe dich, du Idiot!«

Sie liebt mich. Scheu und völlig konsterniert blicke ich zu ihr. Sie meint mich! Meint sie mich? »Willst du mir damit sagen, dass du mir verzeihst?« Bitte sage ja!

»Es gibt nichts zu verzeihen. Es hat damals nicht sein sollen. Wir beide haben einen Umweg einschlagen müssen. Jetzt gehen unsere Wege parallel zueinander. Wenn du das wirklich willst.« Jetzt kommen Stefanie die Tränen. »Fällst du mir endlich um den Hals? Ich weiß nicht, wie lange ich die Fassung noch halten kann.« Und dann bricht es aus ihr heraus. Die Tränen, die Hoffnung, der Wunsch nach einer gemeinsamen Zukunft. Ihre ausgestreckten Arme warten auf mich.

Jetzt endlich kann ich meinen Tränen ebenfalls freien Lauf lassen. Und es haben sich viele angesammelt, die nach draußen wollen. Ich rutsche zu ihr, nehme ihre Arme und mein Kopf drängt nach vorne, um sie zu küssen. Unsere Münder schmecken salzig, weil wir heulen wie kleine Kinder, die endlich offen zeigen, was sie füreinander empfinden. Die sich nicht weiter schämen und verstecken. Ich umfasse ihren Kopf mit einer Hand, die andere Hand auf ihrem Rücken – drücke sie an mich. »Ich liebe dich! Habe ich immer getan.«

»Ich liebe dich auch!«

Es braucht viele Küsse, bis die aufgewühlten Emotionen sich beruhigt haben. Und mit dem letzten ersticken wir unser Schluchzen. Ich nehme ihre Hände in meine, gebe ihr einen weiteren sanften Kuss und sage es erneut: »Ich liebe dich!«

Zärtlich streicht sie über mein Gesicht. »Wollen wir gehen? Deine Tochter wartet auf uns. Dass du ihr leiblicher Vater bist, weiß sie noch nicht. In der Hektik konnte ich ihr nicht alles erklären. Aber wir haben ja jetzt alle Zeit der Welt.«

Meine Tochter wartet auf mich. Wie schön das klingt.

Wir müssen uns beide stützen, um aufstehen zu können. Stefanie streicht sich ihr Sommerkleid glatt und anschließend richtet sie meinen Hemdkragen. Ihre Hand wandert über meine Brust, so wie damals. So wie ich es immer in Erinnerung hatte.

»Wird sie mich mögen? Nach all der Zeit, in der ich nicht für sie da war?«

Meine Zweifel sind unbegründet. Stefanie fegt sie einfach weg. »Ganz sicher. Sie wird dich lieben, wie ihre Mutter es tut!«

Sie nimmt mich an die Hand und wir schlendern auf unserem gemeinsamen Weg nach Hause.

europabuch